L'enfant de la réconciliation

*

Une troublante révélation

LOUISA HEATON

L'enfant de la réconciliation

Traduction française de
CÉCILE LOMBARD

BLANCHE

HARLEQUIN

Collection : Blanche

Titre original :
A CHILD TO HEAL THEM

Ce roman a déjà été publié en 2018

HARPERCOLLINS FRANCE
83-85, boulevard Vincent-Auriol, 75646 PARIS CEDEX 13
Service Lectrices — Tél. : 01 45 82 47 47 - www.harlequin.fr
ISBN 978-2-2804-9797-8 — ISSN 0223-5056

Composé et édité par HarperCollins France.
Imprimé en octobre 2023 par CPI Black Print (Barcelone)
en utilisant 100% d'électricité renouvelable.
Dépôt légal : novembre 2023.

FSC www.fsc.org MIXTE Papier issu de sources responsables FSC® C159065

Pour limiter l'empreinte environnementale de ses livres, HarperCollins France s'engage à n'utiliser que du papier fabriqué à partir de bois provenant de forêts gérées durablement et de manière responsable.

1

Tasha se frayait un passage dans la foule en jouant frénétiquement du klaxon. Elle ne voyait plus la piste : les gens se croisaient devant elle, d'un côté, de l'autre, en désordre d'apparence le plus total...

Des femmes, couffin sur la tête et bébé attaché dans le dos, revenaient du marché. Sur le bas-côté, du bétail somnolent paissait derrière des vendeurs qui, bien éveillés, eux, vantaient à grands cris leurs marchandises — étoffes bariolées, épices ou légumes. La scène était noyée dans une assourdissante musique pop diffusée par d'invisibles haut-parleurs ; des odeurs de victuailles, où dominait celle du poisson pêché du matin, parvenaient à Tasha.

Elle devait atteindre au plus vite le *Serenpidity*, l'hôpital flottant ancré au bout du quai ; elle y amenait Abeje, sa petite passagère, qui gisait, quasi-inconsciente, à l'arrière.

L'imposant navire-hôpital se balançait sur les eaux calmes du canal du Mozambique, à la disposition de qui avait besoin d'une assistance gratuite. L'avant-veille, elle avait emmené ses élèves le voir. Ils avaient même pu monter quelques instants à bord interroger deux des infirmiers, Rob et Maria, venus d'Irlande pour travailler six mois sur le bateau en tant que bénévoles.

De retour en classe, les enfants avaient dessiné le grand paquebot et elle en avait profité pour faire une leçon sur les notions de bonté, de générosité, d'aide à apporter à autrui. Les dessins terminés, elle en avait aussitôt décoré les murs délabrés de la salle de classe.

Sur les dix orphelins, tous très éveillés, du Centre Sunshine qu'elle avait dans sa classe, Abeje sortait du lot.

Âgée de six ans, elle était vive et intelligente. Réfléchie, philosophe… Et elle voulait devenir médecin.

Tasha, qui avait elle-même été une petite orpheline, avait été frappée par les similitudes qui existaient entre elles. Elle reconnaissait cette lueur dans ses yeux, cette soif d'apprendre et de bien faire. Tasha voulait lui transmettre la conviction que le monde pouvait appartenir aux passionnées ; en tant qu'institutrice, elle ferait son possible pour donner à la petite fille sa chance d'exercer le métier de son choix.

Mais le jour de la visite du *Serenpidity*, alors qu'elle s'attendait à voir Abeje curieuse et excitée, elle l'avait trouvée amorphe, sans énergie et se plaignant d'un mal de tête.

Quoi de plus normal qu'un enfant soit malade de temps en temps… Le lendemain, en constatant son absence en classe, Tasha avait pensé que sa petite élève était restée alitée. Et ce matin très tôt, sachant que personne n'était à son chevet, elle avait profité de son jour de congé pour aller prendre de ses nouvelles, lui apporter quelques fleurs pour égayer sa chambre, bref, lui montrer que quelqu'un se souciait d'elle.

Mais elle l'avait trouvée à demi-consciente et trempée de sueur. Il ne s'agissait pas d'une maladie bénigne. Avec l'accord de la directrice, Tasha avait aussitôt transporté Abeje dans sa voiture et s'était engagée à toute vitesse, dans un nuage de poussière épaisse et suffocante, sur la piste de terre rouge qui conduisait au navire-hôpital ancré à l'autre bout de la ville.

Le 4x4 fit une embardée et Tasha jura entre ses dents : elle n'avait pu éviter un nid-de-poule. Abeje gémit. Tasha jeta un bref regard à l'arrière : la fillette transpirait à grosses gouttes sous le soleil impitoyable.

— Ce n'est plus très loin, ma chérie ! Nous y sommes presque, tiens le coup !

D'effrayantes hypothèses se succédaient dans son esprit : méningite, encéphalite, peut-être une infection transmise par l'eau ? D'affreuses images lui revinrent, issues de livres qu'elle avait étudiés autrefois.

Comme elle approchait du port, l'odeur des quais, chaleur et poussière mêlées d'embruns, la frappa. Des cageots s'empilaient, pleins de poissons, de fruits, des cages de poules caquetant et battant des ailes ; et une multitude bruyante et bigarrée se pressait autour des étals.

Elle se mordit la lèvre et klaxonna de plus belle tandis que les gigantesques flancs du navire se profilaient, si proches et pourtant inaccessibles…

Elle jura de nouveau entre ses dents, stoppa le 4x4, prit l'enfant dans ses bras, mit les clés dans sa poche et fonça à travers la foule.

— Pardon, je peux passer ?

Enfin, elle fut devant la passerelle qu'elle gravit en courant, haletant sous la chaleur torride, la sueur dégoulinant de ses aisselles et de son dos, son précieux fardeau serré contre elle.

À l'intérieur, la fraîcheur lui apporta un réconfort immédiat. L'air conditionné, ici, était une bénédiction…

Elle s'appuya sur le peu qu'elle avait vu pour deviner la disposition intérieure du bateau : la consultation d'urgence se tenait au bout de ce couloir…

Courant de plus belle, elle passa les doubles portes ouvrant directement sur une salle de vingt lits, où Maria et Rob étaient en train de changer les draps.

— J'ai besoin d'aide ! cria Tasha.

Elle se rua vers un lit vacant et y allongea Abeje avec précaution. Les deux infirmiers s'approchèrent aussitôt.

— Elle n'est pas bien ! Je ne sais pas ce qu'elle a, mais, à mon avis, c'est grave.

Elle se recula pour leur céder la place. Comme il était pourtant difficile de ne pas agir elle-même, de confier Abeje à des étrangers !

— Que se passe-t-il ?

La voix grave la figea. Autoritaire, anglaise. Du genre qui fait tourner les têtes et prêter attention à celui qui parle. Son cœur se mit à battre la chamade : elle reconnaissait ce timbre.

Qui lui fit faire un bond en arrière dans le temps.

Jusqu'à ce moment-là.

C'était lui. Quinn.

Impossible…

Elle avait pourtant tout fait pour oublier son existence. Ses traits, sa voix prononçant les mots durs qui l'avaient tant humiliée.

Elle regarda par-dessus son épaule.

C'était bien l'homme qui lui avait autrefois brisé le cœur.

À présent son cœur galopait, ses tempes battaient sous l'effet de l'incrédulité et sa bouche était asséchée par la poussière de la piste. La sueur lui coulait dans le dos.

Comment était-ce possible ?

Que faisait-il *ici* ?

À l'époque, ils n'étaient que des enfants. Elle avait treize ans et lui seize, et même s'il s'agissait d'un amour d'adolescente, elle ne se rappelait que trop la douleur et la honte qui l'avaient terrassée.

— *Quinn* ?

Il marqua d'un bref froncement de sourcils sa surprise de s'entendre appeler par son prénom, mais reporta aussitôt son attention sur la fillette toujours inerte.

— Quels sont les symptômes ? Depuis quand est-elle dans cet état ?

Tasha déglutit et répondit comme un automate. Pas plus qu'autrefois elle n'était capable de détacher le regard de son visage, et une souffrance rampante l'envahit. Le coffre-fort où elle l'avait relégué avec les sentiments qu'elle éprouvait pour lui, le coffre qu'elle avait cadenassé et caché toutes ces années, se craquelait, rouvrant peu à peu la cicatrice de son cœur.

Quinn était perplexe : cette splendide blonde aux boucles en tire-bouchon, aux grands yeux bleus et au nez constellé de taches de rousseur avait un étrange air de déjà-vu. Et, curieusement, elle l'avait appelé par son prénom. Il croyait pourtant connaître la plupart des Anglais qui vivaient à Ntembe…

Mais il n'avait pas le temps de s'interroger.

Ce n'était pas elle qui requérait son attention en priorité, mais la petite fille de cinq ou six ans qui gisait, quasi-inconsciente, sur le lit.

Il plaqua le stéthoscope sur la petite poitrine moite. Un peu maigre, mais rien d'alarmant. En revanche, la fillette devait avoir plus de quarante de fièvre et frissonnait comme si elle avait froid. Des symptômes qui évoquaient la grippe…

Pourtant, sous ce climat, c'était plus probablement le paludisme.

— A-t-elle vomi ?

La jeune beauté secoua la tête et ses boucles s'agitèrent. Elle semblait terrifiée. Avait-elle peur de regarder l'enfant ? Il eut l'impression qu'elle se fermait à tout ce qui l'entourait.

— Je ne sais pas.

— Des antécédents dans sa famille ?

— Je ne sais pas.

— Lui a-t-on donné quelque chose ?

Il lisait la souffrance dans ses yeux bleus.

— Je ne sais pas. Navrée, je ne suis que son institutrice.

Il poursuivit son auscultation. Le cœur semblait solide, un peu rapide, les poumons étaient clairs pour l'instant... Les paumes des mains étaient pâles, peut-être un signe d'anémie, ce qui renforça son soupçon.

— Mettons-la sous perfusion et faisons tout de suite un test de diagnostic rapide. À mon avis, il va lui falloir des antipaludéens.

— Vous pensez que c'est le paludisme ? demanda la jeune femme d'une voix étranglée.

— Ça en a tout l'air. Les analyses nous le confirmeront. Alors comme cela, vous êtes son institutrice ?

Pourquoi semblait-elle si effrayée, si nerveuse ? Elle avait croisé les bras et posé les mains sur ses épaules comme pour se protéger, ce qui la faisait paraître plus petite.

— Oui.

— Avez-vous d'autres élèves malades ?

Elle secoua la tête.

— Je n'ai pas pensé à... Navrée, je ne sais pas.

Il y avait apparemment de nombreuses choses qu'elle ne savait pas, mais inutile de s'énerver contre elle. Ce n'était pas la première fois qu'on lui amenait un petit patient dont on ne savait rien. Il y avait pas mal d'enfants abandonnés par ici...

— Puis-je m'asseoir près d'elle, docteur ?

— Bien sûr. Pas de problème.

Bizarre, ces yeux lui disaient vraiment quelque chose. D'un bleu qui évoquait les profondeurs de l'océan, soulignés d'épais cils sombres...

Où les avait-il déjà vus ?

Décidé à percer le mystère, il tendit la main vers elle.

— Dr Quinn Shapiro.

Elle lui serra la main avec réticence, comme si elle était forcée de toucher un cobra en colère.

— Tasha Kincaid.

Ce nom ne lui rappela rien. Peut-être s'agissait-il d'une simple ressemblance. Un certain nombre de femmes avaient ce genre de visage...

Pourtant elle semble me connaître...

— Enchanté.

Elle lui jeta un drôle de regard. Surpris, ou soulagé peut-être ?

— Moi de même.

Tasha n'en revenait pas. Ainsi, Quinn Shapiro était enchanté de la rencontrer ? Ici, sur le *Serenpidity* ? De tous les navires-hôpitaux qui parcouraient le monde, il fallait qu'il soit sur celui-ci ? Sur la côte ouest de l'Afrique ? Quelle était la probabilité ?

Elle refusait de se remémorer ses piques cruelles et l'atroce sentiment qu'elles avaient provoqué en elle, à cet âge si vulnérable, à l'époque où elle s'appelait encore Natasha, ou Nat, ou... pire. *Je me suis sentie si minable, si inutile, si laide...* Elle s'était efforcée d'oublier ces impressions, de ne pas les laisser entamer sa confiance en elle. Elle avait dû lutter, mais elle en était finalement venue à bout en faisant comme si l'incident ne s'était jamais produit.

Elle se secoua, s'assit près du lit d'Abeje et prit sa main, qu'elle trouva brûlante. Sa protégée dormait à présent, le visage apaisé, ses lèvres gercées légèrement entrouvertes. Mais l'issue de la bataille était incertaine... Le test de diagnostic rapide avait confirmé qu'il s'agissait bien du paludisme.

— Ne t'avise pas de mourir, chuchota-t-elle.

Comme si ces mots pouvaient être entendus d'un pouvoir suprême qui doterait la fillette d'un esprit super combatif...

— Tu m'entends ? Il faut que tu t'en sortes, que tu te battes. Ne cède pas !

— Comment va-t-elle ?

La voix de Quinn la fit bondir sur ses pieds. Elle se retourna, le cœur battant à tout rompre et les joues en feu, s'efforçant au calme, réprimant son envie de hurler, de l'incendier, de l'humilier à son tour, de l'embarrasser en lui rappelant ce qu'il lui avait fait.

— Elle dort.

— Parfait. Elle a besoin de repos.

Oui, en effet. Et elle aussi. Mais impossible de penser à sa propre fatigue, à sa propre frayeur, car son corps, oublieux de la décision irrévocable qu'elle avait prise autrefois, réagissait à la présence de Quinn Shapiro.

Un corps pouvait-il être traître à ce point ? Le sien semblait hors d'atteinte de sa volonté... Elle ne le maîtrisait plus.

Manifestement, Quinn ne la reconnaissait pas. Évidemment... La dernière fois qu'ils s'étaient vus, elle était une gamine timide et plutôt rondouillarde. Et lui, un garçon de trois ans son aîné qui lui semblait si raisonnable, si mûr, si assuré... Et tellement beau ! Son sourire éblouissant lui donnait des palpitations.

Son cœur fragile de préadolescente avait fondu quand il était apparu : grand et longiligne, une mèche blonde sur le front, capitaine de l'équipe de rugby de son école, doté d'un charme naturel et d'un physique de chanteur de rock. Alors qu'elle, qui noyait sa détresse d'orpheline dans la nourriture et les livres, était plutôt dodue, et affligée d'une masse de boucles indisciplinées. De plus, les autres s'étaient mis à l'appeler « Pouh-Nat » le jour où elle avait attrapé des poux. Chaque fois qu'elle se touchait la tête, ils s'écartaient en courant et en riant.

C'était profondément injuste, car cela aurait pu arriver à n'importe lequel d'entre eux... Elle avait passé de longues heures chez la directrice à endurer le supplice du peigne fin, qui se coinçait dans les nœuds de sa tignasse rebelle. Par-dessus le marché, le shampoing anti-poux dégageait une odeur désagréable qui lui avait valu d'autres surnoms plus redoutables encore.

En ces jours sombres, son seul rayon de soleil avait été Quinn, qui venait rendre visite à son meilleur ami Dexter et se montrait souriant, amical et ouvert avec les autres enfants du foyer.

Il lui inspirait un amour absolu. Dans ses cahiers, elle dessinait des cœurs percés d'une flèche autour de leurs initiales, et s'était inventé une signature, *Natasha Shapiro*. C'était si exotique, si stylé, si adulte... Tout ce qu'elle n'était pas et aspirait à être.

L'air de rien, elle avait fait parler Dexter et appris que Quinn voulait devenir médecin et voyager dans le monde entier pour soigner les plus défavorisés.

Elle avait fait siens ces rêves si romantiques. Elle était devenue accro aux séries médicales télévisées, s'efforçant de poser des diagnostics —, et il lui arrivait de tomber juste. Elle avait décidé d'étudier elle aussi la médecine et de faire ensuite le tour du monde. Elle soignerait les gens et les guérirait, et ils lui seraient tous reconnaissants de leur avoir sauvé la vie. Elle serait adulée, ou au moins aimée. Plus personne ne la rabaisserait.

Pourtant, elle avait dû déchanter. Adopter les rêves d'un autre lui avait plutôt apporté des cauchemars...

La voix de Quinn la tira de ses souvenirs.

— Pourriez-vous me rendre un service, Tasha ?

Autrefois, elle aurait accepté avec bonheur, mais à présent elle se méfiait : qui savait s'il n'allait pas l'humilier une nouvelle fois, si elle n'allait pas réveiller la méchanceté latente dont elle avait déjà fait les frais ?

— Hum... Lequel ?

— J'aimerais que vous repériez les éventuels malades dans votre classe et au Centre Sunshine, et que vous reveniez m'informer du résultat de vos recherches.

Elle réfléchit. D'autres élèves pouvaient-ils être atteints ? Elle n'y avait même pas songé... En voyant Abeje dans cet état, elle n'avait pensé qu'à l'amener au plus vite au *Serenpidity*.

— Vous croyez que c'est possible ? Il pourrait y avoir d'autres malades ? demanda-t-elle.

— Oui. Selon les analyses, nous avons affaire au *plasmodium falciparum*, un parasite très agressif que nous traitons à la chloroquine. Et également aux ACT.

— Parce que certains *falciparum* sont résistants à la chloroquine ?

Il leva un sourcil.

— Exact, comment le savez-vous ?

Elle haussa les épaules.

— Oh... Euh... J'ai dû le lire quelque part avant de venir en Afrique.

— Eh bien, il s'agit d'une précaution supplémentaire.

— D'accord. Mais pour faire cela, je devrai quitter le bateau, et je ne voudrais pas laisser Abeje seule…

— Elle est en bonnes mains.

Naturellement… Cette réponse ne l'étonnait pas. *Lui*, il avait toujours une foi aveugle en la médecine et en sa capacité à sauver la vie de la fillette. Sa confiance à elle était plus mitigée… Pourtant, peu à peu, les mots firent leur chemin dans son esprit, et elle songea à Machúpa, Tabia, Claudette, Habib et les autres, à tous ces petits qu'elle avait appris à aimer. Elle devait absolument s'assurer qu'aucun d'eux n'était malade. De plus, cela l'éloignerait une heure ou deux de Quinn. Elle avait besoin d'air, et de temps pour réfléchir à la situation.

— Vous avez raison. Je file.

Mais alors qu'elle se dirigeait vers la porte, il la retint par le bras.

— Attendez ! Je ferais peut-être mieux de vous accompagner. Et vous devriez boire quelque chose avant de partir. Il est midi et vous n'avez rien avalé depuis votre arrivée. Il faut vous hydrater.

Mais… Avec son estomac retourné, comment avaler ne fût-ce qu'une boisson ? Et il voulait *l'accompagner* !

— Je n'ai pas soif, et je peux parfaitement y aller seule, dit-elle d'une voix si fluette qu'elle s'en effraya.

Qu'est-ce qui m'arrive ? Comment m'a-t-il à nouveau transformée en mauviette ?

— J'insiste. Il ne manquerait plus à Abeje que son institutrice tombe dans les pommes, vous ne croyez pas ?

Elle se rassit pour observer l'enfant de près. *Si jeune, orpheline, et déjà en train de lutter pour sa vie. A-t-elle besoin de subir cette nouvelle épreuve ?* Tasha était la seule à pouvoir rester à son chevet… Elle devait donc prendre soin d'elle-même, personne ne le ferait à sa place non plus. Malgré tout, ce conseil qui ressemblait à un ordre la hérissait : elle avait l'impression que Quinn lui dictait sa conduite. Le pire, c'était qu'il avait raison.

Je vais devoir ravaler mon orgueil.

En outre, si d'autres enfants étaient malades, ne serait-il pas réellement rassurant d'avoir un *vrai* médecin à ses côtés ?

— D'accord, merci.

— Comment le prenez-vous ?

La question la désarçonna.

— Pardon ?

— Votre thé.

Il sourit, et ce sourire qu'elle connaissait, au pouvoir dévastateur, à l'effet « coup-de-poing à l'estomac », faillit la faire craquer. Ces dents éblouissantes… Cette fossette à la joue…

N'oublie pas ce qu'il t'a fait.

— Euh… Avec du lait, et un sucre.

Ses yeux se plissèrent lorsqu'il se remit à sourire, révélant de petites rides en étoile qui ajoutaient à sa séduction. Comment les infirmières pouvaient-elles travailler près de lui, se concentrer ? Étaient-elles immunisées ? Vaccinées ? S'il existait un vaccin, par pitié, qu'on le lui inocule…

Elle avait tant lutté pour effacer cet homme de sa mémoire, et elle pensait avoir réussi. Cela remontait si loin dans le temps…

D'ailleurs, il ne l'avait même pas reconnue.

Et puisqu'elle était si facile à oublier, mieux valait qu'elle ne fasse pas cas de lui.

Elle n'avait nul besoin de son aide ou de ses conseils, elle savait ce qu'elle cherchait. La perspective de passer plus de temps en sa compagnie sans s'y être préparée lui donnait la nausée.

Il n'était pas l'homme qu'elle souhaitait avoir à ses côtés.

Tasha mit le contact tandis que Quinn grimpait sur le siège passager. Le marché tirait à sa fin, les marchands remballaient. Il y avait moins de monde et elle put faire demi-tour aisément pour reprendre le chemin du Centre Sunshine.

Elle se sentait nerveuse, mal à l'aise, qu'il n'ait toujours pas fait le rapprochement… Fallait-il vraiment qu'elle se fasse reconnaître ?

Si Abeje se remettait vite, ce ne serait peut-être pas nécessaire… Mais Tasha sentait d'instinct que la fillette n'était qu'au début d'un long combat, l'amélioration de son état prendrait du temps. Sur ce continent, le paludisme était un fléau ; elle avait sondé le fond de sa mémoire pour se rappeler ce qu'elle en connaissait.

La maladie se transmettait par une simple piqûre de moustique, les symptômes se manifestaient dans les quinze jours qui suivaient.

S'ils n'étaient pas repérés aussitôt, si on intervenait trop tard, elle pouvait malheureusement être fatale. Pourvu qu'Abeje ait été prise à temps et que le cocktail de produits qu'on lui injectait par perfusion soit efficace…

— Qu'est-ce qui vous a décidée à venir enseigner en Afrique ?

Il avait donc envie de faire un brin de causette ? Elle n'était pas sûre d'y parvenir avec lui…

— Je suis venue, voilà tout.

Hors de question de lui raconter sa vie. Il l'avait ridiculisée, certes longtemps auparavant, mais la douleur était toujours là. Depuis qu'elle était en sa présence, elle se sentait à nouveau vulnérable ; la blessure de son cœur semblait s'être rouverte.

— Vous avez toujours enseigné ?

— Non.

— Alors que faisiez-vous avant ?

Elle le fixa une seconde avant de reporter son attention sur la route. Cela ne le regardait pas.

— Un peu de tout.

— La femme mystère, c'est ça ?

Sans le voir, elle savait qu'il souriait, elle le percevait dans sa voix. Il n'avait vraiment aucune idée de qui elle était…

Incroyable ! Il essaie de te séduire alors qu'il t'a tant méprisée…

— Exactement. Et vous, qu'est-ce qui vous a amené sur ce bateau ?

Un nid-de-poule les jeta épaule contre épaule, l'empêchant de répondre tout de suite.

— J'avais besoin de changement, dit-il quand la voiture fut stabilisée. J'ai travaillé dans divers hôpitaux en Grande-Bretagne, mais je sentais que je devais prendre le large pour ne pas m'encroûter, vous comprenez ? J'avais besoin d'un défi à relever.

— Eh bien, l'Afrique en est un.

— C'est vrai.

Il se tourna pour la regarder.

— Vous aussi, c'est la difficulté qui vous a attirée ?

Que dire ? Qu'elle était venue sur une impulsion ? Qu'enseigner dans les écoles britanniques lui avait usé l'esprit ?

De longues heures épuisantes, des ressources à créer, des réunions fastidieuses. Du temps perdu en évaluations et rapports qui ne verraient jamais le jour, mais étaient obligatoires au cas où un inspecteur viendrait. Des semaines passées à se ronger les sangs à propos de la politique de l'établissement, des ragots du personnel et de la pression de la direction pour être toujours au top niveau…

Elle aspirait à se libérer des contraintes administratives pour revenir à ce qui avait motivé sa vocation : voir le visage d'un enfant s'éclairer quand il comprenait, être avec des petits qui avaient envie d'apprendre. Retrouver la joie, l'esprit de l'enseignement.

L'Afrique lui avait toujours paru exotique, à la fois belle et dangereuse. Mais après un séminaire où une enseignante avait relaté son expérience au Sénégal, Tasha s'était mise en quête d'une agence et avait aussitôt signé un contrat. Elle avait besoin de s'évader du quotidien, de sortir de la routine.

Elle ne le regrettait pas. Depuis son arrivée à Ntembe, elle avait le sentiment que son cœur s'était réchauffé.

— En fait, je suis venue pour changer d'air.

Il hocha la tête.

— Je vois ce que vous voulez dire.

C'était peu probable. Vu le milieu privilégié dans lequel il évoluait depuis toujours, les drames et les traumatismes avaient dû lui être épargnés…

Dans une chaleur écrasante, elle remonta les rues poussiéreuses en direction du foyer. En fin de compte, il avait bien fait de l'obliger à boire ce thé, elle sentait son énergie revenir. Elle avait même faim désormais, mais elle devrait attendre d'avoir vu les enfants.

Enfin, elle se gara devant le bâtiment tout en longueur au toit de tôle ondulée. Un panneau peint à la main par les enfants indiquait « Centre Sunshine ». Dans un coin, en haut, un énorme soleil jaune étirait ses rayons jusque derrière les lettres ; de l'autre côté, en bas, en regardant attentivement sous la poussière accumulée, on distinguait un visage d'enfant arborant un sourire heureux.

— Nous y sommes.

— Combien d'enfants vivent ici ?

— Cinquante-trois. Des filles, en majorité.

Ils descendirent de voiture et s'époussetèrent.

— Combien en avez-vous comme élèves ?

— Dix chez moi, mais certains sont dans d'autres classes de l'école.

— Nous pourrions les examiner tous et leur donner de la Nivaquine par précaution.

Elle opina. Oui, mieux valait pécher par excès de prudence, prévenir plutôt que guérir.

— Bonne idée. Je vais vous présenter à la directrice, Jamila.

— Entendu, je vous suis.

Elle le guida jusqu'au bureau de Jamila, qui les autorisa sans hésiter à traiter tout le monde.

C'était heureusement une journée de congé : les enfants étaient donc tous dans l'établissement, même s'il fallut rappeler quelques garçons qui jouaient au football dans la cour à l'arrière. Aucun ne présentait de signes de fatigue ou de fièvre, tous paraissaient en bonne santé.

— On dirait qu'Abeje n'a pas eu de chance...

Jamila s'avança.

— J'ignore si le renseignement vous sera utile, mais sa tante est venue la chercher il y a deux semaines.

— Ada ?

— Oui. Elle l'a emmenée passer deux jours à Mosa, son village natal.

— Vous pensez qu'elle a pu être piquée là-bas ?

Tasha regarda Quinn, qui hocha la tête d'un air entendu. C'était une possibilité.

— Je me demande s'ils ont d'autres cas, au village. Existe-t-il un centre de soins sur place ? demanda-t-il.

Jamila fit un signe de dénégation.

— Le plus proche dont ils disposent, c'est le *Serenpidity*. À plusieurs heures de route de chez eux.

Il fronça les sourcils.

— Si malades il y a, ils se sentent peut-être trop faibles pour entreprendre le voyage. Nous ferions bien d'aller nous rendre compte sur place.

Tasha se tourna vers lui.

— En voiture, il ne faut que deux heures, mais vous reste-t-il assez de Nivaquine ?

— Je vais passer me réapprovisionner au bateau, peut-être

également demander à un infirmier de nous accompagner. Car vous viendriez aussi, Tasha, n'est-ce pas ?

Autrefois, elle aurait profité avec joie de l'aubaine, mais « chat échaudé craint l'eau froide », dit le proverbe… À présent, voyager avec lui était à peu près l'idée qu'elle se faisait de l'enfer ! Et s'il emmenait un autre soignant, pourquoi se déplacerait-elle ? Pour ce qu'il en savait, elle était institutrice. D'ailleurs, elle tenait à garder un œil sur Abeje.

— Je ne vous servirai pas à grand-chose.

— Ne dites pas de bêtises ! Abeje est votre élève, vous parlerez aux villageois, vous exposerez les motifs de notre visite. Et vous nous présenterez à sa tante.

— Ada ? Je la connais à peine, je ne l'ai rencontrée qu'une fois ou deux…

— Plus souvent que nous, déjà.

Son regard était intense. Comme s'il avait besoin d'elle, qu'il la *voulait* désespérément. Et l'effet était étrange. Troublant.

Bon, peut-être à trois iraient-ils plus vite pour distribuer les cachets… Pas question de faire appel à d'autres membres de l'équipe du bateau. Certains devaient rester, ne fût-ce que pour surveiller Abeje…

À son grand dam, elle sentait sa résolution faiblir. Voilà qu'à nouveau elle était malgré elle sous l'emprise de Quinn…

— Bon, si vous voulez.

Elle regretta aussitôt d'avoir cédé. La perspective d'endurer tout ce temps en sa compagnie était terrifiante.

— Super !

Il la gratifia d'un sourire espiègle.

— Et pendant que nous y sommes, vous me rappellerez d'où je vous connais, parce que je n'arrive toujours pas à vous situer, bon sang !

Sur ce, il sortit du foyer, la laissant glacée d'effroi.

Ainsi, elle lui rappelait quelqu'un… Mais il ne la « situait » pas.

Elle était partagée : le plus simple aurait été de protester, de prétendre qu'il se trompait, mais elle brûlait en même temps de lui rappeler leur histoire. Quelle serait sa réaction ? Avait-il oublié l'humiliation qu'il lui avait infligée, comment, en quelques mots, il avait brisé son petit cœur de treize ans ?

Elle voulait qu'il souffre, qu'il soit gêné, qu'il lui présente des excuses et implore son pardon…

Quelle vengeance, de lui montrer qu'elle n'était plus la gamine potelée infestée de poux, affublée de vêtements d'occasion et d'un appareil dentaire disgracieux !

Oh ! ce n'était pas pour lui qu'elle avait changé ! Déjà éprouvée maintes fois par la vie — la disparition de ses parents, son enfance à l'orphelinat, et cet atroce rejet de sa part à lui — elle avait ensuite subi des échecs successifs dans son métier et son mariage. Pourtant, elle avait surmonté ces épreuves, elle était toujours debout, apte à apprécier l'existence et à se rendre utile.

Le destin, ou le karma, comme on voulait, en avait-il fini de se jouer d'elle ? Qu'elle ait retrouvé Quinn ici l'en faisait douter…

Elle sortit en s'abritant les yeux de la lumière violente, grimpa dans le 4x4 où il était déjà installé et se tourna vers lui, la bouche sèche, des frémissements étranges à l'estomac.

Il était temps de parler. Elle n'avait que trop tardé.

— Quinn…

— Oui ?

— Vous me connaissez. Je m'appelle Kincaid désormais, mais autrefois j'étais Natasha Drummond. Pouh-Nat, si vous préférez.

Il fronça les sourcils, prit une expression embarrassée, réfléchit un long moment… Puis ses yeux s'arrondirent.

Enfin, il tourna vers elle un visage stupéfait.

— Vous me remettez, maintenant ? dit-elle. Vous êtes assis à côté de Pouh-Nat.

2

Pouh-Nat ? Tasha était Pouh-Nat ?

Quinn avait d'abord été perdu : ce nom, puis ce surnom, ne lui disaient rien, le blanc total. Mais une alarme avait finalement retenti dans sa mémoire : une impression d'horreur floue, qu'il était incapable de préciser. Un surnom familier associé à un incident très désagréable.

Peu à peu, ce déplaisir céda la place à une honte confuse, qu'il tenta de refouler… Enfin, sa mémoire se réveilla pleinement et lui rugit à la figure. Il se souvint avec épouvante de tous les détails.

La première fois qu'il l'avait aperçue, il avait quinze ans. Elle n'était qu'un des nombreux visages en arrière-plan de l'orphelinat où il rendait visite à son ami Dexter.

Il était chaque fois fasciné par ces orphelins et ce qu'ils représentaient. Lui-même avait été abandonné par sa mère et élevé par son père, un ancien Marine. Ces enfants étaient l'incarnation de ce qu'il aurait vécu si son père n'avait pas décidé de le garder avec lui.

Il allait à l'orphelinat jouer au foot, au rugby ou au cricket avec Dexter, ou simplement chercher de la compagnie et draguer les filles. À l'époque, si Pouh-Nat se distinguait, c'était plutôt en mal.

Rondelette, la peau toujours moite, affligée d'une épaisse crinière indomptée et d'un appareil dentaire en métal.

Mais le pire, c'était qu'elle s'était entichée de lui… Dexter le lui avait appris en riant.

« Pouh-Nat a le béguin pour toi, mec ! Tu as du souci à te faire !

— D'où lui vient ce surnom ?

— Elle a des poux, c'est répugnant ! Ils restent coincés dans cette tignasse infernale, impossible de les chasser ! »

Quinn avait froncé le nez de dégoût. Des poux ? L'école envoyait régulièrement des lettres aux parents pour leur demander de rester vigilants. Il en avait attrapé une fois, vers sept ou huit ans, mais pas question bien entendu de l'avouer à Dexter...

Son ami prenait plaisir à le taquiner sur cette passion qu'il inspirait malgré lui, et il détestait cette plaisanterie lassante, qui semblait ne jamais devoir cesser. Il avait tout fait pour offrir à ses copains l'image d'un don Juan accompli. Il voulait être célèbre pour ses conquêtes féminines, pas parce qu'un laideron le poursuivait de ses assiduités !

Il s'était d'abord énervé contre Dexter, en vain. Alors il avait feint d'en prendre son parti, de se montrer faussement honteux, pour retourner la moquerie contre elle.

À chacune de ses visites, le fervent amour qu'elle lui vouait devenait plus évident, au point qu'il avait proposé à Dexter de le retrouver ailleurs. Cela avait duré environ six mois puis, l'affaire lui étant totalement sortie de la tête, il avait commis l'erreur de retourner au foyer.

Pouh-Nat, elle, n'avait pas oublié. Elle l'avait accueilli en souriant de toutes ses dents barrées de métal.

« Quinn ! Tu es revenu ! »

Il avait éprouvé un frisson d'horreur : cela recommençait...

« Salut !

— Tu viens voir Dexter ?

— Ouais. »

Il se sentait atrocement gêné face à cette gamine hirsute, boudinée dans une robe trop petite qui faisait ressortir ses bourrelets et dont les boutons menaçaient de craquer.

« Ça fait un moment qu'on ne t'a pas vu !

— J'étais occupé.

— À quoi ?

— Des trucs.

— Tu sais qu'on organise une fête ici, vendredi ?

— Euh... Non.

— C'est l'anniversaire de Lexi. Elle a seize ans.

— Super !

— Tu voudrais bien être mon cavalier ? »

Il l'avait regardée, épouvanté, et encore plus en réalisant que Dexter, qui descendait l'escalier, avait été témoin de l'invitation.

Le sourire ironique de son ami en disait long : il avait tout entendu.

Il devait mettre un terme définitif à cette histoire, il fallait que cette gourde cesse de s'accrocher à lui. Et le seul moyen qu'il connaissait pour y parvenir, c'était de se montrer brutal.

Arborant un rictus méchant, il s'était approché d'elle.

« Tu te rends compte que tu es grosse et repoussante ? En plus, avec tous les locataires qui vivent dans tes cheveux, on pourrait tourner un documentaire animalier sur au moins cinq saisons ! »

Il l'avait toisée, inconscient que nombre de camarades, attirés par son algarade, s'étaient rassemblés autour d'eux.

« Si tu étais la dernière fille vivante sur terre, je crois que je me suiciderais ! »

Il avait vu l'horreur s'inscrire sur ses traits, elle était devenue rouge comme une pivoine. Ses yeux s'étaient emplis de larmes qui roulaient sur ses joues écarlates. Il avait beau se détester, il n'avait pas pu s'arrêter.

« Le seul type qui pourrait s'intéresser à toi, ce serait un aveugle ! »

Puis il avait attrapé le bras de Dexter, qui riait comme un fou.

« Viens, Dex, allons-y. »

Son ami s'était tordu de rire des heures durant. Pourtant, loin d'en être satisfait, Quinn était furieux et honteux d'avoir humilié quelqu'un en public uniquement pour ne pas ternir son aura de tombeur.

Son père ne l'avait pas élevé ainsi. Quinn ne l'avait jamais entendu dire un mot de travers sur sa mère, qui les avait pourtant abandonnés tous les deux. Il lui avait appris à respecter les femmes et à ne jamais faire preuve de mépris envers quiconque.

Et lui, il n'avait songé qu'à sa réputation…

Il n'était plus jamais retourné au foyer, pour ne pas voir la peine de Pouh-Nat. Et pour éviter la tentation de lui demander pardon — comme il l'aurait dû —, il avait peu à peu refoulé l'incident et enfoui sa honte bien au fond de sa mémoire.

Cela faisait des années qu'il n'avait pas pensé à elle. Après tout, il n'avait que seize ans à l'époque. C'était de l'histoire ancienne, et beaucoup d'eau avait coulé sous les ponts.

Jusqu'à maintenant… Jamais il n'aurait imaginé se retrouver un jour face à elle. Le monde était si vaste !

Son sang battait à ses tempes sous l'effet de la honte et du remords qui resurgissaient. Il déglutit. Il allait dire ce qu'il devait dire, et tout de suite.

Je te demande pardon. Je me suis toujours détesté pour ce que je t'ai fait.

— Tasha, je…

— Oh ! bien sûr, nous étions gosses, mais tu étais mon premier amour, le premier garçon à qui j'avais donné mon cœur ! Et j'ai eu l'impression d'avoir été… broyée, ou jetée du haut d'une falaise. Je me suis sentie niée, minable. Si tu m'avais simplement dit « Non merci », j'aurais compris.

Quand elle saisit le levier pour passer la vitesse, il posa la main sur la sienne pour l'arrêter. Il voulait lui parler avant qu'ils partent. Tout de suite.

— Tasha, je te demande pardon. Je me suis comporté comme le pire des goujats. Tu ne me croiras pas, mais j'ai eu incroyablement honte de cette scène. Elle m'a hanté, je me suis senti coupable pendant des années. On ne m'a pas élevé dans l'idée que l'opinion de mes amis primait sur les sentiments d'autrui.

Elle dégagea sa main.

— Eh bien, tant mieux.

— Je suis vraiment navré, Tasha. Je regrette de t'avoir blessée.

— Hum, mais tu l'as fait.

Elle le fixa un instant, et ses yeux bleus s'emplirent de larmes. Quand la première coula sur sa joue, elle démarra.

— Allons-y, maintenant.

Tandis qu'elle se concentrait sur la conduite, il l'étudia : ses boucles, à présent disciplinées, avaient éclairci sous l'effet du soleil africain, et son hâle avait la couleur du caramel. Son regard bleu acier était déterminé et, à sa mâchoire ferme, elle ne s'en laisserait conter par personne.

Il devait à tout prix se faire pardonner la souffrance et la colère qu'il lui avait fait porter durant toutes ces années.

Tasha Kincaid, ex-Natasha Drummond, était sans nul doute

devenue adulte. Ses bourrelets de chiot bien nourri avaient disparu, comme son appareil dentaire, et elle s'était métamorphosée en une jeune femme splendide. Une gazelle pleine de grâce, aux jambes longues et fines.

Il avait entrevu cette éventualité, autrefois… Il poussa un soupir de regret. Les enfants sont cruels, et tous ceux qui s'écartent de la norme — qui ont les cheveux roux, qui sont enveloppés ou portent des lunettes à verres épais —, sont la cible de leurs moqueries.

Il se jura de lui montrer la façon dont une femme méritait d'être traitée. D'être assez gentil, charmant et attentionné pour lui faire oublier ses mauvais souvenirs de lui.

Il espérait en être capable.

Au départ, il lui avait demandé de l'accompagner à Mosa dans l'intention de résoudre l'énigme qu'elle lui posait parce qu'elle connaissait son nom et lui semblait vaguement familière.

À présent, il était devenu encore plus important pour lui de passer le plus de temps possible en sa compagnie.

Le temps nécessaire pour racheter sa dette.

Tout en conduisant, Tasha s'était replongée dans ses souvenirs. Elle se rappela le jour où le foyer avait organisé une visite au zoo, et où Dexter lui avait annoncé s'être débrouillé pour que Quinn puisse participer à l'excursion. Une nouvelle qui l'avait transportée.

Les garçons avaient choisi l'arrière, et elle était assise à l'avant, surexcitée par la présence de Quinn.

Elle portait sa plus belle robe, imprimée de marguerites sur fond bleu pâle, des chaussettes blanches et des chaussures en cuir. Dans l'espoir d'être la plus belle pour lui, elle avait passé des heures devant le miroir à tenter de discipliner ses cheveux. Plus elle les coiffait, plus ils frisaient… Elle avait fini par les attacher en queue-de-cheval avec un ruban rouge, puis s'était exercée à sourire en dissimulant au maximum son appareil dentaire.

À l'arrivée de son héros, malgré un vague signe de tête en réponse à son bonjour, elle ne s'était pas découragée. Elle était allée lui chercher un jus de fruits à la cuisine, et il lui avait souri. « Merci, Pouh-Nat. »

Son petit cœur avait failli exploser de joie : ce blond époustouflant, si beau, l'avait appelée par son nom en souriant !

Il avait même ajouté : « Tu es bien jolie, aujourd'hui ! »

Puis ce fut l'heure de monter dans l'autocar, mais elle s'était repue de ce compliment pendant des jours. Elle était si heureuse ! Sa robe lui avait plu, sa coiffure aussi. Elle s'était juré de toujours s'attacher les cheveux.

Dans le bus, elle mourait d'envie de se retourner pour lui sourire, mais n'avait pas osé à cause de Dexter. Durant tout le trajet, elle avait regardé par la vitre en tendant l'oreille aux propos des garçons de la dernière rangée, espérant que Quinn dirait du bien d'elle.

Elle en avait été pour ses frais.

Elle avait passé la journée à observer les girafes, les loups, les lions et les singes en jetant à Quinn des regards à la dérobée. Comme elle avait regretté de n'avoir pas d'appareil photo pour prendre un portrait de lui qu'elle aurait gardé dans sa chambre !

Elle fondait peu d'espoirs sur leur avenir commun, mais ne pouvait s'empêcher de rêver : il voulait être médecin, elle aussi. Ils travailleraient dans le même hôpital, ils sauveraient des vies ensemble... À la fin de la journée, il la remercierait et la prendrait dans ses bras, puis ils rentreraient chez eux enlacés, parce que, bien sûr, ils seraient mariés. À la maison, il serait encore plus merveilleux qu'au travail. Elle aurait de magnifiques enfants blonds aux yeux bleus avec qui ils voyageraient autour du monde.

Naturellement, la réalité avait été toute différente...

Mais aujourd'hui il était là, avec elle, en Afrique ; peut-être sauveraient-ils quelques vies ensemble, qui sait ?

Peut-être aurait-elle dû se contenter d'être patiente ?

Une fois sur le *Serenpidity*, il ne fallut pas longtemps à Quinn et Tasha pour informer le personnel de leur intention. L'idée du voyage en brousse emporta l'adhésion de tous. Il fut décidé que Maria les accompagnerait, et Tasha profita du temps où ils rassemblaient le matériel nécessaire pour se rendre auprès d'Abeje.

La fillette dormait ; sa respiration était rapide, la sueur coulait de son visage jusqu'à la base de son cou.

Tasha lui toucha la joue et grimaça. Sa peau était si chaude ! *Pauvre petite.* Tasha soupira et prit un instant pour se recentrer. Dans son enfance, elle n'avait eu personne non plus pour s'asseoir à son chevet, lui caresser le front ou l'embrasser en lui souhaitant bonne nuit. Elle s'était sentie si seule...

À présent que Quinn savait qui elle était, ils jouaient cartes sur table. En fin de compte, elle était contente de s'être dévoilée ; il avait beaucoup à se faire pardonner s'il voulait être à nouveau dans ses petits papiers. Certes, il lui avait présenté ses excuses, mais c'était trop peu, et trop tard.

Il méritait de se débattre encore un peu au bout de son hameçon.

Dans le fond, au lieu d'éprouver de la rancune contre l'ado cruel d'autrefois, elle aurait mieux fait de le laisser lui prouver qu'il avait changé, elle le savait...

Lui qui avait toujours dit qu'il voulait être médecin et faire le tour du monde pour guérir des malades, il était là, à travailler sur un navire-hôpital. Elle devait l'admettre, elle était heureuse qu'il ait réalisé son projet, qu'il exerce ce métier noble et utile.

Et ailleurs qu'en Grande-Bretagne, où il aurait profité de toute la technologie d'un hôpital moderne. Il avait vraiment choisi de soigner les plus humbles et les plus défavorisés.

N'était-ce pas un peu héroïque de sa part ?

Quelques bons points pour toi, Quinn. Tu n'es pas aussi mauvais que j'ai pu le croire.

Elle prit la main d'Abeje tandis que Rowan, l'infirmière, s'approchait.

— Elle ne va pas trop mal. Le changement ne saute pas aux yeux, bien sûr, mais il faut attendre que les médicaments agissent.

L'accent irlandais musical et rythmé de l'infirmière rasséréna un peu Tasha.

— Dans combien de temps, à votre avis ?

— Ça dépend du moment où la maladie s'est déclarée... Le parasite est assez agressif.

— Il risque de la tuer, n'est-ce pas ?

— Il ne nous reste plus qu'à espérer.

Rowan ne promettait rien...

Tasha connaissait la chanson. En tant que médecin, elle avait cru réconfortantes ce genre de réponses évasives... Jamais elle n'avait réalisé à quel point elles étaient frustrantes pour qui était de l'autre côté de la barrière, malade d'angoisse pour un proche. Dans ce cas, le flou était dévastateur ; ce dont on avait besoin, alors, c'était de quelqu'un qui vous assure que tout s'arrangera.

— Vous la surveillerez pendant mon absence ?

— Évidemment. Mais les progrès vont prendre du temps, c'est sans aussi bien que vous soyez occupée ailleurs dans l'immédiat. Ça vous évitera de vous inquiéter.

Était-ce si vrai ? Comment oublier Abeje, qu'elle considérait comme sa fille ? Elle n'avait pas d'enfants, mais elle était décidée à en avoir un jour et c'était ainsi qu'elle se figurait une mère : perpétuellement inquiète, craignant pour le bien-être de sa progéniture.

— Vous me préviendrez par radio s'il y a le moindre changement dans son état ?

— Je vous le promets. C'est une excellente idée, d'aller vérifier que les gens de Mosa sont en bonne santé.

— Je l'espère.

Elle regarda l'infirmière s'éloigner avec un bref signe de tête. Étrange, cette perspective de partir avec une équipe médicale. Elle ne l'avait plus fait depuis longtemps ; se retrouver dans cette situation était un peu effrayant.

La dernière fois remontait aux attentats de Londres en 2005. Un véritable carnage, des blessés gisant dans les rues… Du sang, des cris… Elle frissonna.

Que trouveraient-ils à leur arrivée ? Un village entier atteint de paludisme ? Seulement un cas ou deux, ou tout le monde en pleine forme ?

Elle adressa une prière muette à qui voudrait l'écouter pour que la dernière option soit la bonne.

Le *Serenpidity* possédait sa propre jeep. Quinn et Tasha s'installèrent à l'avant, et Rob et Maria à l'arrière avec le matériel médical plus deux tentes canadiennes au cas où ils devraient passer la nuit sur place… Ce que Tasha ne souhaitait pas. Elle consulta sa montre : il était 13 h 30. S'ils atteignaient Mosa en milieu d'après-midi, ils pourraient peut-être traiter tout le monde avant la tombée de la nuit et rentrer dans la foulée.

Quinn conduisait, ses mains bronzées tenant fermement le volant qui réagissait à la route cahoteuse. Il se tourna vers Tasha.

— Bien, raconte-moi quelque chose de positif.

Elle scruta son visage. Pourquoi pas ? En fait, elle mourait d'envie de lui prouver qu'elle était heureuse et accomplie. Que le mépris qu'il lui avait témoigné n'avait pas eu d'incidence sur sa vie, qu'elle n'avait pas été obligée de racler les fonds de tiroirs pour récupérer les miettes d'estime d'elle-même qu'il lui restait. Oui, il l'avait démolie, mais elle s'était reconstruite.

— J'ai été très heureuse de réussir le concours d'enseignante.

Il hocha la tête en souriant.

— Super ! À quelle université étais-tu ?

— À Kingston.

— Fantastique ! Tu as dû être très fière de toi, j'imagine ?

C'était vrai, mais toutefois pas autant que lorsqu'elle avait obtenu son diplôme de médecine après de longues années de travail acharné. Il ignorait que l'enseignement n'était que sa seconde vocation. Sa position de repli.

— Ça n'a pas été facile. J'ai rédigé tant de dissertations !

— Les universités adorent ça, faire noircir du papier.

Il sourit à nouveau.

— Qu'as-tu ressenti, la première fois que tu t'es trouvée face à des élèves ?

Elle soupira au souvenir de la classe qui avait failli la faire abandonner. Les ados déchaînés, leurs railleries et leurs sarcasmes. Elle s'était sentie presque aussi rabaissée que par les mots cruels de Quinn.

— Affreux ! Pendant mon premier stage de deux semaines, j'ai eu l'impression d'être face à une meute de chiens enragés. Les élèves étaient insupportables, des garçons sans aucun respect. Le premier jour, j'ai fini par sortir de la salle en pleurant.

Inutile de préciser que son malaise avait été d'autant plus grand que c'était des ados qui l'avaient chahutée. Qu'elle s'était crue redevenue Pouh-Nat devant lui...

— Désolé.

— Tu n'y es pour rien, n'est-ce pas ?

Ou peut-être que si... Peut-être l'avait-il affaiblie ? Ces garçons avaient dû percevoir sa nervosité, son appréhension. Un de ses profs de fac avait un jour conseillé de *ne jamais montrer de peur*, en expliquant que certains enfants se comportaient comme des hyènes devant une proie, cherchant systématiquement la faille chez les nouveaux professeurs.

— Bien sûr, mais j'imagine que ça n'a pas été agréable...

— Mon second stage s'est mieux passé. Les élèves étaient adorables, attentifs, décidés à bien faire. Le contraste m'a étonnée et encouragée à persévérer. J'aurais pu laisser tomber après ma première expérience, mais, quelque part, le mépris que tu m'as jeté à la figure m'a endurcie. J'étais résolue à poursuivre et à réussir, ce n'était pas une bande d'ados insolents qui allaient me gâcher la vie.

Il eut un sourire piteux.

— L'insolence est l'arme des lâches. Le seul moyen que ces garçons imaginent pour entrer en contact avec quelqu'un de plus intéressant qu'eux, c'est de tenter de le détruire.

— Eh bien, dans mon cas, ils n'ont pas réussi.

— J'en suis heureux.

Aucune trace de moquerie... Son ton était solennel.

— Et toi, comment s'est passée ta première fois auprès d'un patient ?

Il rit, à l'évidence soulagé que la conversation prenne un tour plus léger.

— Horrible ! J'ai posé les bonnes questions, mais il fallait que je lui fasse une prise de sang. Je m'étais pourtant exercé souvent sur des mannequins, mais là, impossible de trouver une veine. Quand j'en ai eu terminé avec ce malheureux, on aurait dit une poupée vaudoue.

Elle sourit, se rappelant sa première prise de sang sur une patiente de chair et d'os. Elle s'en était assez bien tirée malgré ses mains tremblantes, et l'adorable vieille dame s'était montrée compatissante. « Il faut bien apprendre, ma petite », lui avait-elle dit.

— Tu as déjà perdu quelqu'un, un patient ?

C'était sorti avant qu'elle n'ait le temps de réfléchir, et elle se sentit devenir écarlate. Pourquoi cette question idiote ? Hélas ! tous les médecins perdaient des patients !

— Trop de monde. C'est dur. On se dit qu'on s'y fera, les profs et les patrons nous y préparent, mais quand ça se produit...

Elle regarda fixement la route devant elle, le sable rouge et les rochers, les buissons et les épineux couverts de poussière. Un chœur d'insectes bourdonnants dominait le ronron du moteur.

— On est toujours secoué.

Elle se tourna vers lui. Sa mâchoire était crispée et ses jointures avaient blanchi sur le volant. C'était lui qui lui avait fait découvrir la perte, la douleur et le chagrin. Bien entendu, la mort de ses parents avait dû être douloureuse, mais elle était trop jeune à l'époque pour en garder un souvenir précis...

Quand il avait évoqué la lâcheté des ados, un peu plus tôt, pensait-il à son propre cas ? Avait-il eu peur de baisser dans l'estime de son ami Dexter en se montrant gentil avec elle ?

— Oui, tu as raison, on n'est jamais prêt.

La jeep arriva en vue de Mosa peu après 16 heures. C'était un village modeste d'une trentaine de cases au maximum. Des vaches brunes paissaient au bord de la piste, non loin de leurs abreuvoirs. Des gens qui travaillaient dans les champs s'arrêtèrent pour regarder passer la jeep. Ils ne devaient pas recevoir beaucoup de visites...

Quinn gara le véhicule et tous les passagers descendirent, heureux de se dégourdir les jambes. Des gens s'approchèrent, curieux.

Tasha s'adressa à l'un d'eux en souriant.

— Bonjour ! Je suis Tasha, et voici le Dr Shapiro. Nous venons de Ntembe et nous cherchons Ada Balewa.

L'homme la contempla un instant en silence, puis pointa du doigt une des cases situées au bas du village.

— Merci ! répondit Tasha.

Ils descendirent la piste jusque-là.

— Ada ?

Une femme petite, drapée dans un boubou brun, émergea de la pénombre et les dévisagea.

— Oui ? Oh ! mademoiselle Tasha !

Tasha sourit et la prit dans ses bras.

— Je suis contente de vous voir. Vous avez bonne mine !

Ada fronça les sourcils.

— Vous n'êtes tout de même pas venue jusqu'ici pour vous inquiéter de ma santé ?

C'était le moment que Tasha redoutait...

— Ada... Abeje n'est pas bien, elle est soignée sur le navire-hôpital en ce moment. Elle souffre de paludisme. Nous voudrions savoir s'il y a d'autres malades au village. Avez-vous entendu parler de cas de forte fièvre ?

— Nous avons deux enfants alités depuis plusieurs jours. Le frère et la sœur. Douze et neuf ans.

— Pourrions-nous les voir ? Nous avons apporté des médicaments.

— Suivez-moi, je vous emmène.

Tous quatre emboîtèrent le pas à Ada ; en chemin, elle interrogea Tasha sur sa nièce, et celle-ci lui répondit du mieux possible, exposant tout ce qui avait été fait pour soulager la fillette.

— J'aimerais tant aller lui rendre visite !

— Nous devrions avoir de la place pour vous prendre dans la jeep au retour.

Ada soupira.

— J'ai mes enfants, ici, et des récoltes à rentrer. Impossible de m'absenter.

— Alors tâchez de ne pas vous inquiéter, nous faisons le maximum pour elle.

— Merci.

En entrant, ils trouvèrent les deux enfants conscients, mais transpirant à grosses gouttes. Selon leur mère, ils avaient vomi. Quinn s'approcha de leur natte.

— Faisons le test de diagnostic rapide et contre-vérifions s'il est positif, dit Quinn. En attendant les résultats, mettons-les déjà sous perfusion hydratante.

Tasha, un peu en retrait, le regarda travailler. Comme elle l'avait déjà constaté avec Abeje, c'était un vrai professionnel, attentionné et patient. Il parlait aux enfants en choisissant des mots simples et expliquait tous ses actes en souriant, dans le souci de les rassurer.

Même si leur anglais était trop rudimentaire pour qu'ils comprennent, ils ne pouvaient que percevoir son ton doux, son empathie et son désir de les aider.

Découvrir cette facette de Quinn réchauffa le cœur de Tasha, et elle se prit à espérer…

Regrettant de ne pouvoir l'assister, elle se borna à l'observer en anticipant chacun de ses gestes. Elle aurait fait exactement les mêmes… Que c'était dur de ne pas participer !

Le test rapide ayant confirmé le diagnostic de paludisme, Quinn compléta aussitôt la perfusion avec les produits nécessaires, puis se tourna vers Ada.

— Voyez-vous d'autres malades, au village ?

— Non, je ne crois pas.

— Ces enfants ont besoin de soins urgents, ils ne peuvent pas rester ici. M'autorisez-vous à les emmener jusqu'au navire ?

— Je vais parler à leurs parents, je pense qu'ils seront d'accord.

Sur ce, elle sortit de la case.

Tasha se tenait sur le seuil, hésitante.

— Est-il raisonnable de les transporter tout de suite ?

Il fronça les sourcils.

— Non. J'aimerais que la perfusion agisse d'abord, qu'ils aient le temps de récupérer un peu. Mieux vaut les stabiliser avant d'entreprendre le voyage. Nous devrons sans doute rester jusqu'à demain matin.

Elle se mordit la lèvre. Bien que consciente de cette éventualité depuis le départ, elle avait espéré y échapper. Maintenant, voilà qu'elle était forcée de passer la nuit avec Quinn…

Elle eut un rire nerveux.

— D'accord. Je vais prévenir Rob et Maria et commencer à monter les tentes avec eux.

Elle trouva les deux infirmiers à côté de la jeep, en train de compter les cachets de Nivaquine.

— Nous en avons largement assez.

— Parfait ! Puis-je vous aider ?

— Le mieux serait de rassembler tout le monde pour exposer le motif de notre visite, puis de former une file et de distribuer les comprimés à chacun en vérifiant qu'ils les prennent.

Cela paraissait la meilleure solution.

— J'ai dit à Quinn que nous allions monter les tentes pour cette nuit, puisque nous restons.

— Dans ce cas, nous devrions aussi nous inquiéter du dîner, dit Maria.

Bien que Tasha n'ait jamais pratiqué le camping, les instructions de Rob étaient claires et le montage fut rapide. Elle ouvrit quelques bouteilles d'eau, car il était impératif de s'hydrater par cette chaleur infernale. Le soir tombait, la chaleur était moins accablante, mais ils étaient tous trois en sueur.

Elle contempla le vaste espace entrecoupé de marécages qui s'étendait jusqu'à des montagnes grises et caillouteuses. L'ambiance n'avait rien à voir avec celle de Ntembe : dans la ville portuaire, la brise de mer soufflait sans cesse, il y avait toujours du bruit et de la vie. Ici, c'était plus retiré, plus silencieux. L'agitation lui manquait — la sécurité de se savoir entourée. Elle se croisa les bras, mains sur les épaules, et Quinn s'approcha.

— Fatiguée ?

— Depuis mon arrivée à Ntembe, je croyais connaître l'Afrique, mais je me trompais.

— C'est un continent qui réserve toujours des surprises. Il provoque l'enthousiasme, il effraie, il émerveille... Jamais il n'incite à la sérénité.

— Comment vont les enfants ?

— Aussi bien que possible. Je pense qu'ils ont été infectés avant Abeje. Leur état est plus grave.

La peur lui noua les entrailles.

— Crois-tu qu'ils vont mourir ?

— Pas si je peux l'empêcher.

Il lui jeta un regard empli d'une détermination farouche.

La file était longue mais, à la satisfaction de Quinn, chacun des villageois sans exception eut ses cachets et les explications nécessaires. Il n'aurait pas aimé en laisser un seul de côté, c'était évident.

Ada fut d'un grand secours, servant d'interprète pour ceux qui ne comprenaient pas l'anglais et leur gagnant la confiance de tous.

Plus tard dans la soirée, Rob, Maria, Tasha et Quinn s'assirent autour d'un feu de camp pour se restaurer et boire un café. Peu après,

Maria et Rob leur souhaitèrent une bonne nuit et s'éloignèrent côte à côte, les laissant seuls.

— Ils vivent ensemble, dit Quinn.

Tasha sentit un frisson d'angoisse la traverser. Elle n'avait pas compris qu'il s'agissait d'un couple ! Elle s'était figuré que les deux hommes partageraient une tente, et Maria et elle l'autre, mais il n'en restait plus qu'une, toute petite, pour Quinn et elle...

À la perspective de se retrouver avec lui dans un espace aussi exigu, son appréhension croissait de minute en minute...

— Tu savais dès le départ que nous devrions passer la nuit dans la même tente ?

— Oui. Si ça te dérange, je peux m'installer dans la jeep, mais je te jure que tu peux me faire confiance, je ne poserai pas les mains sur toi.

Il remua le feu avec un bâton, provoquant des étincelles en tout point semblables à celles qu'elle sentait monter en elle...

L'idée que Quinn Shapiro pose les mains sur elle lui donnait bien plus chaud que le plus ardent soleil d'Afrique. Elle s'imaginait allongée à côté de lui, en train de le regarder dans les yeux...

Oh ! Bon sang !

Elle but une gorgée de café brûlant et grimaça de douleur.

Au-delà du rond de lumière du feu, les premiers bruits nocturnes résonnaient dans la brousse — insectes, hyènes, oiseaux et animaux divers. Elle crut même reconnaître le barrissement d'un éléphant dans le lointain, à des kilomètres.

Elle était entourée de bêtes sauvages, de lions, peut-être, de prédateurs de toute sorte. Mais le seul être qui l'effrayait était l'homme assis à côté d'elle.

Ou plutôt, c'était l'effet qu'il produisait sur elle qui la terrifiait.

Adolescente, elle aurait hurlé de joie à l'idée de s'abriter sous une petite tente avec Quinn Shapiro. Mais les expériences qu'elle avait vécues depuis l'avaient rendue prudente. Lui aussi, sans doute... En réalité, elle ne connaissait pas grand-chose de sa vie. Après tout, il pouvait être resté un sale type. Qu'il prétende avoir changé n'était pas une garantie...

Elle se tourna vers lui.

— Alors, qu'as-tu fait après que nous nous sommes perdus de vue ?

Elle plongea dans ses yeux. Si son regard était fuyant, c'était qu'il lui mentait...

— L'école, la fac de médecine, l'internat... Le processus habituel.

— Tu as été marié ?

Elle avait pris un ton dégagé, mais son pouls battait comme un tambour à ses oreilles et la sueur perlait au-dessus de sa lèvre.

Nous allons dormir sous la même tente.

Il cligna des paupières, ses prunelles se ternirent et une ombre passa dans ses yeux.

— Hum. Et toi ?

Il ne me dit pas tout...

— Moi aussi.

Elle repensa au jour où, dans cette petite salle des mariages, elle avait prononcé ses vœux avec Simon. Ils étaient si heureux, alors ! Elle du moins, qui croyait que cela les liait pour toujours. Hélas ! le seul vœu que Simon ait jamais respecté, c'était le Serment d'Hippocrate...

Quinn eut un sourire grimaçant et se remit à piquer le feu de son bâton.

— Eh bien, je constate que nous avons passé tous les deux très vite sur cette question, non ?

— Tu aimerais en parler davantage ?

— Et toi ?

Elle n'y tenait pas. Cela serait revenu à avouer un échec. Elle ne détruirait pas l'image qu'elle s'efforçait de se créer : l'institutrice comblée qui avait réussi sa vie.

Elle s'était toujours dit que, si jamais elle rencontrait Quinn Shapiro par hasard, elle se montrerait sous son meilleur jour, satisfaite de sa vie et de sa carrière.

Inutile, donc, d'évoquer son mariage raté.

Elle feignit de réprimer un bâillement.

— Je crois que je vais aller me reposer. La journée a été longue et riche en événements.

Il sourit.

— Je comprends. Bonne nuit, Tasha.

— Bonne nuit, Quinn.

Et elle se dirigea vers la tente en espérant de tout son cœur s'endormir avant qu'il n'arrive.

Quinn n'avait pas fermé l'œil. Il s'était levé deux fois dans la nuit pour surveiller les deux enfants et remplacer leur poche à perfusion. En revenant, il s'était glissé sous la tente et allongé sans bruit, en pensant malgré lui à sa femme, Hannah.

Il s'efforçait en général d'échapper à ce souvenir qui le déstabilisait, faisait resurgir la colère, le chagrin et le ressentiment. Il n'aimait pas le chaos qui s'installait alors en lui.

Il avait donc suivi les conseils de son père.

« Les garçons ne pleurent pas, Quinn ! Un homme doit être fort. »

Refouler ses émotions, oublier… En serrant les dents, en pensant à autre chose, il y était parvenu. C'était son métier qui l'avait le plus aidé : il y avait toujours des malades à soigner et des vies qu'il était capable de sauver, même s'il n'avait pas pu sauver celle de Hannah.

Ni celle de…

Il déglutit. Hors de question d'évoquer son fils. Il se tourna vers Tasha et l'observa. Étrange, qu'il ait fait tout ce chemin pour retomber sur elle… Tout avait commencé avec Pouh-Nat. Les règles de vie qu'il s'était établies dataient de cette époque-là.

Ne fais jamais souffrir les autres.

Efforce-toi de les guérir, de sauver des vies.

Sauver les autres pourrait te sauver toi.

À présent elle était allongée près de lui, ignorant l'influence qu'elle avait eue sur sa vie.

Elle devait croire qu'il n'avait plus jamais repensé à ce qu'il lui avait dit, qu'il avait tout oublié aussitôt parti avec Dexter. Ou pire, qu'ils s'étaient tous les deux moqués d'elle. C'était faux. Il en avait été malade pendant des semaines, des mois.

Il avait tant souffert des terribles sentiments qui l'agitaient et qu'il avait provoqués par sa conduite inconsidérée qu'il souhaitait au contraire ardemment être capable de lui demander pardon. Mais, quand il s'était enfin senti le courage de se rendre au foyer et de la regarder en face, Dexter lui avait appris qu'elle avait trouvé une famille d'accueil.

Sa chance de se faire pardonner était passée… Assis sur le muret de briques rouges, sous la fenêtre de ce qui avait été la chambre de Natasha, il avait juré à haute voix de ne plus jamais faire souffrir personne à l'avenir. Avec l'espoir que, d'une manière ou d'une autre, elle percevrait le sens de son serment. Que sa résolution volerait jusqu'à elle à travers l'espace et la consolerait.

Et elle était désormais à côté de lui, endormie, le visage détendu, ses boucles étalées sur le tapis de sol rouge, ses taches de rousseur entre les yeux et le nez, ce petit nez retroussé au bout, ses lèvres pleines entrouvertes...

Soudain, il éprouva une violente envie de l'embrasser.

Choqué, il s'assit d'un coup et rampa hors de la tente. Dehors il s'étira, inspirant l'air matinal à pleins poumons. Le mieux pour elle comme pour lui était de laisser un peu d'espace entre eux. Il n'osait penser à sa réaction s'il l'avait embrassée... Dans un premier temps, elle aurait été offusquée, bien sûr, mais n'aurait-elle pas pensé ensuite qu'il agissait par pitié ? Pour se faire pardonner ses paroles cruelles d'autrefois ?

Peu importait, de toute façon c'était absurde.

Pourtant, en se dirigeant une fois de plus vers la case des deux petits malades, il avait toujours devant les yeux l'image de son visage serein dans le sommeil. Il éprouvait un réel plaisir de l'avoir retrouvée, d'avoir enfin l'occasion de lui dire à quel point il regrettait sa conduite d'autrefois.

Quant à ce qu'il ressentirait en la prenant dans ses bras, il n'avait pas le moindre doute sur le sujet...

3

Quinn chargeait la jeep pour le retour et Tasha le regardait faire, fascinée par la vitesse à laquelle il travaillait. En un clin d'œil, il casa tout le matériel à l'arrière de façon à pouvoir allonger les deux petits malades sur l'une des banquettes et laisser la place à leurs parents et aux infirmiers sur celle d'en face.

Tasha prit Ada dans ses bras.

— Nous avons fait notre possible ici, Ada. Nous tâcherons de ramener cette famille à Mosa le plus tôt possible.

— Comment vous remercier ? Embrassez Abeje pour moi. C'est la fille unique de ma sœur, elle m'est très précieuse.

— Je n'y manquerai pas.

Ils prirent place dans le véhicule et firent de grands signes d'au revoir tandis que Quinn démarrait.

Tasha l'observa à la dérobée : il paraissait différent, ce matin. Plus concentré sur son travail, si cela était possible. Au réveil, en se trouvant seule sous la tente, elle avait hésité entre soulagement et déception.

En fait, elle aurait été curieuse de faire l'expérience de se réveiller avec lui. Aurait-elle été mal à l'aise ? Se serait-il plaint qu'elle parlait dans son sommeil, comme Simon ? Elle avait été déçue de se trouver seule sous la tente au réveil, elle devait l'admettre. Elle aurait aimé ouvrir les yeux sur son visage endormi, étudier sans être vue l'homme qu'il était devenu…

La route était toujours aussi cahoteuse et pendant les premiers kilomètres elle se borna à regarder devant elle, surprenant de temps à autre des gazelles, ou des vautours qui tournoyaient dans le ciel, s'élevant dans la chaleur matinale.

Mais le silence lui pesa vite. La veille, Quinn n'avait cessé de la questionner, et aujourd'hui il ne lui adressait pas la parole... Que s'était-il passé ?

— Tu as bien dormi ?

Il haussa les épaules.

— Quelques heures. Je me suis levé deux fois pour aller voir les enfants, renouveler leurs médicaments.

— Si tu veux te reposer un peu, je peux conduire.

— Merci, ça ira. Le trajet n'est pas long.

— Quand nous arriverons, tu auras encore une journée chargée, tu vas être vanné.

— Je serai suffisamment réveillé pour m'occuper de mes patients. Ne t'en fais pas, je survivrai. Les médecins ont l'habitude du manque de sommeil.

Survivre, peut-être, songea-t-elle avec un pincement de cœur, mais avoir l'esprit clair, certainement pas...

— Pourtant, c'est dans ces moments-là que se produisent les accidents.

Pas question de mentionner sa propre erreur, la succession d'événements qui l'avait conduite à abandonner la médecine. Mais c'était ce genre d'obstination qui causait des tragédies... Arrivé sur le bateau, il devrait s'occuper d'Abeje et des deux enfants qu'ils ramenaient.

— Arrête-toi, Quinn, laisse-moi conduire.

— Franchement, je me sens en pleine forme.

— Quinn ! Arrête-toi, bon sang ! dit-elle en hurlant désormais.

Les sourcils froncés, il se tourna vers elle.

— Qu'est-ce qui te prend ?

— Rien, mais je serai plus tranquille si tu as assez dormi avant que nous remontions à bord.

— Tu as peur que je ne puisse pas soigner Abeje ? Je te rassure tout de suite...

— Ce ne sont que des mots, Quinn. La seule chose susceptible de me rassurer, c'est que tu me passes le volant. Je t'en prie.

Il réfléchit un instant, consulta sa montre, scruta la route devant eux, puis se tourna de nouveau vers elle.

— Tu es sûre ?

— Tout à fait.

Il stoppa la jeep dans un crissement de freins.

Installé sur le siège passager, Quinn était perplexe : pourquoi cette subite colère de Tasha ? Craignait-elle qu'il ne soit pas en mesure de soigner Abeje s'il manquait de sommeil ?

— Explique-moi pourquoi tu as réagi ainsi.

— Pour rien. Seule la sécurité m'importe.

— En tant qu'institutrice, tu as calculé les risques que nous ayons un accident ?

— Pas seulement. J'aimerais que tu sois reposé, au mieux de ta forme, quand nous serons sur le *Serenpidity*.

— Tu as peur que je ne sois pas capable de m'occuper d'Abeje, c'est ça ?

Elle soupira.

— Pas vraiment… Mais les médecins travaillent des heures d'affilée sans avoir conscience de leur fatigue ; ils ne savent pas faire de pause, et l'épuisement affecte leur capacité de décision. S'il y a une altération soudaine dans l'état d'un patient, mieux vaut avoir le cerveau qui fonctionne à plein régime. Croire qu'on peut agir vite en étant dans le cirage, c'est se prendre pour Superman.

Il éclata de rire.

— Je t'assure que cette idée ne m'a jamais effleuré !

Il se détourna et ferma les yeux, content, dans le fond, de la chance qu'elle lui offrait de prendre un peu de repos. La nuit avait été longue, et il avait menti : en réalité, il n'avait pas fermé l'œil. Entre ses allées et venues pour surveiller les enfants, il l'avait observée en se demandant ce qu'il éprouvait pour elle, en mesurant à quel point il avait besoin de réparer sa faute d'autrefois.

— Tant mieux. Maintenant, tais-toi et dors.

Il sourit, sentant l'épuisement le gagner. La chaleur, le tangage du véhicule et le ronron du moteur le berçaient.

Il ne s'éveilla qu'en entendant un crissement de freins : ils étaient devant le *Serenpidity*.

Tasha coupa le contact, heureuse de toucher enfin au but. Elle était impatiente de voir Abeje et soulagée que les deux enfants de Mosa puissent bénéficier des soins de l'hôpital. En outre, le voyage l'avait épuisée. Elle avait faim, soif, et rêvait d'une bonne douche. Elle devait ressembler à un épouvantail...

Près d'elle, Quinn s'étira en bâillant.

— Debout, le dormeur ! On est arrivés !

Il roula des épaules en souriant.

— Tu nous as ramenés entiers, alors ?

— Je suis capable de conduire une jeep. Tu en doutais ?

— Pas du tout, je suis certain que tu as des nombreuses aptitudes que j'ignore.

Elle baissa la tête et contempla ses mains.

S'il avait su...

— J'aimerais voir Abeje avant d'aller travailler. C'est possible ?

— Bien sûr. Tu peux utiliser les douches du personnel, si tu veux te rafraîchir.

Elle se passa les mains dans les cheveux et de la poussière rouge s'échappa de ses boucles. Elle fit la grimace.

— Bonne idée. Je me demande de quoi j'ai l'air !

— Tu es très bien.

« Très bien » ? Il y avait mieux, comme compliment ! Mais à quoi s'attendait-elle ? À ce qu'il lui dise qu'elle était belle ? Merveilleuse ? Éblouissante ?

— Merci.

Il approcha sa main tendue de son visage et elle eut un mouvement de recul. Que faisait-il ? La panique la gagna. Elle haletait, sa bouche était sèche et son cœur cognait contre ses côtes.

En souriant, il essuya du doigt une trace de poussière rouge sur l'arête de son nez.

— Tu as rapporté la moitié de la piste !

Puis il épousseta sa chemise, descendit de la jeep et passa derrière, disparaissant de sa vue.

Elle resta un instant immobile à reprendre son souffle. Que lui arrivait-il ? Il suffisait qu'il la regarde, qu'il lui sourie et lui touche le bout du nez pour que son corps entier s'enflamme...

Pourquoi cette réaction ? Était-ce un vieux réflexe dû à son béguin d'adolescente ? Ou était-ce nouveau, et autrement plus puissant, plus violent ?

Peut-être devrait-elle s'en effrayer...

Une fois sous la douche, Tasha se sentit plus humaine. Elle laissa avec délice l'eau froide couler sur elle, jusqu'à ce que cela lui revienne soudain : elle avait classe aujourd'hui, elle ne pouvait pas s'attarder.

Elle s'essuya en hâte, fit la grimace devant ses boucles en bataille, et se rendit auprès d'Abeje.

Aucun changement notable de son état n'était perceptible, encore moins une amélioration. Elle dormait toujours. Tasha s'approcha de Quinn qui s'occupait des deux enfants de Mosa.

— Comment vont-ils ?

Elle se tapotait les cheveux, priant pour que la chaleur ne les sèche pas trop vite et dans tous les sens.

— Ils sont stables.

« Stables » Encore un de ces termes médicaux si politiquement corrects... Ne pas donner d'espoir, ni en ôter, pour se protéger de toute critique ou accusation.

— Tu as fait les analyses ? demanda-t-elle.

— Oui, nous venons de les envoyer au labo.

— Chloroquine et ACT, je suppose ?

Il acquiesça de la tête en lui jetant un drôle de regard.

Elle croisa les bras, frustrée par son rôle de spectatrice tandis qu'il prenait les constantes et notait les résultats dans le dossier.

Température, tension artérielle, rythme cardiaque, respiration, saturation d'oxygène...

Elle réprima un soupir. Des chiffres. C'était toujours des chiffres qui décidaient des chances d'un patient. Les pourcentages et les statistiques gouvernaient déjà sa vie à l'orphelinat : les chances qu'elle avait d'être adoptée à l'adolescence, la probabilité que les filles soient préférées aux garçons, le fait que la longueur du séjour au foyer soit proportionnellement inverse aux opportunités d'adoption.

À treize ans, elle n'avait pratiquement plus aucun espoir. Personne ne la voudrait, pas plus qu'on ne l'avait voulue pendant toutes ces années ; pourquoi choisir une ado rebelle ? Elle était chaque jour plus déprimée, et la seule chose qui l'avait soutenue, c'était son amour pour Quinn.

En l'observant, elle retrouvait l'impression familière d'autrefois, la sensation qu'il était hors de sa portée, inaccessible…

— Bien, je ferais mieux d'y aller, dit-elle, j'ai classe toute la journée.

— Reviens quand tu veux, dès que tu as un moment de libre.

— D'accord. Après ma classe, en fin d'après-midi.

— Super. Et si nous allions boire quelque chose ensemble, ce soir ?

Elle rougit malgré elle. À treize ans, elle aurait sauté de joie, mais elle était devenue méfiante. Que cachait cette invitation ?

— Un café en terrasse, ça ne nous engage à rien…, dit-il.

Après tout, il s'agissait de faire une pause ensemble en amis, après deux journées éreintantes.

— Euh…

— Allons, Tasha. Nous ne sommes plus les ados d'autrefois, ne nous attardons pas sur le passé.

— C'est le passé qui a fait de moi ce que je suis aujourd'hui.

Il sourit.

— Et j'adorerais en savoir un peu plus sur ce que tu *es* aujourd'hui. Laisse-m'en la chance.

Oh ! ce sourire… Avait-il conscience de l'effet qu'il produisait sur elle ? Elle y retrouvait le garçon de seize ans, mais elle voyait aussi l'homme, et… Oh ! que cet homme voulait la séduire !

Elle était glacée de peur. Son corps entier percevait son appel, et sa raison tentait désespérément de lui rappeler à quel point il pouvait être cruel, combien il l'avait fait souffrir.

D'un autre côté, ne méritait-il pas une chance de lui prouver qu'il avait changé ?

— D'accord, un café.

— Super. À tout à l'heure !

En regagnant l'école, elle ne pensait qu'à lui. Au temps qu'ils avaient passé ensemble, au lien qui existait déjà entre eux… Et aussi à tout ce qui n'était pas encore écrit.

Elle éprouvait un sentiment puissant pour lui, mais quoi, exactement ? De l'amitié ? De l'attirance ?

Difficile de nier qu'il la charmait toujours, après tous ses efforts pour le haïr…

N'aurait-elle pas dû refuser son invitation ? Leur relation était faussée depuis le départ, peut-être valait-il mieux en rester là. Ne pas remuer le passé.

Il était sans doute trop tard…

Elle était déjà engagée, et *remuée*. Impossible de revenir en arrière.

Il l'intéressait, elle était curieuse d'en savoir davantage sur lui, sur ses activités durant toutes ces années. S'il avait parfois pensé à elle, ce qu'il avait accompli, ses projets d'avenir. Chez elle, devant un thé, elle comprit qu'elle avait envie de lui parler de ses propres expériences, de ce qu'elle avait vu, des endroits qu'elle avait visités…

En fait, il était l'unique lien avec son enfance, et son souvenir le plus marquant.

Lorsqu'elle était avec lui, elle avait l'impression de rentrer à la maison…

Quand Tasha retourna au bateau après sa classe, elle trouva Abeje les yeux ouverts et eut même droit à un petit sourire.

— Oh ! tu es réveillée ! Bonjour, ma chérie. Comment te sens-tu ? Je me suis vraiment fait du souci.

Elle l'embrassa sur la joue.

— Je suis fatiguée, mademoiselle Tasha.

Elle lui repoussa les cheveux du visage. Sa peau était toujours chaude, mais pas autant que la veille.

— Bien sûr, mon poussin. Ça va s'arranger, on te soigne bien. Tu sais où tu es ?

— Sur le navire-hôpital.

— Exact.

Quel soulagement qu'Abeje soit consciente, le regard clair et vif ! Le traitement choisi par Quinn semblait efficace. Bien entendu, ils n'étaient pas encore sortis de l'auberge, mais peut-être avaient-ils pris la maladie à temps et stoppé l'avancée du parasite.

— Aujourd'hui, à l'école, tout le monde a écrit des histoires, et toutes étaient merveilleuses. Ça t'aurait plu.

Abeje eut un faible sourire et ferma les paupières. Quand Tasha fut certaine qu'elle s'était rendormie, elle se leva et tira le rideau autour de son lit pour qu'elle soit au calme.

De nouveaux patients venaient d'arriver dans la salle attenante, Quinn avait été appelé auprès d'eux.

Il finirait sans doute très tard… Peut-être feraient-ils mieux de remettre ce café à un autre soir ?

À regret, elle descendit la passerelle avec l'intention de rentrer chez elle. Soudain, elle s'entendit appeler.

Quinn lui faisait signe du pont.

— Tu me poses un lapin, Tasha Kincaid ?

Malgré elle, elle sourit.

— Pas du tout ! Je pensais simplement que tu étais occupé pour longtemps.

— J'ai fini ! Attends-moi, j'en ai pour une minute.

Il disparut de sa vue et elle resta debout sur le quai, se sentant aussi idiote qu'une adolescente qui attend un garçon.

Le garçon. Quinn Shapiro.

Qu'est-ce que je fais là ?

Elle arrangea une boucle rebelle derrière son oreille en se répétant qu'elle était adulte, qu'elle avait vécu pas mal de choses depuis. Elle finit par s'asseoir sur une caisse qui traînait par là.

Bientôt, elle vit Quinn arriver en chemise de lin bleu ciel et pantalon kaki.

— Bon, on va prendre ce café ?

— En fait, je meurs de faim. On pourrait aussi manger quelque chose, non ?

— Ce n'est pas moi qui vais refuser !

Souriant, il lui prit le bras pour la guider jusqu'à une petite automobile poussiéreuse et rongée par la rouille.

— C'est la tienne ?

Il ouvrit la portière côté passager.

— Qu'est-ce que tu crois ? Que je suis en train de la voler ? Allez, grimpe !

À l'intérieur, tout semblait également déglingué. Les sièges défoncés laissaient échapper leur mousse. Avait-il déniché cette voiture à la casse ?

— Elle marche ?

— Comme une pendule. Et son aspect extérieur a le mérite de décourager les voleurs.

Elle entra avec réticence, n'osant rien toucher de peur que cela lui reste dans les mains.

Il s'installa au volant et mit le contact. Le moteur démarra du premier coup.

Elle détourna le regard vers la vitre pour dissimuler son sourire. *Qu'est-ce que je fais là ?* se demanda-t-elle à nouveau.

Quinn traversa la ville en klaxonnant de temps à autre pour réclamer le passage et en saluant du bras, çà et là, des gens qu'il connaissait. Il semblait très populaire.

— Depuis quand es-tu ici ?

— Deux jours.

— Mais tout le port paraît te connaître !

— Ce n'est pas la première fois que nous venons.

— Combien de temps restes-tu ?

— Un mois.

La violence de sa déception la surprit. Ainsi, dans quelques semaines, il serait reparti ?

Tout le monde m'abandonne.

— Où vas-tu ensuite ?

— Prochaine escale, Madagascar.

— Oh !

Il la regarda d'un air intrigué.

— Je te manquerai ?

Elle se détourna, observa les rues encore animées à cette heure tardive, où de nombreuses personnes rentraient seulement de leur journée de travail.

— Je ne suis pas restée assez longtemps avec toi pour que tu me manques.

L'ambiance avait changé. Cela ne lui déplaisait pas qu'il essaie de se mettre en avant, de se montrer familier et amical, mais elle n'était pas sûre de vouloir entretenir ce genre de rapports avec lui.

— En fin de compte, nous ferions peut-être mieux de nous en tenir au café.

Aussitôt, il se gara au bord de la piste.

— Que fais-tu ?

— Je veux savoir ce qui te chagrine.

— Rien, tout va bien !

— Alors pourquoi ne veux-tu plus aller dîner, tout d'un coup ?

Exaspérée, elle déboucla sa ceinture et sortit. Quinn s'était arrêté près d'un champ de maïs doux, séparé de la piste par un fossé peu profond qui dégageait une odeur nauséabonde. Elle songea aux moustiques, au paludisme et aux petits malades. À Abeje dans son lit d'hôpital, fébrile et épuisée, pendant qu'elle se promenait avec un homme à qui en principe elle n'aurait pas dû adresser la parole.

Puis elle repensa à une autre fillette, celle qu'elle n'avait pas pu sauver. Comme pour se bercer, elle croisa les bras, mains aux épaules, hantée par son échec.

— Qu'est-ce qui se passe ? Allons, Pouh-Nat, tu peux me le dire, murmura-t-il.

Elle releva le menton.

— Ne m'appelle pas comme ça !

— Tasha, si tu préfères, qu'est-ce qui t'arrive ?

Il lui faisait face et cherchait son regard.

— Je ne sais pas. J'ai l'impression d'être sur les montagnes russes, avec toi ! Rien n'est normal, rien n'est égal. Nous ne devrions pas être ici, mais avec les enfants. En train de les soigner.

Il la considéra un instant sans rien dire.

— Pour le moment, nous ne pouvons qu'attendre, dit-il enfin tout doucement.

— Ce n'est pas suffisant. Il doit bien y avoir quelque chose à faire ! Je déteste me sentir inutile, c'est une impression abominable.

Il lui souleva le menton d'un doigt et essuya la larme qui roulait sur sa joue.

— Hé ! Tout va bien !

Elle s'efforça d'ignorer la sensation agréable que lui procurait cette caresse.

— Tu le crois vraiment ? Comment être sûrs que nous agissons au mieux ?

— Nous le savons, c'est tout. Tu dois me faire confiance.

Elle le regarda, submergée par le trouble, la douleur et la colère, des émotions négatives qu'elle détestait éprouver.

— Là est la toute la question, n'est-ce pas ? De savoir si je te fais confiance.

Il soutint son regard.

— Eh alors ?

— Je n'en sais rien. J'aimerais bien, mais…

— C'est un bon début, tu n'as pas dit non.

Il la gratifia d'un sourire.

— Laisse-moi ma chance, c'est tout ce que je demande. Une chance de te prouver que tu peux avoir confiance en moi.

Elle étudia ce visage dont elle avait rêvé pendant des années. Une physionomie ouverte et franche, celle d'un homme en qui elle voulait croire…

Elle était lasse de se tourmenter. Autant saisir cette opportunité de changer sa souffrance en un sentiment positif. Si cela tournait mal, qu'aurait-elle perdu ? Rien. En revanche, si cela se passait bien…

— D'accord, mais une seule.

Il sourit.

— Parfait. Ça me suffit.

Ils découvrirent un modeste snack-bar qu'ils ne connaissaient ni l'un ni l'autre, le Coffee Bean. L'endroit était intime, un poste de radio qui jouait en sourdine égayait l'ambiance de sa musique ; des plats chauds étaient proposés. Tasha et Quinn décidèrent d'essayer le menu. Les tables en Formica étaient usées, rayées, mais au centre de chacune trônait un bouquet de fleurs naturelles dont les senteurs se mêlaient aux arômes alléchants de la cuisine.

Ils s'installèrent près de la porte ouverte pour profiter de la brise du soir.

Aussitôt qu'ils furent assis, elle plongea les yeux dans les siens.

— Explique-moi… Quel est le véritable motif de ta venue en Afrique, Quinn ? Qu'est-ce qui t'a fait penser : « Bon, je quitte le Royaume-Uni et je vais travailler sur un navire-hôpital » ?

Il rit, mais son rire n'était pas sincère. Elle le scruta. Quel point sensible venait-elle de toucher ? Comment allait-il s'en tirer ? Elle voulait la vérité, elle saurait s'il mentait.

— Je te l'ai déjà dit, j'avais besoin de changement, d'un défi à relever.

— Tu es urgentiste, c'est ça ?

Elle-même s'était spécialisée en pédiatrie, supposant que soigner des enfants éclairerait ses journées…

Il acquiesça de la tête.

— Le travail aux urgences n'était pas déjà un défi important ? demanda-t-elle.

— Si. Mais…

Sa voix s'étrangla et il se mit à jouer avec les pots de condiments.

— Et toi ? Ce n'était pas assez dur d'enseigner dans une école anglaise ?

— Oh ! si, bien sûr !

— Mais ?

Elle sourit.

— Mais nous parlions de toi. Tu m'as réclamé une chance, et j'ai accepté. Je veux en savoir un peu plus sur toi. Ce qui te motive, ce qui te fait avancer dans la vie.

Il la regarda dans les yeux.

— Tu te souviens que j'ai été marié ? Ça s'est mal terminé, et… j'avais besoin de m'éloigner.

— Combien de temps a duré ton mariage ?

Il soupira.

— Dix-huit mois.

Si peu ? Elle attendit la suite.

Mais il n'y en aurait visiblement pas. Peut-être lui confier quelques éléments de sa vie à elle l'inciterait-il à entrer dans les détails ?

Elle sourit.

— À peine plus longtemps que le mien ! Mon mari, Simon, était médecin à l'hôpital. Notre relation était un tourbillon qui a commencé par des rendez-vous secrets dans la lingerie. Une fois, nous avons été surpris par une aide-soignante qui venait chercher des taies d'oreiller de rechange. Très gênant !

Il se borna à sourire.

— En apparence, nous nous entendions bien, et la situation était si excitante ! Un jour, il m'a demandé ma main, j'ai accepté et nous sommes allés droit à la mairie la plus proche avec deux témoins dénichés dans la rue.

— Eh bien !

— C'était impulsif et fou, parce qu'aussitôt après, les choses ont mal tourné. Rien ne nous excitait plus. En quelque sorte, le mariage avait éteint notre passion. Sans doute avons-nous commencé à nous découvrir sous un autre jour. Je faisais des projets d'avenir, je parlais d'avoir des enfants… Assez vite, j'ai découvert qu'il me trompait, et nos chemins se sont séparés.

Il fit la grimace.

— Navré… Combien de temps avez-vous été mariés ?

— Un an.

Elle rit de cette coïncidence.

— Tu vois, on fait la paire, tous les deux !

Il hocha la tête. Le serveur apportait leur plat, du poulet *yassa*, mariné une nuit dans un mélange d'huile d'arachide, de jus de citron, d'oignon, de vinaigre et d'épices, servi avec de la semoule de couscous et de la banane plantain frite. Un fumet alléchant s'en dégageait, et ils attaquèrent leur assiette avec appétit.

— Comment s'appelait ta femme ?

— Hannah.

Elle sourit.

— Joli nom… Tu ne trouves pas curieux que ton union comme la mienne aient été des échecs ?

Il haussa les épaules.

— Je n'appellerais pas ça un « échec ». Je suis certain que tu t'es battue autant que moi pour sauver ton mariage.

Il y a vraiment quelque chose qu'il garde pour lui.

Mais comment insister, alors qu'elle non plus ne lui disait pas tout ? Ils commençaient à peine à se confier, elle devait se montrer patiente.

— Tu as raison. De mon côté, j'ai fait mon possible, mais Simon a déclaré forfait sans même essayer de lutter.

Quinn avala une bouchée et prit l'air songeur.

— Quand l'autre abandonne la partie, on ne peut rien faire.

Elle leva sa tasse de café pour porter un toast.

— Aux amis qui n'abandonnent pas.

Il leva la sienne en souriant.

— Aux amis qui n'abandonnent pas.

En ramenant Tasha chez elle, Quinn était de plus en plus heureux de l'avoir retrouvée. Ce qu'il lui avait fait subir était une sorte de tache dans sa mémoire, qu'il espérait pouvoir effacer.

Cela paraissait un peu difficile au départ, mais après ce dîner et leurs échanges détendus, leur amitié était en bonne voie.

Surtout, il devait la garder comme amie, ne rien gâcher en exigeant davantage.

Depuis la mort de Hannah — et de leur fils —, il attendait que les autres s'accrochent, qu'ils donnent le maximum. Qu'ils ne laissent pas tomber quand cela devenait trop pénible.

Sa femme avait tenté de le protéger en lui dissimulant sa souffrance, en le persuadant qu'ils faisaient bien d'ajourner le traitement. Si on ne lui avait pas caché la vérité, il n'aurait jamais accepté… Mais elle était vraiment résolue à mener sa grossesse à terme.

Cette double perte avait failli le détruire. Les médecins de Hannah — qu'il croyait ses amis —, savaient depuis le début qu'il n'y avait plus d'espoir pour elle… À l'époque, il était si furieux qu'il avait été incapable de les revoir, de les croiser dans les couloirs ou les salles de l'hôpital sans leur hurler son dégoût. Son lieu de travail, comme sa maison, était entaché de mensonge et de leurre.

En outre, après l'enterrement, la famille de Hannah lui avait reproché d'avoir trop attendu, de n'avoir rien fait pour la sauver. Rongés par la culpabilité, ils avaient reporté la faute sur lui…

Il avait pris une décision. La meilleure chose pour tout le monde était qu'il parte. Qu'il recommence de zéro dans un endroit du monde où rien ne lui rappellerait sa femme.

Lorsqu'un poste s'était révélé vacant sur le *Serenpidity*, Quinn avait postulé aussitôt pour échapper à ces souvenirs amers.

Et il se réjouissait désormais que Tasha se soit trouvée sur sa route et lui donne l'occasion de se racheter. S'il n'avait rien pu faire pour sa femme et son fils, il pouvait se dédouaner auprès d'elle. Et il en était fort heureux.

Tasha elle-même le rendait heureux... Être avec elle, c'était comme respirer l'air pur au sortir d'un espace confiné. Il se sentait plus léger, délivré d'un fardeau. Elle avait un sourire qui éclairait comme un soleil. Sans qu'il puisse vraiment l'expliquer, sa simple présence le rassurait. La vie pouvait à nouveau être belle. Comment ne pas vouloir éprouver plus souvent ce sentiment si agréable ?

Qui aurait imaginé que la gamine qu'il avait humiliée puisse devenir la femme qui le sauverait ?

Il allait passer le plus de temps possible avec elle, c'était décidé.

Après un si long séjour dans le froid, il aspirait à se blottir dans la chaleur apaisante de l'amitié et de la confiance de Tasha.

4

Appelé par une infirmière durant la nuit, Quinn se leva pour examiner Abeje, qui présentait les symptômes de la jaunisse. Elle tremblait, se plaignait de fatigue, de douleurs dans les muscles. Toutefois, en dépit de son manque de globules rouges, elle urinait, signe que les reins n'étaient pas encore touchés. Il prescrivit un traitement et une transfusion de sang pour augmenter le taux de plaquettes, puis alla voir ses autres patients.

Les deux enfants de Mosa dormaient profondément. Ils réagissaient bien aux médicaments qu'ils avaient pourtant commencé à prendre après Abeje. Il vit ensuite une femme souffrant d'une mastose sévère, dont il s'efforçait de déboucher les canaux galactophores pour qu'elle puisse continuer à allaiter son bébé. Puis un agriculteur qui récupérait d'un infarctus et qu'ils espéraient pouvoir laisser sortir bientôt. Et un patient en attente d'une intervention qui le délivrerait d'un énorme goitre.

C'étaient des cas très variés, et c'était cette variété qui lui plaisait. Le seul domaine où il refusait, dans la mesure du possible, d'intervenir était l'obstétrique, tout ce qui concernait la grossesse et la maternité. Par chance, il pouvait se décharger sur d'autres médecins travaillant à bord dont c'était la spécialité. Il en avait néanmoins quelques remords, car il avait prêté serment de secourir tous ceux qui en avaient besoin. Lorsque c'était vraiment nécessaire il se forçait, mais à grand-peine. Il était terrorisé à l'idée de perdre une future maman et son enfant à naître.

Il était déjà passé par là. Et s'il était encore capable de traiter des cancers, toutes les femmes enceintes lui rappelaient Hannah.

Hannah avec son gros ventre, assise dans le lit, lui tenant la main en souriant en dépit de la douleur qu'elle supportait. En dépit de sa maladie. Elle avait refusé la chimiothérapie pour donner une chance à leur bébé, mais le cancer du pancréas, agressif, s'était propagé rapidement au reste de son corps, et elle était morte avant que le bébé puisse être sauvé.

Elle n'en était qu'à la vingt-deuxième semaine… Ils avaient tenté de mettre l'enfant au monde alors que son système était en défaillance multi-organique, mais leur fils n'avait pas survécu. Les stéroïdes injectés à sa femme mourante n'avaient pas suffi à fortifier ses poumons. Il était minuscule, presque translucide, et son corps frêle tenait tout entier dans sa main.

Le bébé n'avait lutté pour sa vie que quelques heures.

À la fin, on le lui avait mis dans les bras. Il avait déboutonné sa chemise et glissé le petit corps sur son torse en le berçant. Lorsque les doigts miniatures avaient entouré son index, les larmes avaient jailli.

Il ne s'était jamais vu si impuissant.

En sentant contre lui le souffle laborieux, il avait maudit un monde qui laissait arriver une telle chose à un être si jeune, si innocent.

Assis dans un fauteuil, il avait longtemps regardé le visage de son fils, mémorisé la forme de ses yeux, de son nez minuscule et de sa petite bouche intubée, de son corps couvert d'un fin duvet, en lui répétant encore et encore à quel point il l'aimait, à quel point sa maman l'avait aimé. À quel point il était précieux, et courageux. Et à la fin, qu'il ne lui en voudrait pas de cesser de lutter.

Qu'il pouvait céder.

Qu'il pouvait se reposer.

Le bébé avait alors rendu son dernier soupir, et quand sa poitrine s'était immobilisée, il l'avait tenu longtemps contre lui, jusqu'à ce que ses larmes se tarissent. Il gardait toujours dans son portefeuille la photo que les infirmières avaient prise de lui et de son fils.

Qui aurait pu être à présent un petit garçon de l'âge d'Abeje, allant à l'école, jouant et riant avec ses amis…

Au lieu de cela, ce n'était plus qu'un souvenir, qui lui donnait pourtant le courage d'affronter la vie. S'il avait pu survivre à la mort de Hannah et de son fils, il survivrait à n'importe quoi.

Que risquait-il, désormais ? Que la vie lui ait ramené Tasha était une bonne chose, il en était certain.

Ils avaient un mois à passer ensemble, assez pour consolider leur amitié. Ensuite, il devrait la quitter, en sachant qu'à chacun de ses séjours à Ntembe, elle serait sur le quai, une présence rassurante, un visage souriant qui l'accueillerait...

Dans l'intimité de son bureau, il sortit son portefeuille et regarda la photo qu'il chérissait.

Il était père, un père privé de son enfant. Un mari privé de sa femme. Les êtres qu'il aimait le plus lui avaient été ôtés.

À présent que la vie lui avait donné une seconde chance, il ne perdrait pas l'amitié de Tasha.

Mais en regardant le cliché témoin de la douleur qu'il avait subie, il hésita. Pouvait-il redevenir intime avec une femme, même en ami ? D'ailleurs, resteraient-ils de simples amis ? Elle l'avait tant aimé autrefois... Non, il ne ferait souffrir personne.

Il avait prêté serment.

Devant les enfants assis face à elle, Tasha avait du mal à se concentrer. La classe n'était pas la même sans Abeje... Son visage intelligent et ouvert, sa soif d'apprendre lui manquaient. Sa place vide était un constant rappel ; alors que les autres maniaient adjectifs et adverbes, la fillette gisait dans un lit d'hôpital, luttant pour sa vie.

Tasha avait le cœur serré, elle aurait dû être sur le bateau, assise à son chevet, en train de lui murmurer des encouragements.

Le paludisme faisait des ravages : chaque année, près d'un demi-million d'enfants en mouraient, la plupart en Afrique. Un nombre terrifiant. Elle regrettait d'avoir cherché des renseignements la veille au soir sur Internet, mais elle n'avait pas pu s'en empêcher.

Tout en sachant que la maladie sévissait dans ce pays, Tasha avait naïvement cru avant son arrivée qu'elle n'y serait pas confrontée. Que dans une classe, devant un tableau noir et la craie à la main, son principal souci serait d'inculquer les règles de grammaire aux enfants.

Comme elle ne pouvait désormais plus se rendre utile en soignant, elle voulait l'être en enseignant. Elle ressentait le besoin d'apporter sa pierre à l'édifice d'une façon ou d'une autre. Sinon, à quoi servait l'existence ?

Après avoir envoyé ses élèves en récréation, elle s'assit à la place qui en ce moment restait vide et, soulevant le dessus du pupitre, elle y trouva des cahiers bien rangés. En ouvrant un, elle constata les progrès de la petite fille qui savait à peine écrire au début de l'année. Dans ses rédactions et ses textes, sa maîtrise de la langue anglaise était évidente.

Tasha trouvait Abeje brillante, unique… Pourquoi éprouvait-elle ce sentiment particulier ? Elle souhaitait faire davantage pour cette enfant si vive, lui donner une chance plus grande dans l'existence… Mais comment ?

Elle reposa le cahier, referma le pupitre, et passa les mains sur le bois usé. Elle lui rendrait visite ce soir dès sa sortie de l'école. Et peut-être verrait-elle Quinn, aussi…

Cette perspective allégea un peu le poids qui pesait sur ses épaules et son cœur. La veille au soir au Coffee Bean, ils avaient passé un merveilleux moment à bavarder, à se raconter des histoires, à rire, à s'apprécier mutuellement. C'était le début d'une belle amitié. En dépit du passé, ils s'entendaient bien, elle ne regrettait pas de lui avoir laissé sa chance.

Dans l'après-midi, les enfants écriraient chacun une lettre à Abeje. Ils les réuniraient en un livre qui lui ferait savoir que tout le monde s'inquiétait pour elle. Peut-être cela l'aiderait-il à guérir et à les rejoindre vite ?

Quand Tasha était malade, enfant, elle aurait aimé qu'on se soucie d'elle ainsi. Une fois, une mauvaise grippe l'avait clouée au lit près de quinze jours. Oh ! on lui avait bien transmis une carte ornée d'un bouquet de fleurs :

« Guéris vite ».

Mais aucun de ses camarades du foyer ne lui avait rendu visite.

Elle s'était sentie si seule, si effrayée… Elle avait tant envie qu'on l'aime…

Elle ne laisserait personne éprouver cette détresse.

— Abeje ?

Assise au chevet du lit, Tasha lui tenait la main. En arrivant, elle avait eu un choc au cœur en constatant la teinte jaunâtre de son visage et diagnostiqué une jaunisse. Une affection due à un excès de bilirubine dans le sang et les tissus, lui-même causé par la chute du taux de globules rouges. Ce n'était pas bon signe. Et sa recherche de la veille n'était pas faite pour rassurer Tasha : l'anémie provoquée par le parasite pouvait conduire au coma.

À une insuffisance rénale grave.

À la mort.

Cette pensée lui glaça le sang.

— Abeje ? C'est Mlle Tasha.

— Elle s'est endormie. Elle est restée éveillée une bonne partie de la nuit.

La voix de Quinn... Elle se retourna.

— Elle était mal ?

Il lui prit le bras pour l'éloigner du lit.

— Elle a la jaunisse. Nous avons commencé le traitement, mais les frissons et les tremblements se sont poursuivis jusqu'à l'aube, elle n'a pu se rendormir qu'à ce moment-là.

Tasha la regarda, si minuscule dans ce lit... Trop frêle pour combattre une maladie aussi terrible que le paludisme.

— Elle est restée seule ?

— Je ne l'ai pas quittée une minute.

C'était si gentil de sa part... Elle le remercia d'un sourire.

— On la soigne du mieux possible. Il faut laisser aux médicaments le temps d'agir.

— Je sais.

Le facteur temps était évidemment important... Mais elle se découvrait incapable de patience.

— Je me sens si impuissante ! Hier soir, j'ai lu que le traitement du *falciparum* devrait dépendre de la situation géographique. Tu es certain d'employer les bons produits ?

— Oui.

— Il s'agit d'un paludisme compliqué, pourtant. Jaunisse, anémie, conscience diminuée...

— Elle va bien.

— Mais c'est faux ! Pourquoi as-tu choisi la chloroquine associée aux ACT ? Elle n'a pas huit ans, elle pourrait être traitée à la quinine ou à la clindamycine...

Il fronça les sourcils.

— Oh ! tu exagères ! Tu es en train de te rendre folle, avec ces recherches sur Internet ! J'apprécie que tu t'en préoccupes autant, mais tu dois me faire confiance en tant que médecin aussi bien qu'en tant qu'homme.

Eh bien, « En tant que médecin » sans qu'elle puisse le dire, c'était difficile pour elle.

— Je ne peux pas rester ainsi à ne rien faire, à la regarder, à attendre qu'elle meure !

Il déglutit et la regarda fixement.

— Nous n'en sommes pas là ! Tu dois espérer, comme tout le monde.

Elle soupira.

— J'y parviendrais peut-être si on me donnait le mode d'emploi...

— En creusant très profond en toi, tu trouveras la force. Tu juges que c'est trop dur ? Eh bien, ça l'est encore plus pour les malades. Et ils ont besoin que tu sois là, que tu leur tiennes la main en leur assurant que tout va s'arranger.

Elle crut déceler dans sa voix une nuance de... désespoir. Il avait vécu un drame, perdu un proche, elle en aurait juré.

— Comment sais-tu tout ça ?

— Je le sais, c'est tout. Je préférerais ne pas le savoir.

Elle lui posa la main sur le bras. Il semblait si amer, si hanté par ce mystérieux drame de son passé... Peut-être, en effet, savait-il de quoi il parlait ?

— Quinn, je suis navrée.

— De quoi ?

— De cette perte dont tu as souffert.

Il haussa les épaules.

— C'était il y a longtemps. Toi, tu n'as encore perdu personne, pour l'instant. Il y a encore de l'espoir. Et du temps. Le traitement agit à son rythme.

Elle poussa un profond soupir et se retourna vers la fillette.

— Pardon, tu as raison. Une fois de plus.

— La prochaine fois que tu éprouveras le besoin de consulter le Dr Internet, questionne-moi d'abord, d'accord ?

— Promis.

— Parfait.

Quinn entra avec soulagement au bloc pour assister le chirurgien chargé de l'ablation du goitre de son patient : la concentration totale qu'exigeait une intervention minutieuse lui ferait oublier un moment sa discussion avec Tasha.

Difficile de rassurer quelqu'un en étant soi-même inquiet... Quand les yeux de Tasha s'étaient embués, il avait senti l'affolement le gagner. Les pleurs ne le mettaient pas d'habitude mal à l'aise, mais il ne voulait pas voir *Tasha* pleurer, voilà tout. C'était pour lui insupportable.

Il la revoyait à treize ans, les yeux pleins de larmes et la lèvre tremblante après les mots cruels qu'il lui avait jetés à la figure. Il en avait été bouleversé.

Il se recentra sur l'opération en cours, s'assura que son confrère évitait bien les deux nerfs du larynx en contact avec les cordes vocales. Impossible de risquer que le patient perde la voix, ou sa capacité respiratoire.

Lui-même avait pratiquement cessé de respirer en voyant Tasha au bord des larmes. Il avait été surpris par son violent besoin de la réconforter : sans doute commençait-elle à beaucoup compter pour lui...

C'était même inquiétant : il n'y avait que quelques années qu'il avait perdu Hannah et leur fils. Était-il normal d'éprouver déjà un sentiment aussi fort pour une autre ?

Ou bien s'agissait-il simplement d'une profonde amitié, comme il ne cessait de se le répéter ?

C'était si compliqué...

L'origine de ce sentiment se trouvait-elle dans le passé, dans la dette qu'il avait envers elle ? Ou y avait-il autre chose ?

Elle l'attirait, il devait le reconnaître. Elle était vraiment très belle. En la voyant dans la salle, le matin où elle avait amené Abeje, il n'en avait pas cru ses yeux. Et à Mosa, il avait passé des heures à la contempler sous la tente, avec une envie tenace de l'embrasser. Depuis, il avait apprécié chaque minute passée en sa compagnie. C'était merveilleux, à la fois rafraîchissant et plein de chaleur. Chaque jour, il était impatient de la voir. D'être avec elle.

Mais en avait-il le droit ?

Peut-être était-il en train de tourner la page, et se sentait-il coupable à l'idée de trahir le souvenir de sa femme ?

Bien entendu, il n'oublierait jamais Hannah, ni son fils.

De toute façon, était-il vraiment prêt pour une nouvelle relation ? N'en attendait-il pas trop ?

Tasha éprouvait aussi des sentiments à son égard, il en était certain, mais elle avait aussi peur de s'engager que lui.

Même s'ils en restaient à une amitié, il n'avait pas envie d'une relation compliquée avec elle, mais au contraire facile, légère, plaisante.

Pour gagner sa confiance, il devait puiser dans sa force intérieure pour lui prouver qu'elle était en sécurité avec lui.

Mais elle s'inquiétait tant au sujet d'Abeje ! Il était clair qu'elle l'adorait, leur éventuel avenir ensemble dépendait par conséquent de la guérison de la fillette...

Il fallait à tout prix qu'il la sauve.

Il ne *pouvait* pas la perdre.

Sinon, il perdrait Tasha.

Le lendemain et le surlendemain, le programme fut le même pour Tasha : après sa journée de classe, elle rendit visite à Abeje, si fragile dans son lit...

Elle apportait le livre composé des lettres des autres enfants et lisait à haute voix, convaincue que même inconsciente, malgré sa respiration sifflante et laborieuse, Abeje absorbait la gentillesse et les bonnes intentions qui lui donneraient la force de gagner cette rude bataille.

Quinn s'arrêtait souvent pour lui parler, pour la renseigner en détail sur l'évolution de l'état de sa protégée. Elle était heureuse qu'il la mette au courant des modifications du traitement. Elle n'aurait pas aimé qu'il la tienne à l'écart.

Le vendredi soir, il l'invita à retourner avec lui à Mosa pour examiner à nouveau les villageois et s'assurer que personne n'avait contracté la maladie depuis leur visite.

La perspective était tentante… mais Tasha désigna du regard la fillette endormie.

— Je ne peux pas la laisser.

— Elle est stable. Nous n'en aurons que pour la journée. Pas de nuit sous la tente, cette fois.

— Tu ramènes les deux enfants ?

— Pas encore, ils ne sont pas guéris. Mais j'emmène Maria et Rob. Mieux vaut que les gens de Mosa revoient des têtes qui leur sont familières.

Elle hésitait. Devait-elle l'accompagner ? Pour quoi faire, puisqu'elle n'était plus médecin ? La première fois, il avait argué qu'elle connaissait Ada et pourrait les présenter…

Pourtant, elle avait très envie de sortir de Ntembe pour le week-end, surtout en compagnie de Quinn.

Depuis ce merveilleux dîner au Coffee Bean, ils ne s'étaient plus vraiment parlé. Elle appréciait leurs bavardages du soir sur le bateau, mais il était peu disponible, souvent appelé auprès de ses patients. Ce n'était pas l'endroit idéal pour approfondir la conversation. Ce bref voyage serait sans doute une bonne occasion.

— D'accord, je t'accompagne.

— Super !

Il semblait sincèrement heureux de sa réponse.

Le samedi matin, Tasha rejoignit la petite équipe qui l'attendait sur le port à côté de la jeep. Cette fois, Quinn laissa les sièges confortables de l'avant aux deux infirmiers, et le volant à Rob.

Lorsque Quinn et elle furent installés à l'arrière, au milieu du matériel empilé un peu partout, il la regarda.

— J'ai pris des boîtes de test rapide et des médicaments au cas où, mais j'espère que nous n'en aurons pas besoin.

Il frappa deux coups sur la cloison pour indiquer à Rob qu'ils étaient prêts à partir, et le véhicule s'éloigna du quai.

C'était un peu étrange de se retrouver assise face à lui… Ils avaient le choix entre se regarder ou tourner la tête vers la route qui défilait derrière eux…

Il ne cessait de lui sourire.

— Que fais-tu ? demanda-t-elle.

— Je t'observe.

Elle se sentit rougir.

— Pourquoi ?

Elle doutait toujours qu'il puisse s'intéresser à elle pour de bon. Le fait qu'il la regarde avec intérêt relevait encore du domaine du rêve… En fait, son insécurité d'adolescente n'avait pas disparu.

— Je me demande si tu accepterais de sortir avec moi.

Sortir avec lui ? Son cœur s'emballa. Elle était aussi excitée que méfiante. Elle détourna la tête vers la vitre arrière pour réfléchir à ce qu'elle allait répondre.

Cet homme t'a fait souffrir, autrefois !

Il y avait très longtemps, certes. Pourtant, l'incident n'avait pas été bénin pour elle. Il l'avait dévastée, terrassée, pendant des mois et des années.

En outre, c'était en fonction de lui qu'elle avait décidé de son avenir : elle avait voulu lui ressembler, être médecin comme lui, et ce choix l'avait conduite à l'un des épisodes les plus traumatisants de son existence, bien plus pénible encore que l'humiliation qu'il lui avait infligée. Elle avait perdu tous ses repères et jugé qu'elle méritait d'être punie. Ce drame avait bouleversé sa vie entière.

Ce n'était pas facile… Elle désirait de tout son cœur sortir avec lui. Mais si elle acceptait et si les choses tournaient mal ? Si elle se retrouvait détruite une fois de plus ? Cela valait-il la peine de gâcher leur amitié ? Et, de toute façon, il repartait dans si peu de temps…

Je suis celle qu'on abandonne. Mes parents, Quinn, Simon…

En fait, le principal obstacle était leurs plannings respectifs : elle avait signé un contrat de six mois. Serait-elle encore là lors du prochain séjour du *Serenpidity* ?

Elle tourna la tête pour le regarder en face.

— Penses-tu que ce soit une bonne idée ?

Il soupira.

— Tu as raison, mais… Tu ne sens pas le courant qui passe entre nous ? Et pas seulement parce que nous nous connaissons depuis longtemps.

Malgré les cahots qui les secouaient, ils ne se quittaient pas des yeux.

— Bien sûr, mais...

— Alors ce n'est pas moi qui me fais des idées ?

Elle sourit.

— Non.

— Tu peux me traiter de fou, je m'en moque. J'aimerais vraiment passer plus de temps avec toi, Tasha. Je veux te connaître mieux.

Elle en avait tant envie ! Mais bientôt, elle se retrouverait seule une fois de plus. Il embarquerait pour Madagascar et ne reviendrait pas de sitôt. Peut-être serait-elle déjà repartie...

En même temps, l'attirance qu'elle éprouvait pour lui était irrésistible. Même en sachant que cela risquait de mal se terminer, elle voulait saisir cette occasion. Elle était curieuse de voir ce qui se passerait entre eux.

Je l'ai tant aimé autrefois...

Et il avait été cruel. Pouvait-elle prendre le risque que cela se reproduise ? Que leur relation soit limitée dans le temps rendrait peut-être les choses plus faciles. Qui savait si cela ne valait pas la peine de passer avec lui trois merveilleuses semaines dont elle chérirait ensuite le souvenir ?

C'était une occasion de tester si ses rêves d'adolescente pouvaient se réaliser... S'ils étaient bien ensemble. Elle n'avait plus treize ans, elle avait acquis de l'expérience, et, jusqu'à présent, surmonté toutes les épreuves.

Pourquoi ne pas essayer ? Prendre un peu de bon temps ?

Il t'a déjà brisé le cœur.

— C'est impossible, Quinn.

— Pourquoi ?

— J'aimerais beaucoup... Mais...

— Mais quoi ?

— Je crois qu'il vaut mieux que nous restions amis, que nous sortions ensemble en copains. Tu as vécu tant de choses, et moi aussi...

Il parut déçu. Se penchant, les coudes sur les genoux, il regarda par le pare-brise arrière.

Elle l'observa, souffrant pour lui mais convaincue qu'elle avait raison de protéger son cœur.

Les villageois accueillirent l'équipe médicale avec un plaisir manifeste. Après avoir répondu aux questions sur les enfants malades, Quinn examina tout le monde avec Rob et Maria sans découvrir aucun symptôme de paludisme.

Les femmes, dont Ada, leur offrirent un *bobotie*, un plat épicé composé d'agneau coupé en tranches très fines et de légumes variés. Ils s'en régalèrent.

Au moment du départ, alors que Tasha aidait à ranger le matériel dans la jeep, Quinn vint vers elle et lui passa quelque chose autour du cou. Surprise, elle baissa la tête pour découvrir un collier de petits cailloux ronds peints aux couleurs de l'arc-en-ciel.

— Oh ! merci ! Il est vraiment magnifique.

Bizarre, qu'il lui fasse ce cadeau... À l'aller, après son refus de sortir avec lui, il ne lui avait pratiquement plus adressé la parole. Il devait beaucoup l'estimer, malgré tout...

— Selon Ada, ce bijou est un symbole de fidélité indéfectible. Les gens se l'offrent pour signifier que l'amitié qui les lie survivra à tous les obstacles.

Elle joua avec les pierres, si minuscules, et songea au long travail de les peindre, puis de les percer d'un trou pour les rassembler en collier.

— Il me plaît beaucoup, merci encore.

Elle regarda Quinn en souriant, heureuse que son refus n'ait rien gâché entre eux. Il était devant elle, si proche qu'ils se touchaient presque. Il l'étudia un bon moment, et elle sentit son cœur s'emballer.

Elle regarda sa bouche... Puis plongea à nouveau le regard dans le sien. Elle avait tant rêvé de ce premier baiser, autrefois... Du contact de ses lèvres sur les siennes.

Il lui arrangea une mèche folle derrière l'oreille. Elle sentit ses joues la brûler et se détourna.

— Bon, vous venez nous aider, vous deux, au lieu de vous regarder dans le blanc des yeux ? fit Rob, une caisse de matériel dans les mains.

Quinn recula en souriant pour laisser le passage à l'infirmier.

— Nous nous y mettons tout de suite !

Soulagée de cette interruption, Tasha s'écarta également, le cœur battant la chamade, le visage écarlate, le corps en feu.

Ces trois semaines allaient être intenses...

De retour à Ntembe, la fébrilité de Tasha ne s'atténua pas. Tous les soirs, elle sortait de sa classe en hâte, impatiente de voir Abeje et sachant que Quinn serait là pour échanger en secret avec elle coups d'œil et sourires. Jamais elle n'avait vécu une amitié de ce genre...

Elle était consciente du désir qu'il avait d'elle et savait qu'il sentait le sien. Pourtant, même si elle rêvait la nuit qu'il la prenait dans ses bras, elle était satisfaite qu'il respecte son choix.

Elle avait l'impression de retrouver ses treize ans. Sauf qu'à présent, l'intérêt de Quinn était réel et sincère, il n'existait pas que dans son imagination...

Lors d'une visite à Abeje, il invita Tasha à dîner.

— En amis, précisa-t-il en souriant.

Elle opina, trop troublée pour parler, le cœur cognant contre ses côtes. Ils passeraient sans doute une agréable soirée, et il n'y aurait aucun danger : elle d'un côté de la table et lui en face, de la bonne cuisine, un peu de vin... Ils bavarderaient en amis au clair de lune.

Quand il arriva chez elle, en pantalon noir et chemise blanche qui mettait son hâle en valeur, il lui tendit un petit bouquet de fleurs qu'elle ne connaissait pas, au parfum délicieux.

— Elles sentent si bon ! Ce sont des fleurs sauvages ?

Il hocha la tête en souriant.

— Où les as-tu trouvées ?

Il rit.

— Dans un port, on trouve tout et n'importe quoi ! Tu es prête ?

— Tu ne m'as pas dit où nous allions.

— Je vais te faire connaître un endroit original.

Il détailla sa robe longue.

— Tu es très belle.

Ce compliment la ravit, avant qu'elle ne s'interroge. Se montrait-il simplement poli ? Tous les hommes disaient aux femmes qu'elles étaient jolies en venant les chercher pour les emmener au restaurant… Cela ne signifiait rien, ils n'étaient qu'amis.

Moi, amie avec Quinn… Jamais je ne l'aurais cru.

Il l'escorta jusqu'à sa voiture rouillée, bariolée et rapiécée comme un habit d'Arlequin.

— Je sais qu'elle n'a rien d'une limousine…

Elle eut un sourire malicieux.

— Tu n'en trouverais pas une à vendre, sur le port ?

— Je suis arrivé trop tard, il n'en restait plus.

Il lui ouvrit la portière et elle retrouva les sièges déchirés qui exposaient leur mousse. Leur soirée au Coffee Bean lui semblait si lointaine !

Elle ne s'était pas sentie aussi heureuse depuis longtemps. Et aussi nerveuse… Elle joua avec les pierres de son collier multicolore, qu'elle avait mis pour lui montrer qu'elle appréciait son geste. Qu'elle faisait preuve de bonne volonté.

Comme le moteur refusait de démarrer, elle rit aux éclats.

— J'appelle un mécanicien ?

Il eut l'air vexé.

— Laisse-lui encore une chance. Elle a besoin d'amour et de patience.

— Comme tout le monde…

Enfin, au cinquième essai, le moteur hoqueta et se mit en marche, mais il semblait pouvoir déclarer forfait à tout moment.

— Tu es sûr que nous pourrons rentrer ?

— Je te porterai sur mon dos, s'il le faut.

Ils sortirent de la ville en cahotant, puis Quinn s'engagea sur la route principale et obliqua bientôt vers une piste à l'entrée de laquelle un panneau indiquait « The Heights » et qui grimpait à l'assaut d'une montagne.

Le trajet fut long et sinueux et, au grand effroi de Tasha, ils longèrent de nombreux précipices. Juste avant le sommet, une modeste bâtisse éclairée de guirlandes électriques les attendait. Des tables pour deux étaient installées sur une terrasse d'où la vue sur la mer était à couper le souffle.

— Je ne connaissais pas cet endroit ! Où sommes-nous ?

— C'est un restaurant qui appartient à un ancien patient.

— C'est magnifique !

Outre des lampions, des bougies fournissaient un éclairage intime, et au centre de chaque nappe blanche trônait une fleur à haute tige dans un solitaire en verre.

Quinn ouvrit la portière à Tasha ; un air de guitare diffusé par des haut-parleurs lui parvint.

Le maître d'hôtel, un jeune homme distingué en pantalon noir, chemise blanche et nœud papillon, les guida jusqu'à une table.

— Merci.

Tasha prit en souriant le menu qu'il lui tendait, imprimé en lettres élégantes. C'était tellement surprenant de découvrir un restaurant de cette classe dans ce coin perdu d'Afrique !

— Ce soir, je vous propose du *liboké* ou des boulettes de poisson à l'étouffée.

Elle fronça les sourcils.

— Qu'est-ce que c'est, le *liboké* ?

— Un poisson cuit au court-bouillon enveloppé dans des feuilles de bananier.

— Hum ! Ça me semble appétissant !

Elle remercia le jeune homme qui disparut à la vitesse de l'éclair, comme s'il avait compris que Quinn et elle voulaient bavarder avant de choisir leur plat.

Elle lui sourit par-dessus la carte.

— Comment connais-tu cet endroit ?

— Eh bien, lors d'un de mes premiers séjours, l'un des plus anciens médecins du bateau nous a invités ici pour fêter sa retraite. Nous étions une quarantaine, nous occupions tout le restaurant. Je m'en suis souvenu parce que la cuisine était délicieuse et la vue époustouflante. Plus tard, le patron est venu se faire opérer sur le bateau.

— Tous les membres du personnel sont bénévoles, sur le *Serenpidity* ?

— La plupart, oui.

— Et toi ?

— Non. J'y travaille depuis trop longtemps.

Il sourit.

— Que veux-tu boire ?

— Du vin blanc sec, s'il te plaît.

— Excellente idée. Moi aussi.

Les employés se déplaçaient telle une troupe de fantômes, avec une discrétion appréciable.

Quinn fit signe à un serveur qui s'approcha, et bientôt leur verre apparut devant eux. Le vin de la maison était délicieusement fruité.

La température était agréable, c'était une nuit idéale. Tasha admira la baie en bas, où les bateaux qui tanguaient la firent penser à des canards en plastique ballottés dans une baignoire. Parmi les navires ancrés au port, elle distinguait le *Serenpidity*.

— C'est vraiment un lieu extraordinaire !

Les lumières de Ntembe scintillaient et, au-delà du port, la vaste étendue du canal de Mozambique luisait sous le clair de lune.

— C'est si paisible qu'on oublie tous ses soucis. Dire qu'en bas, des centaines de gens vaquent à leurs affaires sans se douter que nous les regardons d'en haut !

Un serveur vint prendre leur commande et repartit. Quinn sourit.

— C'est important d'échapper au stress de temps en temps. Ça permet de prendre du recul.

Elle acquiesça de la tête. C'était ainsi qu'elle avait pu survivre. Toutefois, même si elle n'avait pas l'intention de le dire, elle savait que s'éloigner n'était qu'un leurre : quand on avait un souci en tête, une peur, une culpabilité, une honte, on l'emportait partout avec soi, on ne s'en débarrassait pas en s'enfuyant à l'autre bout du monde.

On pouvait également se réfugier dans les livres, ou regarder des films, passer une soirée en famille ou entre amis, l'angoisse finissait toujours par revenir.

Elle soupira.

— C'est vrai. C'est important d'oublier un instant ses tracas, de faire comme si rien ne nous préoccupait...

Il leva son verre en souriant.

— Buvons à l'insouciance.

Elle trinqua, prit une gorgée de vin et leva à nouveau son verre.

— Et maintenant, à la guérison d'Abeje.

Il trinqua.

— À Abeje, et à tous les patients du bateau.

— Nous ne cessons jamais de nous inquiéter, n'est-ce pas ? Toi de tes patients, moi de mes élèves.

— En effet, mais crois-tu qu'il y a des métiers où l'on peut décrocher à la seconde où on a terminé ?

Elle réfléchit un instant.

— En fait, je n'en sais rien.

— À mon avis, il est dans la nature humaine de se faire tout le temps du souci.

— Mais n'est-ce pas encore plus dur quand on est directement responsable d'êtres de chair et de sang ?

Avait-il fait la même expérience qu'elle ? Avait-il jamais eu à choisir entre sauver la vie d'un patient ou celle d'un autre ? À décider qui soigner en priorité, sachant que celui qu'on laissait tomber risquait de mourir dans l'intervalle ?

— Possible, oui. Avec les énormes connaissances qu'on exige de nous, être impuissant est terrible. J'ai eu des moments de découragement... Mais j'ai prêté serment.

Elle aussi...

Autrefois.

Et elle, elle s'était parjurée.

Et alors ? Suis-je lâche, ou aurais-je mieux fait de ne jamais devenir médecin ?

Elle fixa la nappe immaculée, arrangea ses couverts, but une gorgée de vin, et les souvenirs affluèrent.

L'atroce événement qui la tourmentait toujours lui revint avec force à l'esprit.

5

L'arrivée du serveur ramena Tasha au présent. Il apportait un plateau de fruits de mer, huîtres, moules, crevettes, crabe, servis avec du pain frais croustillant et des copeaux de beurre. Elle en eut l'eau à la bouche.

D'autres clients arrivaient peu à peu, bientôt toutes les tables furent occupées. Quinn et Tasha conversèrent gaiement en dégustant leur plat.

À mesure que l'obscurité tombait, les yeux de Quinn se faisaient plus malicieux, luisant sous la faible lumière des lampions. Il souriait beaucoup en l'écoutant raconter des anecdotes sur sa classe.

— Depuis combien de temps enseignes-tu ?

— Oh ! pas si longtemps que ça ! fit-elle étourdiment.

— Qu'as-tu étudié en sortant du lycée, alors ?

Elle haussa les épaules.

— J'ai un peu tout essayé.

Elle se détesta de mentir, mais si elle lui avouait la vérité, comment la regarderait-il ensuite ? Elle avait abandonné la médecine ! Après avoir prêté serment, ce qui semblait pour lui d'une importance capitale. Et après avoir fait le mauvais choix, laissé mourir une enfant, perdu une vie. Pouvait-elle lui confier cela ?

Non. Elle avait trop honte, et cela gâcherait leur relation actuelle, l'image positive qu'il avait d'elle. Lui qui avait réalisé son projet d'aider les plus défavorisés en Afrique, elle le décevrait.

Car même si elle s'impatientait parfois devant l'état stationnaire d'Abeje, elle était convaincue qu'il donnait le meilleur de lui-même. Il ne comprendrait pas.

Elle allait se taire jusqu'à son départ, et chaque fois qu'elle le reverrait par la suite. Si elle le revoyait…

— Et toi ? Tu es resté en contact avec Dexter ?

Le nom le fit sourire.

— Dexter Green… Je n'avais pas pensé à lui depuis longtemps ! Nous nous sommes vus encore un moment, puis nous sommes partis pour deux universités différentes et nous nous sommes perdus de vue. Tu sais ce que c'est…

— Je me demande ce qu'il est devenu.

— Aux dernières nouvelles, il serait journaliste sportif.

Il s'essuya la bouche de sa serviette.

— Et toi, tu revois certains de tes camarades du foyer ?

— Aucun. J'ai coupé tous les ponts le jour où je suis partie.

— Tu as dû te sentir seule, non ?

Elle haussa les épaules.

— J'avais une famille d'accueil à découvrir.

Il se rembrunit et, tendant le bras, lui pressa doucement la main.

— Navré que la vie t'ait imposé ce départ difficile. Mais regarde-toi, maintenant. Tu es en Afrique, en train d'exercer le métier que tu adores, de vivre ton rêve…

Elle répondit d'un sourire, frissonnant à son contact, à la caresse de son pouce sur le dos de sa main. Un geste si intime ! Et qui envoyait des étincelles dans tout son corps, faisait grimper son adrénaline… Elle ne pouvait détacher son regard de leurs mains jointes sur la nappe.

— Vous avez terminé ?

— Oui.

Le garçon reprit le plateau et les assiettes vides. Ils le remercièrent, louèrent la qualité du repas… Il les laissa avec un sourire satisfait.

— C'était vraiment ton rêve, d'enseigner ?

Il la scrutait à présent, tentant de déchiffrer ses émotions sur son visage.

— Bien sûr ! Mais…

— Mais quoi ?

— La maladie d'Abeje… Ça me démolit.

De nouveau, son visage s'assombrit.

— Tous les enfants tombent malades, Tasha.

— Hum… En Angleterre, elle aurait eu un rhume ou une angine. Alors qu'ici… Le paludisme peut la tuer.

Il lui pressa les doigts pour la rassurer.

— Pardon, monsieur. Vous êtes bien le docteur Shapiro ?

C'était le maître d'hôtel.

— Oui.

— Un appel urgent pour vous à l'intérieur.

Tasha eut un violent pincement de cœur. Était-ce au sujet d'Abeje ? Son estomac se mit à tourner.

Quinn lui jeta un regard d'excuse et se leva.

— Je reviens.

Elle le suivit des yeux, et tenta d'analyser pourquoi elle se sentait si désarçonnée. Quinn la forçait à s'interroger : était-elle vraiment en train de vivre son rêve en enseignant, ou n'était-il qu'en seconde position dans son esprit parce que le premier avait échoué ?

Elle regrettait la médecine, mais n'était pas sûre d'être assez solide pour recommencer à exercer. Ou alors dans un autre domaine ? La dermatologie, par exemple ? L'ophtalmo-laryngologie ? Mais toute spécialité comportait des risques ; quoi qu'elle choisisse, elle serait confrontée à de terribles dilemmes.

Et l'enseignement l'avait menée ici, avec Quinn ! Plus proche de lui qu'elle ne l'eût jamais cru possible…

Il revint au bout de quelques minutes, le visage sombre.

— Désolé d'écourter la soirée, mais nous devons partir.

Elle se leva, nauséeuse, connaissant déjà la réponse à la question qu'elle n'avait pas encore posée.

— Quelque chose ne va pas ?

Il acquiesça de la tête, manifestement réticent à lui donner des précisions.

— C'est Abeje. Son état s'est aggravé, dit-il enfin.

Vingt minutes plus tard, Quinn et Tasha gravirent la passerelle du *Serenpidity* — les vingt plus longues minutes de la vie de Tasha.

Durant le trajet, elle n'avait pensé qu'aux mots terribles qu'elle risquait d'entendre en entrant dans la salle, et qu'elle refusait d'entendre.

Elle avait bombardé Quinn de questions.

— Qu'ont-ils dit exactement ?

— Qu'elle a fait une montée de fière et qu'elle urine moins.

— Combien, la température ?

— Ils n'ont pas précisé.

— Plus de quarante ?

— Je ne sais pas.

— Et sais-tu combien de millilitres d'urine elle produit ?

— Non.

Elle s'était mise en colère.

— De quand date son dernier test rénal ?

— D'il y a quelques heures.

— Quels étaient les résultats ?

— Je n'y étais pas, je m'occupais d'autres patients. Ce sera dans son dossier.

Tasha connaissait ce processus inexorable.

Elle savait que les reins étaient le baromètre du corps, qu'il fallait les surveiller en permanence. S'ils cessaient de fonctionner, c'était grave. Tous les organes suivraient peu à peu, et la fillette tomberait dans le coma...

Mourrait, peut-être.

Ne pas pouvoir consulter les notes les plus récentes du dossier, ne pas les avoir en main, rendait Tasha folle...

Pourquoi ai-je accepté ce dîner ? J'aurais dû rester auprès d'elle !

Elle avait la nausée. L'adrénaline montait, son cœur battait à cent à l'heure, et sa gorge était serrée à l'étouffer. L'angoisse lui avait même secoué le corps d'incontrôlables frissons pendant qu'ils descendaient la route en lacets.

Je ne peux pas la perdre ! Pas question qu'elle meure !

Elle dut relever sa jupe longue pour suivre Quinn qui montait la passerelle à grandes enjambées ; ils entrèrent ensemble dans la chambre et s'approchèrent du lit d'Abeje.

Une Abeje apathique, transpirante, à la respiration laborieuse.

— Rob, mettons-la tout de suite sous oxygène !

Quinn arracha le stéthoscope du cou de l'infirmier et ausculta la fillette.

— Le cœur a l'air solide.

Tasha saisit la feuille accrochée au pied du lit et interpréta les chiffres : les fonctions rénales semblaient bonnes, les minima assez bas, mais encore dans la norme.

Pourquoi Quinn n'avait-il pas contre-vérifié ? Pourquoi ne s'était-il pas inquiété ?

— Rythme cardiaque normal.

Elle s'efforça de ne pas s'en mêler, réprima son envie de s'emparer du stéthoscope, d'écarter Quinn pour ausculter l'enfant elle-même.

Rongeant son frein, elle raccrocha la feuille au pied du lit et recula. Elle n'avait plus le droit d'exercer la médecine.

Elle ne pouvait que patienter pendant que Quinn et Rob officiaient.

— Saturation remontée à 90.

— Respirations, 22.

L'oxygène semblait efficace.

Quinn prescrivit un traitement et nota ses observations dans le dossier.

— Et maintenant ? demanda Tasha.

— Nous attendons de voir si la fièvre remonte.

— Nous « attendons » ?

Il y avait sûrement autre chose à faire, mais elle ne voyait pas quoi.

— Oui. Elle est sous oxygène et j'ai administré les produits adéquats. Nous avons envoyé du sang à l'analyse pour vérifier les constantes. Jusqu'à ce que nous ayons les résultats, nous ne pouvons rien entreprendre.

— Il doit bien exister quelque chose !

Elle s'assit sur le lit et prit la main d'Abeje.

— On ne peut pas simplement la laisser…

Quinn lui jeta un regard intrigué.

— La laisser quoi ?

Elle regarda la fillette, si immobile, si paisible… On aurait presque dit qu'elle était…

Tasha ferma les yeux. Non, elle ne devait même pas penser le mot.

— Je ne peux pas la perdre.

— Nous n'en sommes pas là !

Il lui posa la main sur l'épaule, puis s'agenouilla près d'elle et l'obligea à le regarder.

— Hé ! Tasha ! Elle va bien, pour l'instant. Elle est stable.

— Mais dans un état critique. C'est ça que tu ne me dis pas, hein ? J'ai lu la feuille.

Il se détourna d'un air coupable.

Elle regarda la fillette, songeant au chemin qu'elle avait parcouru, aux embûches auxquelles elle avait survécu.

— Tu sais ce que signifie son nom ?

— Abeje ? Non.

— « Nous avons voulu cette enfant ».

Elle le regarda, les larmes aux yeux.

— Elle a été désirée, Quinn. Un premier enfant, attendu ! Elle n'était pas destinée à finir dans un orphelinat, toute seule, sans personne pour s'occuper d'elle.

— Mais elle a des gens qui s'occupent d'elle ! Elle t'a, toi !

Tasha essuya une larme sur sa joue.

— Et si je n'ai pas la force ?

Un sillon barra son front.

— Et pourquoi ça ?

À présent, les larmes lui brouillaient la vue.

— Je ne suis pas assez forte, c'est tout !

Elle éclata en sanglots. La vie était injuste. Ceux qui méritaient une existence heureuse, comme Abeje et elle, subissaient des traumatismes, des chagrins et des malheurs.

À six ans à peine, Abeje était orpheline, elle vivait dans un foyer sans espoir d'être un jour adoptée, et maintenant elle était entre la vie et la mort ! Elle était encore plus malchanceuse qu'elle-même, qui n'avait jamais eu de pire maladie que la grippe !

Tout cela était tellement absurde !

Quinn glissa la main dans celle de Tasha et la serra.

— Viens avec moi.

— Oh ! non, je ne peux pas la laisser !

— S'il te plaît.

Elle le regarda en reniflant, sans souci de son apparence.

— Mais Abeje...

— Elle dort. S'il te plaît, suis-moi.

Il semblait si résolu... Si sûr de lui.

Elle céda enfin, le laissa l'entraîner à travers la chambre, puis dans un couloir... Ils descendirent d'un étage et arrivèrent devant un service qui devait être la maternité : il y avait là cinq femmes, toutes avec un bébé dans les bras, dont deux étaient en train d'allaiter.

Elle fronça les sourcils.

— Que faisons-nous ici ?

— Regarde bien ces femmes. L'une après l'autre.

— Mais je ne vois pas...

— Elles te démontreront à quel point tu es forte.

— Ah ?

Il lui prit la main et désigna les jeunes mamans d'un geste large.

— Toutes ont cru à un moment qu'elles n'auraient pas la force d'accoucher. Elles étaient épuisées, éreintées, et à chaque contraction, on leur demandait de continuer. Elles savaient que si elles renonçaient, une chose terrible risquait de se produire. Alors elles ont poussé, et poussé encore. Et quand elles se croyaient incapables de poursuivre, on leur affirmait qu'elles le pouvaient, qu'elles étaient fortes. Alors elles ont persévéré, parce que ce bébé qu'elles serrent maintenant contre elles était leur priorité.

Il plongea les yeux dans les siens.

— Tasha, tu es une jeune femme remarquable, tu as surmonté un départ difficile dans la vie et tu es ici, dans ce pays qui manque de tout, en train de te battre pour améliorer la vie des enfants. Tu ne vois pas à quel point tu es forte ?

— Je ne suis pas mère.

— Les mères ne sont pas nécessairement celles qui mettent les enfants au monde, mais celles qui les aiment.

— Comme la femme de ma famille d'accueil ?

— Exactement. Elle ne t'a pas donné le jour, mais je parie qu'elle t'a aimée et qu'elle s'est occupée de toi comme une mère.

C'était vrai, encore aujourd'hui elle l'appelait « maman ». C'était l'un des événements les plus étonnants de sa vie, d'avoir trouvé un foyer, des gens qui l'aimaient, alors qu'elle n'y croyait plus.

— Ce que tu veux me prouver, c'est que je peux supporter d'attendre sans rien faire ?

— Oui.

Il lui caressa le visage du revers de la main, les yeux fixés sur sa bouche, et elle eut un sourire hésitant.

Elle se sentit attirée dans ses bras, tout contre lui. Elle absorba sa force, sa foi en elle.

Elle pouvait à peine respirer. Le temps s'était arrêté et l'air était lourd de tension. Elle rejeta la tête en arrière et regarda sa bouche, celle qu'elle avait rêvé autrefois d'embrasser, la bouche du garçon qu'elle avait tant aimé. Elle avait envie de l'aimer à nouveau.

Il s'inclina vers elle. Il allait l'embrasser...

Elle pouvait protester, se dégager, le lui interdire.

Si elle le voulait...

Elle ferma les yeux et lui tendit ses lèvres.

Quinn aurait souhaité pouvoir rester ainsi des heures durant. Avec Tasha dans ses bras, son corps collé au sien. L'effluve de ses cheveux, son parfum... Un mélange enivrant.

Il était malheureux qu'elle ait paru si bouleversée. Il avait senti sa douleur, sa peur de perdre la fillette. Il devait à tout prix lui redonner de l'espoir, parce qu'il y en avait encore. Pour tous les deux.

Il était sincère en affirmant que les femmes étaient fortes. Beaucoup plus que les hommes, sur tous les plans. Elles avaient davantage de ressources.

Hannah, par exemple, qui avait affronté avec courage sa maladie. Qui s'était efforcée d'épargner ses souffrances à son mari, laissant son enfant se développer assez pour qu'il vive.

Négligeant son propre bien-être, elle avait tâché de les protéger lui et leur fils, de se comporter comme si tout était normal. Elle avait même fait des projets d'avenir, feint de croire qu'elle en avait un...

Et il avait joué le jeu, espérant qu'elle serait là pour changer les couches, allaiter le bébé la nuit et regarder leur fils faire ses premiers pas. S'était-il aveuglé ? Avait-il choisi d'être naïf ?

Les gens désespérés prennent des décisions désespérées.

Hannah s'était battue jusqu'à la fin, sachant que chaque minute que le bébé passait dans son ventre augmentait ses chances de survie. Elle avait été d'un altruisme incroyable, luttant pour rester en vie, pour continuer de respirer...

Et maintenant, il avait retrouvé une femme d'une force semblable.

Mais qui ne s'en doutait pas. Il comprenait qu'elle soit terrifiée, mais une fois qu'elle aurait dépassé sa peur, elle saurait qu'elle était capable de se battre.

C'était ce qui lui avait donné l'idée de l'emmener à la maternité. Bien qu'il refusât de procéder à des accouchements, ce service lui rappelait le sens de la vie : l'opposé de la mort.

Bien entendu, ces mères et leur bébé lui rappelaient douloureusement que Hannah n'avait pas eu cette chance, et lui non plus. Mais il pouvait surmonter son chagrin, parce que Tasha en valait la peine. Il fallait qu'elle le sache.

Et maintenant, il l'embrassait... Pas du tout pour se faire pardonner, mais parce qu'il en avait envie.

Il se sentait à la fois très mal de trahir sa femme, et terriblement bien... Comme s'il complétait enfin un cercle.

La plaie de son cœur commençait à se refermer.

En dépit des dures épreuves qu'il avait traversées, il était toujours là. Il respirait, il mettait un pied devant l'autre pour avancer.

Tasha en était capable aussi, quitte à ce qu'il lui tienne la main pour la soutenir.

Il aimait la toucher, la serrer contre lui. Il en tirait un réconfort incroyable.

Elle lui transmettait une force dont il avait tout oublié : le besoin de se soucier d'un autre être, de se rapprocher davantage de celui-là que des autres.

Il ne s'agissait pas que d'une amitié, mais d'un lien plus profond, plus primitif, qui donnait envie de devenir vulnérable, d'ouvrir son cœur pour laisser entrer l'autre.

Il rejeta la tête en arrière pour la regarder.

— Prête à y retourner ?

— Dans une minute, murmura-t-elle en posant le front contre son torse.

Assise au chevet d'Abeje, Tasha gardait le dos droit et le menton levé en se répétant qu'elle était capable de supporter l'attente. Si Quinn croyait en elle, il lui suffisait de croire en elle-même. De rester assise en évitant de s'affoler.

Abeje respirait, elle vivait.

Le pire ne se produirait peut-être jamais, il fallait s'en convaincre.

Elle se remémora sa panique le jour où elle avait abandonné la médecine. Se sachant responsable de la mort d'une enfant, elle s'était écroulée sur le sol, à même le carrelage. Où trouver la force d'appeler les parents au milieu de la nuit pour les faire venir ?

Elle s'était relevée, mais ses mains tremblaient tant qu'elle avait fait deux faux numéros avant de composer le bon. Et il y avait eu ce moment atroce, après seulement deux sonneries, où la mère lui avait dit bonsoir.

Tasha avait senti sa bouche s'assécher, son cœur cogner contre ses côtes. Car elle avait encore un cœur qui battait, au contraire de la fille de cette femme… Une fille qui gisait dans une chambre privée, le corps et le visage recouverts d'un drap blanc.

Comment parler, comment trouver les mots ?

« Allô ! Qui est-ce ? »

Une voix déjà affolée…

Ensuite, il y avait un blanc dans sa mémoire. Qu'avait-elle fait entre cet appel et le moment où les parents étaient arrivés, habillés à la hâte, pâles et les yeux rouges, juste après 3 heures du matin ?

La salle réservée aux familles était exiguë : deux canapés qui se faisaient face, une table basse au milieu, sur laquelle étaient posés un vase de fleurs artificielles et une grosse boîte de mouchoirs en papier. Il y avait une tache sur l'un des coussins, au mur un tableau presque incolore représentait une scène de plage.

Les parents avaient anxieusement regardé Tasha, en se tordant les mains.

« Que se passe-t-il ? Comment va Maddie ?

— Je suis navrée… », avait-elle commencé.

Et ils s'étaient effondrés tous les deux avant même qu'elle ne finisse.

C'était horrible à voir.

Ce n'était pas la première fois qu'elle annonçait une nouvelle de ce genre, et elle avait toujours du mal à garder une distance professionnelle. Pourtant, d'habitude, elle parvenait à énoncer les faits clairement, à faire part de sa sollicitude… À laisser les proches dans l'intimité pour qu'ils puissent pleurer, à revenir ensuite leur demander s'ils voulaient voir leur enfant… Quitte à pleurer ensuite une fois seule.

Mais pas ce jour-là.

Son cœur s'était brisé devant cette douleur nue, cette mère qui se jetait contre son mari en hurlant, et devant sa propre culpabilité.

C'est ma faute. Maddie n'aurait pas dû mourir.

Elle s'était enfuie, avait ôté son badge et l'avait jeté à terre. Puis elle avait pris ses affaires dans son casier au vestiaire, et avait quitté l'hôpital. Pour ne plus jamais y revenir.

Bien sûr, il y avait eu une enquête. Le coroner avait décrété que personne n'était responsable, surtout pas le Dr Tasha Kincaid qui avait dû prendre une décision cornélienne lors de sa garde, au beau milieu d'une nuit très affairée.

Elle n'avait pas été soulagée pour autant. Elle se sentait toujours si coupable que les pleurs et les lamentations de la mère de Maddie la réveillaient la nuit.

Quinn avait-il raison de la juger forte ?

Abeje est vivante, c'est à ça que je dois m'accrocher.

Pourtant, elle était torturée par l'insidieuse pensée que le sort pouvait changer à tout instant. Que, cette fois, ce serait son tour d'entendre la mauvaise nouvelle. Elle serait de l'autre côté de la barrière, et ce serait Quinn qui viendrait lui annoncer : « Je suis navré… »

Quinn, qu'elle venait d'embrasser. Et pas en ami.

Qu'est-ce que tout cela signifiait ?

Elle tourna le regard vers Abeje, souhaitant de tout son cœur qu'elle se rétablisse.

— Tasha ? Je t'ai apporté du thé et des toasts.

Quinn la regarda ouvrir les yeux. Elle avait passé la nuit dans le fauteuil près du lit de la malade, dont la fièvre était tombée, et elle avait l'air épuisé.

Elle prit le plateau en souriant.

— Merci.

— Tu es restée ?

— Comme tu vois.

— Nous avons des lits de camp pour les proches, tu sais. J'aurais pu t'en installer un, tu aurais mieux dormi !

— Eh bien, peut-être demain soir…

— Abeje va un peu mieux ; à mon avis, tu pourras rentrer chez toi.

Tasha s'étira en grimaçant, elle avait visiblement une épaule douloureuse.

— Aïe ! J'ai classe, aujourd'hui. Mes élèves m'attendent.

— Attends, laisse-moi…

Il passa derrière elle et massa les muscles contractés de son dos.

Elle poussa un petit gémissement de plaisir, qu'il tâcha aussitôt d'oublier. Mais comment ne pas imaginer une autre situation où il la ferait gémir ?

Il se reprit.

Je dois rester professionnel, je suis dans le cadre de mon travail.

— Merci, ça fait du bien. Et toi, tu es resté debout toute la nuit ?

— J'ai dormi un peu dans la chambre de garde.

— Quelle chance !

Elle aurait pu me rejoindre…

À cette pensée, il sentit une violente pulsion au bas du ventre. Il lui lâcha aussitôt les épaules et traversa la salle, espérant qu'elle ne s'était aperçue de rien.

D'où lui venait cette réaction ? D'accord, ce baiser avait été merveilleux. Mais pourquoi l'avait-il embrassée ? Simplement pour la réconforter ? Ou s'était-il autorisé à réaliser son désir, lui qui pensait ne jamais plus désirer une femme ?

Elle prit un toast beurré en souriant.

— Mmm, c'est délicieux.

— Tant mieux. La fièvre d'Abeje est tombée, et les deux autres enfants vont mieux aussi.

— J'en suis contente ! Tu es de garde, aujourd'hui ?

Il acquiesça de la tête.

— Dommage. J'aurais aimé te montrer ma classe, mes adorables élèves.

— Et si je venais pendant ma pause de midi ?

Elle eut un sourire heureux.

— Parfait ! Merci pour le petit déjeuner, mais il faut que je rentre me doucher et me changer.

— Bien sûr. À tout à l'heure ?

— D'accord. J'espère que la matinée passera vite !

Elle avala une dernière gorgée de thé et sortit en laissant une traînée de parfum dans son sillage. Il ferma les yeux pour mieux le sentir. Elle lui manquait déjà…

Il aimait qu'elle soit près de lui ; elle était douce, gentille, et aimante. Et elle avait un grand cœur. Il était bien placé pour savoir qu'elle tombait facilement amoureuse…

Et lui ? En était-il capable ?

Dans la chambre de garde, Quinn s'éveilla en sursaut, le cœur battant la chamade, toujours sous l'effet de son cauchemar.

En principe, quand il faisait une simple sieste, soit il ne rêvait pas, soit il ne s'en souvenait pas. Cette fois, son rêve avait été d'un réalisme absolu.

Hannah était allongée dans leur lit, les mains sur le ventre en un geste de protection… Accroupi près d'elle, il parlait au bébé pour l'assurer de leur amour. Mais quand il s'était redressé pour sourire à sa femme, il avait vu… le visage de Tasha ruisselant de larmes ; elle tenait Abeje dans ses bras et le suppliait de la sauver.

Il se frotta les yeux, se leva et s'étira. Pourquoi ce cauchemar le troublait-il autant ? Parce que Hannah s'était changée en Tasha ? Parce qu'il s'inquiétait pour Abeje ? Ou parce qu'il avait perçu qu'il existait un lien exceptionnel entre elle et Tasha ?

D'accord, Tasha était une institutrice dévouée, qui semblait adorer tous les enfants de sa classe.

Mais passerait-elle passer ses nuits à l'hôpital s'il s'agissait d'un autre élève ?

Et si ça tournait mal et que je ne réussissais pas à sauver la malade ?

En bon médecin, il n'aimait pas penser au pire… Toutefois, il devait bien réfléchir à ce qu'il faisait. Le paludisme n'était pas facile à juguler et la réaction au traitement toujours incertaine. Il fallait tout vérifier, car une autre maladie sous-jacente pouvait être déterminante. Mais il avait déjà fait effectuer toutes les analyses possibles sans rien découvrir d'inquiétant…

Il consulta sa montre : c'était presque l'heure de rejoindre Tasha dans sa classe, comme convenu. Il se passa une main dans les cheveux pour les discipliner, se brossa les dents et entreprit de se raser.

Faisait-il bien d'aller à ce rendez-vous ? N'était-ce pas trop s'impliquer dans sa vie ?

Il l'aimait. Vraiment beaucoup, impossible de le nier. Il souhaitait devenir plus intime avec elle, et pourtant…

Avait-il peur ?

Voulait-il réellement s'engager dans cette relation, dans laquelle la santé d'un enfant primait sur tout le reste ? Avait-il besoin de cette complication ? Personne ne pouvait affirmer que la fillette survivrait, et si jamais le pire se produisait, comment Tasha réagirait-elle ?

Il fallait éviter qu'elle s'attache trop. Comme elle le disait elle-même, elle n'était pas la mère d'Abeje. Peut-être devrait-il l'aider à y voir plus clair, à décider si cette enfant n'était pour elle qu'une élève particulièrement douée, ou davantage. Au moins, il saurait contre quoi se battre.

Cette incertitude le tuait, cette naïveté qui l'incitait à croire que tout irait bien du moment qu'ils gardaient espoir.

Effrayé de ses propres pensées, il contempla son reflet dans le miroir. De quel droit dicterait-il à Tasha qui elle devait aimer ?

Il soupira. Il avait perdu un enfant, elle n'avait pas fait cette expérience cruelle. Il se devait de l'avertir d'une façon ou d'une autre. De lui conseiller de lâcher prise pour éviter d'être anéantie. Pourrait-il affronter cette situation ? Être encore une fois celui qui la faisait souffrir ?

Parce qu'il serait forcément mis en cause… Si Abeje mourait, Tasha serait convaincue qu'il n'avait pas su la soigner. Et il ne supporterait pas cette accusation.

Il avait déjà connu cela. Les parents de Hannah, fous de chagrin, rongés par la culpabilité, lui avaient reproché de ne pas l'avoir sauvée, de ne pas l'avoir convaincue d'accepter la chimiothérapie et d'interrompre sa grossesse.

« En tant que médecin, vous auriez dû insister, Quinn ! Quel genre de mari êtes-vous ? »

Il entendait encore leurs voix et en éprouvait toujours la même amertume.

Bien entendu, comme tous les médecins, il avait perdu des patients. Mais cette fois, c'était différent. Plus personnel, à cause de Tasha. Ayant eu un aperçu des émotions intenses dont elle était capable et qui le bouleversaient, il ferait tout pour éviter le pire.

Il se battrait. Abeje avait pris tant d'importance qu'il était vital qu'il ne la perde pas.

Il ne voulait pas voir Tasha s'effondrer.

Ni l'entendre l'accuser.

Dehors, l'air était brûlant ; la chaleur oppressante pesait sur Quinn, aussi lourde que ses inquiétudes. Pourtant, il décida de se rendre à l'école à pied. Le temps de la marche lui permettrait de prendre du recul, de réfléchir aux arguments qu'il allait avancer : qu'ils étaient peut-être en train d'agir de façon irréfléchie, qu'ils devraient peut-être en rester là pour l'instant — au moins tant que la fillette était malade.

Je suis trop proche de Tasha. Je ne peux pas vraiment soigner Abeje dans ces conditions.

Il devait le même dévouement à tous ses patients, et il commençait à avoir l'impression de faire du favoritisme... Ses décisions et ses choix étaient influencés par ses sentiments pour Tasha.

Il traversa le port avec plaisir. Il était près de midi, mais le marché n'était pas terminé et l'endroit était encore animé, bourdonnant d'une vie bruyante. C'était bon de se souvenir qu'en dehors du bateau, où il ne voyait que des malades, des êtres en bonne santé vivaient leur vie du mieux possible.

Ici, tout le monde se connaissait, il y avait du bonheur, de la chaleur et de l'entraide. En traversant la foule, il fut maintes fois salué par des gens au visage souriant.

Il les adorait, sincèrement. Ils lui communiquaient une énergie, une volonté qu'il n'avait jamais trouvées ailleurs, du moins pas depuis Hannah. Quand certains venaient à l'hôpital, ce n'était pas pour se plaindre d'un ongle cassé ou d'une écharde. Ils n'abusaient pas des soins médicaux.

Cette pensée en entraîna une autre : aurait-il dû insister davantage auprès de Hannah pour cette chimio ?

Après sa mort, et celle de leur fils qui l'avait rejointe quelques heures plus tard, il avait refoulé ses émotions, comme son père le lui avait enseigné, pour se réfugier dans une sorte d'engourdissement.

« Ce sont les faibles qui pleurent, mon garçon ! »

Était-ce si vrai ? Il aurait aimé pouvoir le faire, parfois, pour décompresser.

Alors qu'il approchait de l'école, il entendit des enfants lire tous ensemble à haute voix. Il reconnut les noms des personnages de l'histoire et sourit, se figurant Tasha debout sur l'estrade, son livre ouvert.

Elle avait dû le voir arriver, parce que, soudain, elle apparut à la fenêtre et lui fit signe en souriant.

— Quinn ! Entre vite, je vais te présenter !

Son beau visage, son merveilleux sourire, le rasséréneèrent. Il sourit en retour, malgré la grosse boule qui lui bloquait la gorge : il s'apprêtait à lui faire de la peine, il le savait. Mais il en allait de l'intérêt de sa patiente, et elle le comprendrait.

Du moins, il l'espérait…

Elle semblait pleine d'énergie. C'était sans nul doute une excellente institutrice, pour sourire ainsi toute la journée ! Elle adorait son métier et ses élèves.

Une mer de visages hilares l'accueillit.

— Les enfants, dites bonjour au Dr Shapiro, qui travaille sur le *Serenpidity*, le navire-hôpital que nous avons visité. C'est lui qui soigne Abeje.

— Bonjour, docteur Shapiro ! lancèrent-ils tous en chœur.

Certains, au dernier rang, lui faisaient signe de la main.

— Je suis ravi de vous rencontrer. Mlle Tasha m'a beaucoup parlé de vous.

Ce bref discours parut les réjouir ainsi que Tasha.

— Nous étions en train de lire, Quinn. Voudrais-tu terminer le chapitre avant que nous allions tous déjeuner ?

— Volontiers !

Ce n'était pas sa spécialité, mais il aurait tout accepté pour retarder l'inévitable…

Il lui prit le livre des mains et elle lui montra où ils en étaient. Lorsque leurs doigts se frôlèrent, il frémit.

Il prit une profonde inspiration.

— Bon, voyons ce qui se passe…

Il commença la lecture, les enfants se mirent à lire en chœur à sa suite. Et un étrange sentiment monta en lui face à cette classe si attentive, qui suivait, anticipait tandis qu'il s'efforçait de prendre des voix différentes et de mettre le ton. C'était si agréable, il aurait voulu que cela ne finisse pas.

Quand, arrivé à la fin du chapitre, il ferma le livre, les enfants manifestèrent leur plaisir en frappant dans leurs mains. Il fit une petite révérence et regarda Tasha, qui applaudissait avec eux.

Était-ce ainsi tous les jours, pour elle ? Oh ! il comprenait pourquoi elle se régalait ! Il avait apprécié chaque seconde.

— Bien, les enfants, rangez vos affaires et mettez-vous en rang, nous allons déjeuner.

Tout le monde obéit en silence. Elle plaça devant la porte, attendant patiemment les traînards, puis elle les fit sortir en accordant à chacun un mot gentil pour le remercier de ses efforts de la matinée.

Quand tous dehors furent, elle referma la porte et se tourna vers Quinn.

— Ça alors ! J'ignorais que tu savais si bien lire en public !

— Moi aussi. Ça m'est venu… d'un coup.

— Je suis sûre qu'ils aimeraient que ce soit toi qui continues. Je vais me retrouver au chômage !

— Pas de danger, je ne saurais pas du tout comment m'y prendre. Je crois que je vais persévérer dans la médecine.

Elle sourit.

— Je meurs de faim. Tu m'accompagnes à la cantine ?

— Bien sûr !

— C'est gentil !

Elle prit son sac accroché au dossier de sa chaise.

— Pendant que nous déjeunerons, tu me donneras des nouvelles d'Abeje.

Quinn et Tasha choisirent tous les deux une portion de ragoût d'agneau aux légumes, servi avec une sauce légère qu'il n'avait jamais goûtée. Avant d'être devant son assiette pleine, il n'avait pas réalisé à quel point il était affamé.

— Comment était-elle, ce matin ?

— Pas de changement notable, je le crains.

Elle soupira.

— C'est tellement long ! Je ne supporte plus cette incertitude.

— Tasha... Elle est atteinte d'une infection parasitaire grave.

— Je sais, mais tu la soignes en conséquence ! Les deux enfants de Mosa semblent se remettre plus vite qu'elle.

Elle laissa échapper un nouveau soupir.

— Je viendrai passer la nuit sur le bateau, ce soir. Consulter le dossier, vérifier que rien ne nous a échappé.

— Tu as encore fait des recherches sur Internet ? demanda-t-il, perplexe. Je t'avais conseillé de cesser.

Elle rosit, remua son ragoût.

— Je n'ai pas pu m'en empêcher.

Il saisit sa fourchette, mais son appétit s'envola à la pensée de la peine qu'il s'apprêtait à lui faire.

— Tasha... Ce serait peut-être mieux que tu ne viennes plus la voir.

Un profond sillon se creusa dans son front.

— Pourquoi ?

— Tu as besoin de souffler. Tu vas t'épuiser, à ce rythme. Tes journées de classe, les nuits près d'Abeje... Il faut aussi que tu t'occupes de toi.

— Ce n'est pas moi qui suis malade ! Elle a besoin de moi, elle n'a personne qui l'aide à se battre.

Il se vexa un peu.

— Ah bon ? Et moi, et mon équipe, nous ne comptons pas ?

— Si. Je veux dire personne qui reste auprès d'elle pour lui tenir la main et l'encourager. Comme une maman.

— Mais tu n'es pas sa mère.

Elle posa sa cuiller et le regarda d'un air ébahi.

— Pardon ? Tu m'emmènes à la maternité pour me donner ces mères si fortes en exemple, tu me soutiens que je suis comme elles, et maintenant tu me dis le contraire ? Qu'est-ce qui t'arrive ?

Peut-être envoyait-il des messages contradictoires, mais il ne savait plus que penser, en fin de compte. Ce dont il était sûr, c'était qu'il refusait d'être l'oiseau de mauvais augure, le médecin qui doit annoncer la mort de sa patiente. C'était au-dessus de ses forces.

— J'essaie juste de te ménager.

— Eh bien, rien ne t'oblige à t'inquiéter pour moi. Occupe-toi plutôt d'Abeje.

— Il ne s'agit pas que d'elle, mais de toi. Tu t'efforces de la sauver parce que tu te retrouves en elle.

— Quel mal y a-t-il à ça ?

— Une orpheline qui vit dans un foyer...

— Elle n'est pas la seule de mes élèves dans ce cas.

— Peut-être, mais je suppose que tu peux te séparer des autres sans problème.

Il se détourna pour dissimuler une colère subite, qui le surprit lui-même.

— Il faut que tu prennes un peu de distance, Tasha.

Il percevait sa tension, son exigence qu'il sauve Abeje à tout prix.

— Tu es son institutrice, tu es chargée de lui enseigner l'anglais. Si quelqu'un peut la sauver, ce n'est pas toi, c'est moi. Alors laisse-moi faire mon travail !

Elle se leva d'un bond, jeta sa serviette, et sa cuiller tinta sur le carrelage.

— Je ne peux pas croire que tu dises des trucs pareils !

Elle saisit son sac, le mit en bandoulière et se précipita dehors. Tous les petits visages se tournèrent vers lui. Les enfants devaient se demander ce qu'il avait bien pu dire pour fâcher à ce point leur institutrice adorée. Il se reprochait déjà de l'avoir contrariée.

Et aussi de ne pas réussir à décider ce qu'il voulait qu'elle soit. Ce qu'il fallait qu'elle soit.

Ce qu'il éprouvait pour elle.

Du reste, n'était-ce pas ce qui le préoccupait le plus ?

Il repoussa son assiette et se leva.

6

Tasha, furieuse, faisait les cent pas devant le bâtiment. Comment Quinn osait-il lui dire de telles horreurs ? De quel droit ? Il ne la connaissait pas vraiment. Il n'avait pas idée de ce qu'elle avait vécu, ni de ce dont elle était capable.

« Tu n'es pas sa mère. »

Non, d'accord. Pourtant, pour le citer, les mères n'étaient pas toujours celles qui avaient mis un enfant au monde, mais celles qui lui donnaient de l'amour. Comme elle avec Abeje.

Une orpheline qui n'avait qu'elle dans l'existence.

Elle repensa aux longues nuits solitaires de son enfance, où elle se demandait avec angoisse si la vie n'aurait pas mieux à lui offrir. Le dos au mur, les genoux repliés contre la poitrine, elle fixait l'obscurité par sa fenêtre, espérant que hors de ces murs un être l'aimerait assez pour sacrifier sa vie pour elle, et serait anéanti s'il lui arrivait malheur.

Personne n'était venu… À cette époque, elle se sentait totalement inutile.

Mais elle avait grandi, elle enseignait l'anglais à tous ces enfants et Abeje avait trouvé le chemin de son cœur.

Abeje, qui voulait être médecin. Elles avaient tant de points communs ! Comment ne pas l'aimer ? En outre, elle était certaine de pouvoir l'aider à réaliser son rêve.

De quel droit Quinn osait-il lui conseiller de prendre de la distance ?

Pouvait-elle fermer son cœur ? Si elle en avait été capable, elle exercerait encore la médecine, elle ne ferait pas de cauchemars, elle n'éprouverait ni honte ni culpabilité.

Elle serait heureuse, pas en train de pleurer.

Elle leva la tête comme la large carrure de Quinn s'encadrait dans la porte. Il sortit en scrutant la cour de récréation, visiblement à sa recherche.

Vivement, elle s'essuya les yeux et se dirigea vers le portail.

— Tasha ! Attends !

— Non ! Je ne veux pas te parler !

Elle voulut courir, mais ses sandales à lanières n'étaient pas conçues pour le sport. Elle se mit donc à marcher sans se retourner, le plus vite qu'elle pouvait.

Espérant qu'il avait compris le message et était reparti vers le bateau...

Hélas ! dès qu'elle ralentit l'allure, une main se posa sur son bras.

— Tasha, je t'en prie.

Visiblement affolé par ses larmes, il tenta de la prendre dans ses bras.

— Calme-toi ! Je te demande pardon.

— Ne me touche pas !

Elle se dégagea et resta face à lui, telle une enfant, bras croisés et mains aux épaules, à se bercer. Comme si elle avait treize ans. Il l'avait blessée. Il lui avait fait comprendre qu'elle était inutile. Encore ! Malgré sa promesse de lui prouver qu'il avait changé, il était toujours aussi méchant...

— Je n'aurais jamais dû te parler ainsi. Je... faisais une projection, j'essayais de t'éviter de souffrir. Je...

Elle ouvrit de grands yeux.

— Une projection ?

Des phrases qu'il avait prononcées résonnèrent en elle.

« Tu n'es pas sa mère. »

« Tu devrais prendre de la distance. »

« J'essayais de t'éviter de souffrir. »

Elle ne comprenait plus. Elle releva le menton.

— Pas la peine de t'en faire pour moi, je ne suis pas une de tes patientes.

— Je sais.

— Pourquoi t'inquiètes-tu autant de ce que je ressens pour

Abeje ? Tu devrais te réjouir que quelqu'un se soucie d'elle dans ce monde cruel, au contraire !

— Tu as raison.

— Alors pourquoi m'avoir dit ces horreurs ? Dans quel but ?

Il la regardait d'un drôle d'air, comme s'il cherchait ses mots ou hésitait à lui répondre.

Enfin, il prit une profonde inspiration.

— Je t'ai déjà parlé de Hannah.

Sa femme ? Qu'avait-elle à voir dans cette histoire ? Leur mariage n'avait pas duré longtemps, si elle se souvenait bien...

— Oui, et alors ?

— Même si ce que j'ai dit pouvait le laisser penser, nous n'avons pas divorcé. J'étais heureux avec elle, tout allait très bien entre nous.

Elle le regarda, perplexe : dans ce cas, cela signifiait...

— À un moment, elle a commencé à ne pas se sentir très en forme. Comme elle n'était pas douillette, elle a pensé que ça s'arrangerait, et je ne me suis pas inquiété non plus. Nous travaillions très dur tous les deux, nous étions épuisés... Puis elle a découvert qu'elle était enceinte et nous avons mis ses malaises sur le compte des nausées matinales.

Il lui jeta un regard hésitant.

À l'évidence, c'était la première fois qu'il racontait cette histoire intime et manifestement très pénible.

Qu'allait-il lui révéler ? Et quel rapport avec le fait de devoir reprendre de la distance vis-à-vis d'Abeje ?

Hannah était enceinte... Ils étaient sur le point d'avoir un bébé.

Elle imaginait sans peine quel genre de père serait Quinn, drôle et aimant. Elle se le figura un enfant dans les bras, et son ventre réagit par un spasme douloureux.

— Tu allais être papa ?

— Hum. Ensuite, elle s'est mise à souffrir terriblement, vomissements, perte de poids, jaunisse, épuisement. Elle était médecin comme moi, nous savions tous les deux qu'il se passait quelque chose de grave.

Tasha passa mentalement en revue la liste des symptômes, sans résultat.

— Et ?

— Le diagnostic est tombé, cancer du pancréas, agressif, au stade 4. Le scanner a révélé des métastases aux poumons, au foie, à la colonne vertébrale et au cerveau.

— Oh ! Quinn…

À ce stade, c'était incurable, bien entendu.

— Quelles étaient les possibilités d'intervention ?

— Opération pour ôter les plus grosses tumeurs, traitement palliatif de la douleur et chimiothérapie immédiate. Pour conserver une chance de vivre, elle devait donc interrompre sa grossesse.

Quelle horreur ! Tasha frissonna. Et elle qui pensait qu'il avait eu une existence de rêve… Que l'adolescent blond aux yeux bleus d'autrefois avait traversé la vie sur un nuage, sans chagrin, sans douleur…

Ce devait être atroce d'apprendre que le corps d'une femme qui avait créé le miracle de la vie était atteint d'une maladie mortelle…

— Qu'avez-vous décidé ?

— Je lui ai laissé le choix en soulignant que nous pourrions avoir un autre enfant plus tard, que je voulais qu'elle se batte pour vivre le plus longtemps possible. L'idée de la perdre m'était insupportable…

Il se passa une main dans les cheveux et se laissa glisser le long du mur jusqu'à se trouver accroupi à ses pieds.

Elle s'assit près de lui, ressentant la peine qu'il avait dû éprouver. La joie, le bonheur d'apprendre qu'il allait être père, le diagnostic qui tombe… Et ce choix terrible à faire.

— Elle avait toujours voulu un enfant. C'était son second rêve, après celui d'être médecin. Le serment d'Hippocrate était sacré pour elle. Elle a décidé de différer le traitement, d'attendre la naissance de l'enfant pour se soigner.

Ne trouvant pas de mots, Tasha posa la main sur la sienne, lui prit les doigts et les pressa légèrement.

— Oh ! Quinn…

— J'étais déboussolé. Qu'elle choisisse de retarder la chimio me mettait hors de moi, puis je pensais au bébé qui grandissait en elle, qui avait la force de survivre dans ce corps agressé par un cancer… Pourtant, même si je désirais cet enfant, je lui préférais sa mère. En même temps, il s'agissait de son corps, de sa vie, je n'avais pas le droit de lui imposer mes vues.

— Vous avez dû vivre des moments épouvantables…

— L'intervention a eu lieu, et les chirurgiens ont constaté qu'elle était perdue. Mais ils ne m'ont rien dit, et elle a tout fait pour me dissimuler ses souffrances, pour donner la meilleure chance à notre fils.

— C'était un garçon ?

— Oui. La maladie progressait à une vitesse foudroyante, et à vingt et une semaines de grossesse, elle a eu une défaillance multi-organique. On l'a maintenue en vie artificiellement quelques heures, puis ses parents et moi avons résolu de mettre un terme à cet acharnement. Notre petit garçon est né, mais…

Il déglutit.

— Il n'avait pas la force de vivre.

Tasha était à nouveau en pleurs, rien qu'en imaginant sa peine et son deuil. Elle le connaissait si mal… Elle n'aurait jamais pensé qu'il avait traversé tant d'épreuves.

— Quinn, je suis navrée, sincèrement.

— Je l'ai tenu contre moi. Aux soins intensifs néonataux, ils appellent ça le « soin kangourou ». Il paraît que certains bébés mourants ressuscitent avec cette méthode. Mais c'était peine perdue. Il était léger comme une plume, si fragile que j'avais peur de le casser. Ses mains, ses doigts minuscules… Je me suis installé dans un fauteuil avec lui. Je sentais ses respirations, et j'ai perçu son dernier soupir.

Il sortit son portefeuille et en tira une photographie, qu'il lui tendit.

Le cliché était usé d'avoir été tenu et regardé. Il représentait Quinn assis, la chemise ouverte, berçant contre son torse son fils pas plus gros que le poing. Son visage était marqué par le chagrin et le désespoir.

Elle avait vu cette expression chez les parents de Maddie, comme chez tous les proches à qui elle annonçait une mauvaise nouvelle.

À présent, il laissait couler ses larmes ; elle posa la tête contre son épaule en silence, respectant son chagrin.

En même temps, elle était fière qu'il lui ait permis de partager ses émotions.

Enfin, il releva la tête.

— J'ai perdu la femme que j'aimais et j'ai regardé mourir mon fils. Je l'ai senti… C'était la chose la plus atroce au monde. J'étais concentré sur chaque respiration laborieuse, je le suppliais de continuer. De se battre. C'était si égoïste de ma part ! Je refusais d'imaginer l'avenir sans lui. Je savais que je m'écroulerais. Perdre un enfant est la pire chose qui puisse arriver. Une souffrance incomparable.

Elle éprouva un pincement douloureux au cœur. Devrait-elle lui parler de sa propre expérience ? S'ouvrir à lui comme il s'était ouvert à elle ?

— Ces conseils que je te donnais, tout à l'heure... C'était pour que tu ne vives pas la même horreur que moi. J'étais seul au chevet de mon fils, à lui tenir la main, à guetter sa respiration, à comprendre que ses poumons n'en pouvaient plus. On met des mois, des années à s'en remettre, si on s'en remet... J'ai tout quitté pour partir à l'autre bout du monde. La pensée que tu puisses subir cela m'est insupportable. J'essaie de te protéger. Je t'assure, Tasha, voir mourir un enfant est atroce. Et je crains de ne pas avoir la force de te soutenir dans cette épreuve.

Elle scruta son visage.

— Tu crois qu'Abeje va mourir ?

Il lui jeta un regard hésitant.

— Le paludisme tue. Je fais mon possible pour la sauver, mais je te préviens, je ne suis pas sûr d'en être capable.

Elle reposa la tête sur son épaule, réconfortée par ce contact.

— Merci de m'avoir raconté ton histoire. Je devine ce qu'il a dû t'en coûter.

— Tu comptes beaucoup pour moi. Peut-être trop, puisque ça me brouille les idées.

Elle déglutit. Eh bien, si elle comptait tant que cela, il méritait de savoir la vérité sur elle. Elle devait se confier à son tour, quitte à ce qu'il la voie ensuite comme ce qu'elle était : un médecin raté.

— Tu ne peux pas me protéger d'un événement qui s'est déjà produit, murmura-t-elle.

Il se tourna pour mieux la voir et lui jeta un regard intrigué.

— Pardon ?

— Je ne me suis pas bornée à voir mourir un enfant, Quinn.

Elle se détourna et fixa le sol.

— J'en ai tué un.

Quinn cligna des yeux plusieurs fois, mais impossible de ne pas voir le visage de Tasha. Rouge, strié de larmes.

Que racontait-elle ?

— Qu'est ce que ça veut dire, « j'en ai tué un » ?

Elle secoua la tête et se leva, essuya la poussière de sa jupe.

Il se redressa, se frotta les yeux et se mit sur ses pieds.

— Tu dis n'importe quoi, Tasha ! Si c'était vrai, pour commencer, tu n'aurais pas le droit d'enseigner !

— Il n'y a que deux ans que je suis institutrice. Je t'ai laissé entendre que j'avais exercé de petits jobs avant de passer mon diplôme, mais je t'ai menti.

Elle avait donc quelque chose à cacher ?

— Et maintenant, tu me dis la vérité ?

— Oui.

Il la croyait. Il avait peut-être tort, mais il lui faisait confiance.

— Je t'écoute.

Pourtant, ôter la vie à quelqu'un ? Il ne s'imaginait pas en train de faire du mal. En tant que médecin, il tendait toujours vers l'amélioration.

— Eh bien… En sortant du lycée, j'ai étudié la médecine.

Elle eut un bref sourire désolé, comme pour s'excuser de son mensonge.

— C'est toi qui m'y as poussée sans le savoir. Dexter m'avait parlé de tes projets, et j'étais enthousiasmée.

— Ah bon ?

Incroyable ! Tasha, médecin ?

— Je voulais que ma vie change. Là-bas, je ne vivais pas, j'existais. Je ne savais que faire, personne ne me conseillait. Mais Dexter m'a raconté tous tes merveilleux projets, mettre des bébés au monde, sauver des vies, transplanter des cœurs… Tu avais un but dans la vie, je voulais te ressembler. Je t'aimais tant que je croyais que tu me remarquerais peut-être si je voulais les mêmes choses que toi.

Il était estomaqué.

— Tasha, je…

— Je n'étais qu'une enfant, et toi aussi. Tu n'as pas pris conscience de ce que j'éprouvais pour toi. Oh ! c'était compréhensible, nous n'avions pas la même expérience de l'existence !

Il baissa la tête, elle avait dû être tellement malheureuse au foyer. Il n'y avait pas vraiment réfléchi. À l'époque, il était un ado stupide affublé d'un ego surdimensionné, et il avait failli la détruire.

— J'ai obtenu mon diplôme et j'ai prêté serment, puis j'ai commencé à travailler dans un grand hôpital. De nuit, et c'était épuisant. Le service manquait de personnel, il m'arrivait de ne pas pouvoir m'arrêter cinq minutes pour manger quelque chose. Je buvais du café pour tenir. Mais je m'accrochais, parce que j'étais sûre d'exercer un métier noble et utile. Pour la première fois de ma vie, je me sentais importante. On m'estimait, on avait besoin de moi.

— Tu as toujours été importante.

— Peut-être, mais je l'ignorais, à ce moment-là.

— Et alors ? demanda-t-il, la gorge nouée.

Avait-il vraiment envie d'entendre la suite ? En arriverait-il à la mépriser pour la faute qu'elle avait commise ? Il espérait que non.

Les médecins stagiaires craquaient parfois. Épuisés, surmenés, toujours sur la brèche, manquant de sommeil et le ventre creux, ils continuaient… Jusqu'au jour où un drame se produisait.

— C'était une nuit où j'étais de garde. J'avais travaillé deux jours d'affilée, pratiquement sans dormir entre les deux, et on m'avait appelée déjà plusieurs fois pour cette petite Maddie atteinte d'une pneumonie. Son taux d'oxygène chutait et elle avait du mal à respirer, mais chaque fois que je lui administrais son traitement, son état s'améliorait. Dans le même temps, plusieurs blessés sont arrivés et on m'a appelée pour m'occuper d'une femme sur le point d'accoucher prématurément après un traumatisme au ventre.

Il déglutit, imaginant sa peur de prendre en charge cette femme enceinte.

— Au moment où je me précipitais aux urgences, mon biper a sonné : Maddie était à nouveau mal. Je me suis arrêtée un instant, ne sachant que faire. Comme elle réagissait bien aux produits que j'avais prescrits, j'ai donné mes instructions et je suis allée m'occuper de cette femme qu'il fallait opérer immédiatement.

— J'aurais pris la même décision.

Elle le remercia d'un bref sourire triste.

— Je suis restée avec elle environ deux heures. Le temps a passé comme l'éclair, tu sais ce que c'est, quand on doit prendre des décisions immédiates...

Il opina.

— J'ai mis au monde un petit garçon qu'on a envoyé aux soins intensifs néonataux jusqu'à ce que sa mère sorte de la salle de réveil. Je suis aussitôt retournée en pédiatrie...

Sa voix s'étrangla et les larmes roulèrent de nouveau sur ses joues.

— Maddie était en arrêt respiratoire. L'équipe m'avait bipée, mais de la salle d'op, je n'avais pas pu répondre. Quand je suis arrivée, ils tentaient de la réanimer par tous les moyens. J'ai écarté l'infirmière pour me charger moi-même du massage cardiaque. Je n'ai pas compris comment son état avait pu s'aggraver si vite. J'aurais dû voir des signes... Je me demandais si je ne m'étais pas trompée dans mon diagnostic ou dans les médicaments. J'ai senti les côtes se casser, perforant ses poumons déjà abîmés, pleins de liquide.

Elle se mit à pleurer à gros sanglots.

— Impossible de la faire revenir ! J'ai tout essayé, mais elle m'a échappé. Elle est morte à cause de moi. J'allais devoir affirmer à ses parents que j'avais fait le maximum, mais était-ce vrai ?

— Tasha...

— Après leur avoir annoncé que leur petite fille était morte, j'ai quitté l'hôpital. Pour de bon. J'étais incapable d'y retourner, de risquer de nouveau ce genre de dilemme, d'avoir à décider qui je sauve et qui je laisse mourir. Qui étais-je pour faire ce choix ?

— Ce n'était pas ta faute, Tasha. À l'évidence, tu as vraiment fait tout ton possible.

— Tu n'étais pas là, comment peux-tu le savoir ?

— Je te connais, je sais ce qu'est une garde à l'hôpital. Je t'ai écoutée avec attention, et je suis convaincu que tu dis la vérité. J'ai vu dans ton cœur, je n'y ai pas trouvé la moindre trace d'ombre. Tu as fait de ton mieux. Tu as été placée dans une position impossible : choisir entre deux vies. J'aurais agi exactement comme toi.

— Mais elle est morte, Quinn. À cause de moi.

Il lui prit les mains et l'attira pour la serrer contre son torse.

— Non, pas à cause de toi.

Elle sanglotait toujours, des larmes chaudes mouillaient sa chemise. C'était terrible de la sentir si malheureuse... Lui qui tentait de la protéger d'une horreur qu'elle avait déjà vécue... Et pire, dont elle se sentait responsable !

Il connaissait bien ce sentiment de culpabilité. Après la mort de Hannah et de leur fils, il s'interrogeait sans fin sur chaque décision qu'il prenait. Surtout après les abominables reproches de ses beaux-parents.

La culpabilité l'avait rongé, poussé dans un trou noir.

Bien entendu, Tasha revivait en ce moment ce traumatisme parce qu'Abeje risquait de mourir... Mais il y avait plus. Il comprenait à présent ce qui la liait à la fillette : de l'amour, tout simplement. Elle l'avait adoptée dans son cœur et redoutait de perdre son enfant.

— Tu as fait de ton mieux, murmura-t-il en lui caressant les cheveux. Tu n'as pas commis de faute.

Bientôt, ses pleurs se tarirent, et ils restèrent enlacés, se réconfortant l'un l'autre.

Il existait un lien fort entre eux.

Elle avait besoin de lui.

Et il avait besoin d'elle.

Après avoir laissé Tasha à l'école pour sa classe de l'après-midi, Quinn était revenu travailler au *Serenpidity*.

Il observait Abeje, dont l'état était toujours stationnaire. Pourquoi était-ce si long ?

Est-ce simple impatience de ma part, ou ai-je peur de la pression que je ressens ?

L'aveu de Tasha l'avait complètement démonté : elle avait gardé cela pour elle tout ce temps ! Il était blessé qu'elle lui ait caché un fait de cette importance, comme Hannah lui avait dissimulé sa souffrance. Les rares fois où ils s'étaient confié des bribes de leur passé, il n'avait pas mis en doute ce qu'elle disait...

Et moi, lui ai-je tout dit ?

Pas étonnant qu'elle n'ait rien demandé au plan médical. La plupart des proches exigeaient de longues explications sur la maladie et le traitement... Elle, elle avait prétendu avoir fait des recherches sur Internet.

De plus, même s'il semblait qu'elle ait fait le maximum pour sauver cette petite Maddie, elle portait le fardeau de sa culpabilité...

Il savait à quel point les médecins stagiaires pouvaient être épuisés par ces longues nuits. Ils continuaient parce qu'il n'y avait personne d'autre pour faire le travail à leur place.

Comme tous les médecins, il était passé par là...

Bien sûr qu'elle s'inquiétait pour Abeje ! Elle savait pertinemment que cela pouvait mal finir. Voyait-elle le visage de Maddie, quand elle était assise son chevet ? Était-ce ce qui la terrorisait ?

En tout cas, de son côté, il lui trouvait un certain nombre de points communs avec Hannah... Elle se sacrifiait pour donner à un enfant une chance de vivre. Combien de nuits était-elle restée au chevet d'Abeje, sans fermer l'œil et sans se restaurer ?

Rob s'approcha du lit où il était assis et lui tendit une ordonnance à signer.

— Les deux enfants de Mosa semblent tirés d'affaire. Ils ont mangé tout à l'heure.

— Parfait.

Il observa la fillette, qui était tombée malade après eux mais avait été soignée avant. Qu'est-ce qui l'empêchait de progresser ?

Elle était plus jeune, peut-être son système immunitaire était-il moins résistant ? Et si elle avait un autre problème ?

— J'aimerais refaire des analyses, Rob. Toute la panoplie, pour vérifier qu'elle ne souffre d'aucune autre affection qui retarderait l'action du traitement.

— D'accord, je m'en occupe.

— Et un scanner, aussi.

— Je vais le marquer pour demain.

Tous les enfants étaient précieux, mais Abeje était spéciale. Il ferait tout ce qui était en son pouvoir pour la sauver, pour que Tasha ne perde pas cette enfant dans laquelle elle se reconnaissait.

Le sentiment d'avoir été impuissante à l'empêcher de mourir l'aurait anéantie.

Abeje méritait de vivre, de se battre encore.

Il fallait à tout prix qu'il la sauve.

Pour sauver Tasha.

Ce soir-là, Tasha se sentait différente en montant sur le bateau. Elle s'était mise à nu devant Quinn, et cette vulnérabilité lui donnait l'impression étrange de n'être plus protégée du mal. Pourtant, elle ne regrettait pas de lui avoir tout raconté.

Extérieurement, il n'avait pas mal réagi, mais son opinion à son sujet était-elle toujours la même ?

Il connaissait maintenant tout de son passé ; elle lui avait même avoué l'influence qu'il avait eue sur ses décisions.

C'était presque gênant d'admettre qu'un amour de gamine l'avait incitée à choisir une carrière dans laquelle elle avait si lamentablement échoué…

Peut-être n'était-elle pas faite pour être médecin ? Peut-être que si elle n'avait pas adopté le projet de Quinn, elle aurait tout de suite choisi l'enseignement ?

Elle n'était pas assez solide, elle n'avait pas dans son arsenal les armes qu'un médecin devait avoir. Elle n'avait jamais vraiment réussi à se blinder contre la souffrance de ses petits patients. Elle manquait du détachement nécessaire, devait réprimer son envie de réconforter les parents en deuil…

Elle était trop sensible.

Elle entra sans bruit dans la salle, espérant que personne ne la remarquerait au chevet d'Abeje, mais Quinn vint aussitôt la rejoindre.

Elle poussa un soupir. Il ne la voyait plus du même œil, elle en était sûre. La jugeait-il lâche ? Eh bien, tant pis. De toute façon, elle avait déjà eu à faire face à son mépris par le passé, elle s'en accommoderait. Cela n'avait plus d'importance. L'essentiel, c'était cette petite malade dans ce lit.

— Salut !

— Salut.

— Ton après-midi s'est bien passé ?

— Très bien, merci.

— Qu'as-tu appris aux enfants ?

— À écrire des instructions.

— Oh ! Je vois.

Il pencha un peu la tête sur le côté, comme s'il se remémorait une leçon de ce genre.

Elle détourna le regard vers les deux enfants de Mosa, tous les deux assis dans leurs lits.

— Comment vont-ils ?

— Bien. Ils ont mangé, aujourd'hui, et n'ont pas rejeté la nourriture. C'est très bon signe.

Bien sûr, songea-t-elle avec un pincement de cœur. Mais c'était une preuve de plus qu'Abeje était gravement atteinte : elle était toujours nourrie par sonde et son état n'évoluait pas. Le pire pouvait encore arriver.

Elle leva la tête vers lui.

— J'en suis heureuse !

Impossible de croiser son regard, cependant. Ces yeux splendides dans lesquels elle avait plongé sur cette terrasse au sommet de la montagne… Comment les circonstances pouvaient-elles changer si brutalement ?

— Quant à Abeje, nous avons refait des analyses et un scanner, j'espère que les résultats nous donneront de bonnes nouvelles.

— Merci de me tenir au courant.

— Tasha, pourrais-je…

Elle leva la main pour l'arrêter, puis sortit un livre de son sac.

— Ne t'en fais pas pour moi. Je vais continuer à lui lire des contes, je pense que ça l'aide.

Il resta un moment debout à la fixer, visiblement hésitant. Pourvu qu'il ne lui reparle pas de ses confidences… Elle était convaincue qu'il avait encore des questions à lui poser, mais c'était trop tôt. En ce moment, elle n'avait pas besoin qu'on lui fasse des reproches.

Elle poussa un soupir de soulagement quand il s'éloigna enfin pour s'occuper de ses autres petits patients, puis se mit à lire, tentant d'oublier son angoisse avec une histoire où personne ne mourait et où tout le monde obtenait ce qu'il souhaitait.

Pourtant, elle avait du mal à se concentrer et levait sans cesse les yeux de sa page pour regarder ce que faisait Quinn. Elle s'arrêta même au moins trois minutes pour l'observer dans son travail.

Il aurait fait un excellent père…

À la pensée de l'épreuve qu'il avait traversée, elle sentit son cœur se serrer. Elle garderait toujours la vision de cette photo où il serrait son fils contre lui. Il avait dû souffrir le martyre. Elle qui le croyait privilégié… Parce qu'il savait ce qu'il voulait devenir et y avait réussi, elle lui avait imaginé une enfance dorée dans une belle maison, entouré de parents aimants. Quand il lui avait appris que son mariage n'avait pas duré deux ans, elle avait senti qu'il ne disait pas tout mais avait supposé que, comme elle, il avait divorcé… Et elle en avait plaisanté !

Il avait dû souffrir qu'elle lui rappelle cette souffrance sans le savoir… Voir mourir sa femme, et son fils quelques heures plus tard, qu'y avait-il de plus atroce ?

La mort de Maddie avait été terrible pour elle, et la peur de perdre Abeje était presque insupportable. Toutefois, ce n'était pas comparable avec la perte qu'il avait subie.

Comment se remettait-on d'une chose pareille ? Comment pouvait-il être encore debout ?

Pourquoi certains êtres avaient-ils une vie si tourmentée ? Quand auraient-ils droit à un peu de bonheur ?

Tasha ne trouvait pas le sommeil. La soirée avait été longue, sur le bateau. Elle en était au quatrième chapitre de l'histoire quand un homme était entré en boitant dans la salle, le sang ruisselant sur sa jambe et un gros éclat de métal fiché dans la cuisse.

Elle avait bondi sur ses pieds comme si elle était chargée de l'assister, avant de se souvenir que ce n'était plus son rôle.

Gênée, elle s'était rassise discrètement tandis que Quinn et son équipe accouraient au secours du blessé. Puis, consciente qu'ils seraient sans doute forcés d'opérer et de toute façon occupés un bon moment, elle était partie discrètement.

Et à présent, assise dans son lit dos au mur et genoux repliés contre la poitrine, elle fixait l'obscurité par la fenêtre de sa chambre en réfléchissant aux paroles de Quinn. N'avait-il pas raison de lui conseiller de prendre un peu de distance vis-à-vis d'Abeje ?

Une nouvelle fois, elle s'était autorisée à s'attacher à quelqu'un, à ouvrir son cœur, et c'était dangereux. La preuve, elle se sentait si mal, en ce moment… Pas question de revivre un événement aussi traumatisant que la mort de Maddie. Peut-être ferait-elle mieux de quitter Ntembe ?

Non, ce serait de la lâcheté.

Impossible d'abandonner cette fillette qu'elle adorait. Qui ferait une chose aussi cruelle ? Si Abeje guérissait — ou plutôt, quand elle serait guérie —, elle voulait être là pour la serrer dans ses bras et l'assurer de son amour.

C'était important de lui faire savoir qu'elle comptait pour quelqu'un. Cela lui donnerait de la force.

Elle observa le ciel : malgré un clair de lune éblouissant, quelques étoiles étaient visibles.

Même la lune n'est pas seule.

En soupirant, elle se laissa glisser dans son lit et tira le drap sur elle dans l'espoir de trouver le sommeil. Mais à l'instant où elle posait la tête sur l'oreiller, on frappa.

Qui venait la voir à cette heure indue ? Son cœur se mit à cogner contre ses côtes.

Allait-elle ouvrir sa porte au milieu de la nuit ? Cela pouvait être n'importe qui ! Si elle ne bougeait pas, son visiteur se lasserait sans doute...

Hélas ! on frappa une seconde fois. Plus fort.

— Tasha ?

— *Quinn* ? C'est toi ?

Elle se leva, passa une robe de chambre légère et alla coller son œil au judas. Plaquant les mains contre le panneau, elle pressa la joue contre le bois.

C'était bien lui, décoiffé, un peu rouge. Que faisait-il là ?

Son cœur cogna de plus belle : Abeje allait-elle plus mal ?

Elle débloqua le verrou et ouvrit la porte en grand.

— Que se passe-t-il ?

Il la regarda comme s'il était surpris qu'elle ait ouvert. Puis, sans crier gare, il s'avança vers elle, lui prit le visage entre les mains et posa ses lèvres sur les siennes.

7

Un instant, Tasha cessa de penser, de s'inquiéter. Quand Quinn et elle s'étaient embrassés devant la maternité, c'était pour s'apporter un réconfort mutuel. Mais ce *vrai* baiser plein de désir, elle en rêvait depuis l'âge de treize ans !

Elle s'était toujours demandé quel effet cela ferait…

Maintenant, elle savait.

C'était merveilleux d'être dans ses bras, collée contre lui.

Cette sensation d'être désirée… C'était magique. Après tout ce temps, il la dévorait, comme pour l'aspirer… Jamais elle n'avait été aussi heureuse.

Elle lui enlaça la taille. Il était si fort, si solide !

Elle répondit à son baiser avec ardeur, la tête bourdonnante, incapable de la moindre pensée cohérente.

Soudain, il s'écarta, parut hésiter. Regretter ?

— Pardon, Tasha. Je n'aurais jamais dû faire ça.

Stupéfaite, encore plongée dans la magie du baiser, elle se borna à le regarder en se passant les doigts sur les lèvres.

Il haussa les épaules.

— Il fallait que je le fasse, tu me repoussais. Ça ne m'a pas plu.

— Je…

— Nous étions en train de devenir bons amis, mais depuis que tu m'as raconté ton histoire, tu as changé d'attitude. Tu t'es fermée, tu as repris tes distances.

Elle le regarda, bouche bée. C'était plutôt lui qui reprenait ses distances ! Il se tenait aussi loin d'elle que possible, le dos au mur, les mains appuyées contre comme pour s'empêcher de s'approcher d'elle.

J'ai envie qu'il m'embrasse encore, et cette fois je serai prête.

— J'ai cru... que j'avais baissé dans ton estime parce que j'avais abandonné la médecine.

Il prit l'air perplexe.

— Comment ça ?

Un sillon creusa son front, puis son visage s'éclaira, comme s'il avait compris.

— C'est ton mari, qui a réagi de cette façon ?

Elle revécut soudain la douleur de ce moment-là. Elle revit Simon de retour de l'hôpital, en train de lui demander des explications... Au début, il avait été compréhensif, sachant à quel point la mort d'un patient pouvait être traumatisante. Il avait écouté avec attention son récit de l'horrible annonce aux parents de Maddie dans le salon des familles.

« Nous sommes tous passés par là, Tasha. Ça se tassera, avait-il conclu.

— Pour moi, jamais !

— C'est une question de temps...

— Je n'y retournerai pas !

— Pardon ?

— C'est terminé, j'abandonne ! »

Il s'était reculé pour la regarder avec incrédulité.

« Mais c'est impossible !

— C'est ce qu'on va voir. »

Il s'était mis à rentrer de plus en plus tard en prétendant qu'il effectuait des gardes plus longues. Mais elle n'avait pas tardé à comprendre... Finalement, un ami l'avait prévenue de ce qui tramait. La fragrance d'un parfum de femme inconnu sur la veste de Simon avait achevé de la convaincre.

« Tu as une aventure, n'est-ce pas ?

— Non.

— Ne me mens pas, Simon !

— Bon, d'accord, c'est vrai. »

Il avait argué qu'il n'avait pas changé, qu'il avait besoin de se détendre, que c'était elle qui n'était plus la même depuis leur mariage. Bref, il ne s'amusait plus avec elle.

Le divorce avait eu lieu très vite. Heureusement.

Elle regarda Quinn, l'ancienne blessure engendrée par cette trahison la faisait toujours souffrir. Et lui rappelait les précédentes...

Je n'intéresse personne. Tout le monde me rejette.

— Quel salaud ! dit-il.

La véhémence du ton l'étonna. Elle ouvrit des yeux ronds, et il dut comprendre qu'il l'avait choquée.

— Pardon, ça ne me regarde pas, bien sûr.

— Ce n'est pas grave.

— Si. Écoute, je ferais mieux de m'en aller. Je voulais juste passer voir si tu allais bien et...

Il fixa sa bouche ; elle sentit son cœur s'emballer et la chaleur l'envahir. Son envie de le toucher était telle qu'elle en avait des fourmis au bout des doigts. Mais quelque chose l'en empêchait.

Je n'intéresse personne. Il n'était pas venu pour m'embrasser. Je me suis trompée à son sujet, je me trompe toujours.

Il recula, passa le seuil et s'éloigna dans la rue.

— Quinn ?

Il se retourna. Ses yeux brillaient dans le noir.

Elle ne voulait pas qu'il parte, qu'il la quitte. Pas maintenant.

— Oui ?

Elle sentit sa gorge se nouer. Non, pas question de lui avouer ce qu'elle éprouvait pour lui.

— Bonne nuit ! réussit-elle à articuler.

La lune avait disparu. Dans l'obscurité presque totale elle distingua son sourire et ses épaules qui se relâchaient.

— Bonne nuit, Tasha, à demain.

Elle le suivit du regard jusqu'à ce que les ténèbres l'engloutissent, puis lentement, comme à regret, elle referma la porte.

Quinn avait encore le goût de Tasha sur les lèvres. Il n'en revenait pas. Cette visite tardive avait eu pour but d'éclaircir la situation : il ne supportait pas le malaise qui s'était installé entre eux. Il l'avait sentie reprendre ses distances, comme Hannah l'avait fait pour le protéger, pour que la fin soit moins douloureuse.

Il refusait que cela se reproduise. Il avait besoin de Tasha, plus qu'il n'en avait eu conscience. C'était ce qu'il voulait lui avouer

— qu'elle comptait beaucoup pour lui —, mais, dès qu'elle avait ouvert la porte, il n'avait pu s'empêcher de l'embrasser.

Ce n'était pas prévu.

Il s'était efforcé de ne pas attacher d'importance à leur premier baiser, mais ce soir... Cela avait été... Il secoua la tête pour s'éclaircir les idées et se sentit perdre l'équilibre. Il tenta désespérément de se raccrocher à quelque chose de solide, mais le sol se déroba sous ses pieds. Il partit en vol plané et atterrit sur le bras gauche.

Un craquement sinistre se fit entendre, la douleur explosa dans son épaule et son torse. Irradiante, pulsante, intense. Il se releva à grand-peine en soutenant son bras gauche du droit.

Bon sang ! Il fallait faire une radio.

Tomber cul par-dessus tête, c'était assez fréquent, mais trébucher dans un trou au milieu d'une rue obscure ? Il aurait dû se munir d'une torche. Ici, pas de réverbères tous les dix mètres comme en Angleterre. Le seul éclairage était celui de la lune et des étoiles.

Son épaule le faisait souffrir et son bras était un énorme poids mort qui le tirait vers le bas.

Comment allait-il expliquer cet accident au reste de l'équipe ?

Le temps d'arriver au bateau, il s'était déjà reproché mille fois sa stupidité. Il n'aurait jamais dû aller chez Tasha... Encore moins l'embrasser. Au lieu d'obéir à une impulsion, il aurait mieux fait d'attendre, de mettre ses idées en ordre et de maîtriser ses sentiments.

Mais il s'était senti forcé de lui avouer ce qu'il ressentait pour elle. S'il s'était abstenu, il n'aurait pas été comme en ce moment assis sur une chaise en plastique à étudier les radios de sa clavicule brisée.

En lui mettant le bras en attelle, Maria avait souri.

— Je ne comprends pas. Pourquoi ne lui dites-vous pas que vous l'aimez ? Ce serait plus simple.

— Pardon ?

— C'est évident pour tout le monde, ici, depuis le premier jour où Tasha est montée à bord avec Abeje dans les bras. Si vous vous étiez vu !

— Ah bon ? J'avais une tête spéciale ?

— Je vous assure, docteur, quelque chose s'est éclairé en vous. Une lumière qui irradiait de derrière vos yeux, que je ne vous avais jamais connue depuis que je travaille ici !

— C'est compliqué, Maria.

— Ça l'est toujours, non ? La vie n'est jamais simple.

— Nous sommes totalement différents, elle et moi. Elle vit ici, et dans un peu plus d'une semaine nous serons repartis.

— Vous n'avez jamais entendu parler des relations longue distance ?

— Si, mais je ne suis pas sûr que ce soit mon rêve.

— Et si elle nous accompagnait en tant que bénévole ?

— Elle ne laissera jamais Abeje.

Maria s'assit en face de lui.

— Elle est très attachée à cette petite fille, n'est-ce pas ?

Il opina en regardant la fillette qui s'agitait dans son lit.

— Pourquoi ne l'adopte-t-elle pas ?

— Mystère.

Dans le fond, il savait qu'elle avait peur d'aimer inconditionnellement et de souffrir. Elle jugeait plus sûr de ne pas trop s'engager. Mais c'était impossible, le monde était plein de gens qui ne vous laissaient pas le choix, qui vous forçaient à vous attacher à eux...

— Dommage, elles sont faites pour s'entendre. Si la petite s'en sort, évidemment.

— Comment va-t-elle depuis que je suis parti ?

— Elle est agitée, sa fièvre remonte. Nous avons tenté de la stabiliser le plus possible, mais à mon avis elle est à un tournant décisif.

Il croisa le regard de Maria.

Elle aussi était inquiète... Il fallait à tout prix qu'il guérisse Abeje. Ni les résultats des analyses ni le scanner n'avaient rien révélé, elle ne luttait que contre le paludisme. Mais tous les patients ne réagissaient pas de la même manière...

— Voyons de quel côté elle va tourner, dans ce cas.

— Que t'est-il arrivé, Quinn ?

Il était au chevet d'Abeje, s'efforçant de surveiller son évolution, écrivant tant bien que mal ses observations dans le dossier posé sur ses genoux.

Tasha s'était approchée sans bruit. Il se leva d'un bond et le classeur tomba sur le carrelage, s'ouvrant et laissant échapper les feuilles.

Elle les ramassa, lut ce qu'il venait d'écrire et le regarda d'un air perplexe.

— Elle fait à nouveau de la température ?

Elle se pencha pour poser la main sur le front de la fillette.

— Nous faisons le maximum pour qu'elle ne soit pas trop mal.

— Tu lui as donné du paracétamol ?

— Bien sûr.

— A-t-elle eu des convulsions ?

— Non. Elle est stable pour le moment, son état se maintient depuis quelques heures.

— Pourquoi ne m'as-tu pas prévenue ?

Il haussa les épaules.

— Qu'aurais-tu pu faire de plus ?

— Simplement être là.

Elle s'assit près du lit et prit la main d'Abeje.

— Et ton bras ? Qu'est-ce qui s'est passé ?

— Ce n'est pas le bras, c'est la clavicule.

Elle fronça les sourcils.

— Comment est-ce arrivé ?

— J'ai mis le pied dans un trou au milieu de la rue, hier soir. Je n'y voyais rien...

Elle l'examina.

— Tu vas avoir du mal à travailler avec un bras en écharpe ! J'ai congé aujourd'hui. Je peux rester t'aider.

— Ne te sens pas obligée.

— Depuis quand n'as-tu pas dormi ? Et pris une douche, mangé quelque chose de consistant ?

Il garda le silence. Il n'aurait pas su répondre...

— Écoute, je suis là, j'ai deux mains, et pour être franche, je vais devenir folle si je reste toute la journée au chevet d'Abeje. Laisse-moi m'occuper un peu de toi, nous ne serons pas loin s'il y a du changement dans son état.

Il hésitait... Sa proposition était tentante. Sa présence le rendait heureux, et il se sentait handicapé, c'était vrai. En dépit des antalgiques, sa blessure le faisait souffrir, et le moindre geste accentuait la douleur, faisant jaillir un feu incandescent en lui.

S'il devait éprouver cela, autant que le feu soit d'une autre origine… Même s'il se sentait coupable de désirer une autre que Hannah.

— D'accord, merci.

— Quand termines-tu ton service ?

— J'aurais dû avoir fini depuis au moins huit heures…

Elle eut un sourire compréhensif. Bien sûr, elle savait de quoi il parlait… Impossible de s'arrêter à l'heure pile, on continuait à surveiller un patient, puis un autre, parce qu'on trouvait trop difficile de passer à autre chose.

— D'accord. Je vais m'occuper de toi, alors.

Elle se leva, passa le bras sous son bras valide.

— Montre-moi où est ta cabine.

La pièce était plus grande que Tasha ne l'imaginait. Elle s'était toujours figuré un espace exigu où n'entraient qu'un lit à une place et un lavabo. Peut-être avec une petite télévision sur une tablette haute fixée au mur et un petit placard avec une tringle pour pendre des vêtements…

Mais non. Le lit de Quinn était installé au-dessous d'un hublot d'où l'on voyait les quais. À côté, un canapé deux places, un petit bureau et une chaise, et en face une penderie et une porte qui donnait sur une salle de bains.

Le tout semblait confortable. Le lit était recouvert d'un tissu africain traditionnel assorti aux coussins jetés sur le canapé. Et sur le bureau était posée une photographie de Quinn et, bien entendu, Hannah.

Tasha s'empara du cadre.

— C'est ta femme ? Elle était très belle.

— Hum. À l'intérieur comme à l'extérieur.

Elle reposa le portrait et se tourna vers lui. Il était si proche qu'elle sentit son corps s'enflammer.

— Tu as mangé quand, pour la dernière fois ?

— Aucune idée.

— Tu n'es pas médecin pour rien !

Il souriait, les yeux baissés, conscient qu'elle avait deviné qu'il ne prenait pas soin de lui. Elle sentit son cœur fondre.

— Comment peux-tu soigner des patients si tu ne te soignes pas toi-même ?

Il continua de sourire sans tenter de se défendre.

— Je vais te chercher quelque chose à la cantine.

Il la remercia d'un signe de tête. Elle sortit, et une fois la porte refermée, poussa un soupir de soulagement.

Elle devait rester prudente. Inutile de perdre la tête au prétexte qu'il l'avait embrassée. D'ailleurs il le regrettait, de son propre aveu, et elle le croyait. Pourtant, depuis ce baiser, leur relation avait pris un autre tour.

Il y avait entre eux une chaleur, une intensité bien plus forte que durant son adolescence.

À présent, tout était plus… réel.

Ce baiser lui avait fait pressentir un approfondissement de leur relation… Mais elle devait garder sa maîtrise d'elle-même, et sa raison : bientôt, il serait parti, ils n'avaient pas d'avenir ensemble.

Ils devaient s'en tenir à une certaine distance.

Elle se fia à son odorat pour trouver la cuisine et revint avec un plateau contenant des toasts, une assiette d'œufs brouillés au bacon, deux mugs de thé et une salade de fruits.

Elle frappa un léger coup à la porte.

— C'est moi, Quinn !

Et elle entra sans attendre d'y être invitée.

Il était allongé sur le lit, tout habillé, les yeux fermés. Il dormait à poings fermés.

Un instant, elle observa son visage en souriant et se sentit envahie d'une douce chaleur qui la laissa songeuse.

Oublie, nous n'avons pas d'avenir ensemble.

Elle posa le plateau sans faire de bruit et s'assit sur le canapé. Il y avait un livre sur le bureau, un roman d'espionnage, qu'elle prit dans l'intention de lire. Mais une fois les premières pages tournées, la dédicace, les remerciements et le premier paragraphe, elle ne put s'empêcher de regarder à nouveau Quinn. C'était agréable d'observer sans être vue… Sans être jugée.

Ses sentiments pour lui devenaient plus intenses, c'était certain. Mais pouvait-elle s'engager à nouveau ? Pour elle, tout avait toujours mal tourné avec les hommes…

Malgré tout, elle avait envie de cette proximité, de cette intimité. Il n'y avait eu personne dans sa vie depuis Simon. Sa solitude était si totale qu'à présent qu'elle ne songeait qu'à ouvrir son cœur.

Mais c'était *Quinn*, et son amour pour lui avait été étouffé dès le départ. De plus, il partirait bientôt...

Peut-être est-ce seulement de la peur ? Je me donne des raisons de fuir parce qu'on ne m'a jamais donné de raison de rester.

Elle poussa un profond soupir et détailla le visage endormi jusqu'à ce que ses paupières se ferment et qu'elle glisse à son tour dans le sommeil.

Tasha se réveilla en sursaut. Quinn dormait toujours. Elle consulta sa montre et ouvrit de grands yeux : trois heures s'étaient écoulées ! La nuit précédente, après le départ de Quinn, elle n'avait certes pratiquement pas fermé l'œil, mais elle ne pensait pas être aussi fatiguée.

Elle se leva, s'étira voluptueusement, et alors qu'elle était bras en l'air, entendit remuer derrière elle.

— Quelle heure est-il ?

Rougissante, elle se laissa retomber sur le canapé.

— Midi. Je t'ai apporté le petit déjeuner, mais tu dormais quand je suis revenue.

— J'étais crevé. Merci quand même.

Il s'efforça de s'asseoir, et comme il semblait avoir de la peine, elle vint à son aide. Il tira le plateau vers lui et se mit à manger.

— Je peux aller te chercher un plat chaud, si tu veux.

Il leva le pouce.

— Inutile, c'est très bon.

Elle se rassit pour le regarder manger, mais prit soudain conscience que cela pouvait le gêner, et s'éloigna un peu. Il y avait si longtemps qu'elle n'avait pas été dans l'intimité d'un homme... Incroyable, comme cela lui semblait difficile !

Quand il eut terminé, il avala son thé froid et se mit en devoir de déboutonner sa chemise. D'une seule main...

— Attends, je vais t'aider.

Elle défit les deux derniers boutons en réprimant son envie de regarder son torse nu. Rien qu'à l'imaginer sans chemise, elle avait des palpitations...

Pour tirer plus facilement sur les manches sans lui faire mal, elle se plaça derrière lui. Après avoir retiré l'attelle pour lui ôter complètement sa chemise, elle s'aperçut qu'elle était en train de le guigner.

Il était splendide. Plutôt svelte, mais à l'évidence il entretenait son corps. Ventre plat, épaules larges et solides, peau hâlée. Quand il se tourna pour lui faire face, elle découvrit son torse couvert d'une légère toison au centre, dorée et discrète.

Elle eut envie de frôler des doigts cette peau, ces mamelons durcis...

— Je ne peux pas mouiller mon attelle, je vais me laver au gant. Peux-tu me remplir une bassine d'eau ?

— Bien sûr.

Les joues en feu, elle se rua à la salle de bains et sourit à son reflet, se moquant des pensées coquines qui lui passaient par la tête.

Elle mit un pain de savon dans l'eau et prit une profonde inspiration avant, le cœur battant la chamade, de lui apporter la bassine. Elle aurait sans doute dû le laver...

— Je m'occupe du devant sans problème, mais si tu pouvais me frotter le dos...

— Oui, bien sûr !

Percevait-il le tremblement de sa voix ?

Elle le regarda se laver le torse avec naturel. Il n'avait manifestement aucune idée de l'érotisme qu'il dégageait. Il pressa le gant d'une main pour exprimer l'eau, passa le savon sur son corps en laissant de la mousse et des bulles qu'il essuyait ensuite ; sa peau luisait sous le soleil qui pénétrait par le hublot tandis qu'il frottait chaque muscle, sa toison et ses mamelons érigés.

Il se savonna ensuite le ventre, mais il allait avoir besoin d'elle pour le reste...

Quand il eut terminé, elle se leva.

— Bien. Je me charge de ton dos.

Avec un peu de chance, il ne s'apercevrait pas que ses mains tremblaient... Debout derrière lui, elle regardait sa peau, la ligne et la courbe de sa colonne vertébrale qu'elle avait envie de suivre de la langue. Ses larges omoplates...

Si je tremble, il le sentira.

Elle se raidit, passa le savon sur son dos en se mordant la lèvre. Puis elle utilisa le gant pour frotter les muscles qui se durcissaient à son contact, s'efforçant d'éviter d'appuyer du côté de sa clavicule cassée et de son épaule gauche. Elle aurait voulu que cela dure toujours...

— Voilà, j'ai fini. Je te passe une serviette ?

— Inutile, je serai vite sec, par cette chaleur !

Il lui jeta un regard hésitant.

— Je me laverai les jambes moi-même, mais j'ai besoin de me changer. Peux-tu me trouver des vêtements propres ?

Elle opina et ouvrit la penderie, tombant à sa grande surprise sur des piles bien rangées, des chemises et des pantalons sur des cintres, des paires de chaussures parfaitement alignées en bas.

— Si ça ne t'ennuie pas de remporter la bassine à la salle de bains, je vais terminer ma toilette là-bas.

— Bien sûr.

Elle sourit, se sentant devenir écarlate à l'idée qu'il lui demande de lui savonner les cuisses...

Il la rejoignit peu après à la salle de bains.

— Pourrais-tu... me déboutonner mon...

Il baissa les yeux vers son pantalon.

Elle déglutit. S'il le fallait...

Elle se plaça devant lui, les mains sur la ceinture du pantalon, et défit le bouton en prenant soin de ne pas frôler la fermeture Éclair.

Tout en n'ayant qu'une envie, la descendre et glisser la main dedans...

Enfin, elle recula, ferma la porte derrière elle et s'affala sur la chaise, le corps traversé de frissons.

Incroyable ! C'était sans doute ce qu'elle avait fait de plus érotique depuis bien longtemps. En réalité, elle avait oublié qu'elle était une femme, avec des désirs... Elle avait relégué sa féminité dans les coins les plus reculés de son esprit. La plupart du temps, cela ne la dérangeait pas d'être seule, mais certaines fois...

Elle déglutit à nouveau, s'efforçant de ne pas penser à ce qu'elle désirait en ce moment.

Elle était indépendante depuis si longtemps ! Traversant la vie telle un automate et à toute vitesse, pour ne pas se mettre en danger.

Devenant institutrice, restant seule, oubliant ses désirs physiques, tout cela par souci de sécurité.

En ce moment, la situation était périlleuse et elle se demandait comment réagir. Ou plutôt, elle réagissait, c'était sûr, mais que faire de cette réaction ? La repousser ou l'accepter ?

Elle perçut un bruit de coup, puis un cri de douleur.

— Tout va bien ?

— Oui, pas de souci.

— Appelle-moi si tu as besoin d'aide.

Il sortit, vêtu du pantalon propre mais la chemise sur le bras.

— Peux-tu m'aider à la passer, et à la boutonner ?

Elle acquiesça d'un signe de tête, à nouveau les joues en feu.

— D'accord.

Elle commença par le bras gauche pour pouvoir lui remettre son attelle, puis continua par le droit. Puis ce fut au tour des boutons… Elle devait à tout prix éviter de le regarder dans les yeux !

La dernière fois qu'ils avaient été aussi proches, il l'avait embrassée. Elle sentait la chaleur irradier de son corps. Il fleurait bon le savon et la fraîcheur. Et l'homme. Une odeur primitive qui l'attirait de façon inexorable. Elle avait des visions de son torse parfait…

— Voilà.

— Merci. Je n'y serais pas arrivé sans ton aide.

Elle leva les yeux, les plongea dans les siens…

— Quinn, je…

— Oui ?

Sa voix était rauque, gutturale. Réagissait-il autant qu'elle ? Avait-elle éveillé son désir en le lavant, en laissant courir le gant sur sa peau ? En glissant un doigt dans la ceinture de son pantalon ?

En étant si proche de lui ?

Ses yeux étaient des lacs où se noyer avec bonheur. Elle avait envie de le toucher. De le tenir dans ses bras, juste un instant…

Il ne prendrait pas l'initiative, elle le savait. Il l'avait fait une fois en venant chez elle au milieu de la nuit pour l'embrasser… Mais aussitôt après il avait reculé.

Que risquait-elle à poser les lèvres sur les siennes ? Gâcherait-elle la relation qu'ils avaient déjà ?

Mais j'en ai tant envie ! Peut-être attend-il que je fasse le premier pas. Peut-être aurait-il l'impression de me forcer si c'était lui qui le faisait...

Elle lui caressa le visage, frôla des doigts la ligne de sa mâchoire, sa peau légèrement duveteuse. Il entrouvrit les lèvres et elle ne put s'empêcher de fixer sa bouche. Une bouche qu'elle avait sentie sur la sienne...

Incapable de lutter plus longtemps, elle se haussa sur la pointe des pieds et lui prit la tête entre les mains.

Il posa les lèvres sur les siennes, délicat, hésitant. Mais comme un barrage qui rompait, leur désir mutuel s'exacerba et Quinn la poussa contre la penderie tandis qu'elle déboutonnait sa chemise une fois de plus ; cette fois, elle l'ôterait avec moins de précautions.

Il ferma la porte à clé.

Et elle s'autorisa à satisfaire son envie de lui.

De retour dans la salle, ils trouvèrent les parents des deux enfants de Mosa en train de faire leurs bagages. Le frère et la sœur étaient assis dans leurs lits, souriants, visiblement enchantés de rentrer chez eux.

Tasha ouvrit des yeux ronds et se tourna vers Quinn.

— Ils s'en vont ?

Incroyable ! Elle était contente pour eux, bien sûr, mais pourquoi ne l'avait-il pas mise au courant ?

En regardant Abeje gisant dans son lit, elle oublia la passion qu'ils venaient de partager.

— Oui, leurs parents étaient impatients de les remmener. Ils vont beaucoup mieux. En fait, nous les considérons comme tirés d'affaire.

— Mais...

Exaspérée, elle ne trouvait rien d'autre à dire. Ses lèvres et son corps brûlaient encore de l'intensité de leur étreinte, mais voir les deux enfants sur le point de partir lui fit regretter sa conduite : pendant qu'elle prenait du plaisir avec Quinn, Abeje était toujours malade...

Comment ai-je pu me laisser aller ainsi ?

Très mal à l'aise, elle s'approcha, les jambes tremblantes, du lit de la fillette. Elle ne la quitterait plus jamais.

Toutefois, l'heureuse issue pour le frère et la sœur lui donnait de l'espoir : ils étaient la preuve vivante que l'on pouvait guérir du paludisme, cette maladie qui tuait cinq cent mille enfants par an.

Quinn remit un sac de médicaments aux parents et Maria leur traduisit les instructions. Puis très vite la famille, chargée de paquets, franchit les doubles portes de la salle tandis que les membres de l'équipe agitaient la main en signe d'adieu.

Leurs problèmes étaient terminés, Tasha n'en doutait pas. Ils avaient de la chance. Tout se concluait bien pour eux, et c'était tant mieux.

Quinn croisa son regard et elle sentit la chaleur l'envahir. Faire l'amour avec lui avait été extraordinaire. C'était un amant merveilleux, et ils avaient vécu un moment de passion dévorante. Mais…

Le poids du remords lui fit baisser la tête et elle se détourna. Pendant qu'Abeje luttait contre la fièvre, elle avait accompagné Quinn dans sa cabine pour l'aider, et avait fini dans son lit…

Abeje avait besoin d'elle en permanence à ses côtés !

Je l'ai laissée tomber, comme Maddie…

Elle n'avait pensé qu'à chercher du réconfort, justement auprès du médecin qui la soignait. Et s'il s'était passé quelque chose ? Si l'état d'Abeje s'était détérioré pendant qu'elle était toute seule ?

Je ne me le serais jamais pardonné. J'ai déjà une mort sur la conscience, je n'en supporterais pas une seconde.

Elle se jura de ne plus quitter le chevet de la fillette jusqu'à ce qu'elle sorte de l'hôpital pour rentrer au Centre Sunshine.

Après avoir fait l'amour avec Tasha, Quinn s'était d'abord senti euphorique puis, très vite, la culpabilité l'avait submergé.

C'était la première femme avec qui il faisait l'amour depuis Hannah ; il se sentait honteux.

Il s'était levé le premier dans l'intention de s'habiller, mais il avait dû faire appel à elle et supporter qu'elle lui reboutonne sa chemise. Il avait tout fait pour ne pas croiser son regard… Quand il y avait été forcé, il avait souri en espérant qu'elle ne percevrait pas son malaise.

Il avait compris son amertume au moment du départ des deux enfants de Mosa ; il s'était tenu à distance et les avait aidés dans leurs préparatifs. Ensuite, il s'était tourné vers elle, hésitant sur la conduite à suivre, et avait été soulagé de la voir détourner les yeux.

J'ai été infidèle à ma femme.

Il avait conscience d'être ridicule, Hannah était morte depuis des années. Mais c'était normal qu'il réagisse ainsi en faisant l'amour à une autre pour la première fois.

En faisant l'amour à... Tasha. Était-ce le bon choix ? Une femme qu'il avait tant fait souffrir autrefois et dont il se sentait responsable.

C'est la femme que j...

Impossible de formuler le dernier mot, pas même en pensée. Cela aurait été admettre qu'il était prêt à risquer de perdre une autre mère et son enfant.

Je ne serais sans doute pas capable de le supporter.

Il était dans une situation impossible.

— Mademoiselle Tasha ?

Elle eut un hoquet de surprise et croisa le regard d'Abeje, qui s'efforçait de lui sourire.

— Abeje !

Elle la serra dans ses bras, un peu trop fort peut-être, mais elle était si heureuse de la voir consciente ! Elle lui reposa le dos contre l'oreiller, se toucha les lèvres et posa les doigts sur la joue de la fillette.

— J'étais si inquiète pour toi ! Comment te sens-tu ?

Abeje toussa.

— J'ai soif.

Tasha chercha l'infirmière du regard.

— Maria ? Pourrions-nous avoir un verre d'eau, s'il te plaît ?

— Tout de suite !

Tasha se tourna vers la fillette.

— Tu as tellement manqué à tout le monde ! Tu ne peux pas imaginer.

Abeje eut un faible sourire.

— Je t'ai lu des histoires, et un livre spécial composé de lettres de tous tes camarades de classe. Quand tu auras repris des forces, je te le montrerai.

— Oh ! oui ! J'aimerais bien. Mais maintenant je suis trop fatiguée.

Tasha lui posa une main sur le front. La fièvre était tombée. Abeje avait été la plus forte, elle allait se remettre. Le soulagement de Tasha fut si grand qu'elle crut défaillir.

Maria revint avec un pot à eau, en versa dans un verre et posa le tout sur la table de chevet. À ce moment-là, une alarme sonna, lointaine, sans doute à un autre étage du navire.

Aussitôt, l'infirmière tourna les talons.

— Je vous laisse.

Et elle se précipita hors de la salle.

Tasha plaça le verre devant la bouche d'Abeje en lui soutenant la tête pour qu'elle ne le renverse pas.

— Tu vas guérir, ma chérie !

8

Quinn était inquiet : Abeje était atteinte d'une toux assez persistante. Ses poumons paraissaient pris, cela ne lui plaisait pas. Il devait l'ausculter.

Quel manque de chance ! Le poids de la responsabilité qui l'avait écrasé venait de céder la place au soulagement, et voilà que cela recommençait ! Il ne supportait pas l'idée de perdre cette fillette. Tasha en aurait le cœur brisé...

Et il se sentirait coupable.

Il regarda la femme et l'enfant qui bavardaient en riant. Elles s'entendaient si bien ! Elles étaient faites l'une pour l'autre.

S'il voulait partager quelque chose avec Tasha, il devait accepter Abeje, ce qui était risqué pour lui : était-il capable d'aimer un enfant de tout son cœur ? La fillette semblait adorable, mais il ne la connaissait pas...

Pouvait-il s'attacher à elle autant que si c'était sa fille ? Il voulait se convaincre qu'il pouvait à nouveau être heureux. Se fixer, avoir une famille. Mais s'il n'y parvenait pas ?

Le mieux était peut-être de s'en aller, d'embarquer pour Madagascar et de ne plus revenir.

Il jura entre ses dents, se mit le stéthoscope autour du cou et prit des notes dans le dossier.

— Tasha, je vais demander une radio des poumons.

— Tu soupçonnes une infection ?

Il vit les yeux bleus s'emplir d'une terreur nouvelle, celle d'une autre complication, et cela lui fit l'effet d'un coup de poing à l'estomac.

— C'est probable.

— Il faut la mettre sous antibiotiques !

— Pas avant d'avoir les radios.

— Pourquoi ne pas commencer tout de suite, quel mal y aurait-il ?

Il fut agacé par l'habitude qu'elle avait prise de tenter d'influencer le traitement. D'accord, elle avait été médecin, mais elle ne l'était plus, bon sang !

Attention, je suis en train de m'énerver contre elle. Parce qu'elle me met dans cette position intenable.

— D'accord, si tu veux. Mais je demande quand même une radio. Ça peut prendre un petit moment. L'alarme vient de sonner, ça doit monopoliser tout le personnel disponible.

Pour l'heure, ils n'étaient que tous les trois à cet étage. Il n'avait pas rejoint les autres parce que, d'après le règlement, un médecin devait rester dans chaque salle.

— À ton avis, ça pourrait être une pneumonie ?

Il n'avait aucune envie de jouer aux devinettes, mais c'était une hypothèse.

— Je l'ignore.

— Mais c'est très grave !

— Tu crois que je ne le sais pas ? répondit-il sèchement malgré lui.

Elle lui jeta un regard de reproche.

— Pourquoi te mets-tu en colère contre moi ?

— Tu te trompes, je ne suis pas...

Il soupira.

— Laisse-moi appeler la radiologie.

Il alla téléphoner dans son bureau. Si la radio était libre, ils pourraient peut-être y descendre la fillette tout de suite.

Hélas ! ses espoirs furent douchés. La radio ne serait disponible que dans une demi-heure.

Assis à sa table de travail, il fixait Tasha, se demandant ce qu'il allait pouvoir faire.

Comme son épaule le faisait souffrir, il avala deux antalgiques, plia et étira les doigts. C'était vraiment gênant, ce bras en écharpe. Il n'avait jamais réfléchi auparavant au nombre de gestes simples pour lesquels on a besoin de ses deux mains : préparer du thé, boutonner une chemise ou fermer la braguette de son pantalon, changer un pansement, poser une perfusion, faire une prise de sang...

Lui qui était si indépendant, il devait souvent faire appel à une infirmière. Il avait horreur de se sentir diminué. À dix-huit ans, il s'était cassé la cheville en jouant au football ; devoir marcher des semaines durant avec des béquilles l'avait mis de fort mauvaise humeur.

Que pouvait ressentir la fillette, clouée au lit, trop faible pour se lever ?

Et Tasha, qui ne pouvait plus exercer la médecine ni prendre de décisions ?

À moi, ça me manquerait tant !

Il aurait été incapable de quitter ce navire. Du moins, c'était son sentiment. Bien entendu, il trouverait sans doute du travail à Ntembe. Et s'il créait son propre centre médical ? Ainsi, il pourrait rester avec Tasha et les gens d'ici auraient un médecin à demeure. Quand le *Serenpidity* n'était pas à quai, ils devaient marcher des jours durant pour en trouver un.

Ce serait un grand pas à franchir.

Un pas de géant ! S'il décidait de rester à Ntembe, ce serait une preuve de l'intensité de leurs sentiments l'un pour l'autre, n'est-ce pas ?

Rob entra et s'affala sur une chaise en face de lui.

— À quoi penses-tu ?

Quinn considéra l'Irlandais avec qui il s'était lié d'amitié. Pouvait-il lui faire des confidences ? Il était peu doué pour parler de ses émotions... Comment commencer ?

— Maria et toi, vous vous entendez bien, n'est-ce pas ?

L'infirmier sourit.

— Oui.

— Vous vivez ensemble, vous travaillez ensemble sur ce bateau, et tout se passe bien ?

— Il vaut mieux, puisque nous allons nous marier !

Rob mâchonna le bout de son crayon en souriant.

— Tasha et toi, vous pensez à officialiser les choses ?

— Je ne sais pas. C'est compliqué.

— Ce n'est jamais simple.

— Mais ça paraît facile pour vous.

— Tu plaisantes ?

Rob avait baissé le ton.

— Quand j'ai rencontré Maria, elle était avec un autre, un secouriste dynamique qui faisait du *base-jumping*, du *bungee-jumping*, le genre de trucs qui te font grimper l'adrénaline en flèche. Sa famille l'adorait. Pour eux, c'était un homme, un vrai, qui vivait pleinement sa vie.

— Et alors ? Qu'est-il arrivé ?

— À lui, rien. À l'heure où je te parle, il est probablement en train de se jeter d'un avion en parachute. Mais Maria est tombée amoureuse de moi alors que je venais de décider de venir travailler sur ce bateau. Je l'arrachais à sa famille, ce que l'autre n'avait pas fait. Ils me détestaient tous. Ils lui ont déclaré que si j'étais un homme, un vrai, je serais au moins médecin, et lui ont ordonné de me quitter.

— Je ne me doutais pas...

— Ils lui ont donné le choix : c'était moi ou eux. Si elle m'accompagnait en Afrique, ils ne la connaissaient plus. Tu imagines la pression ?

Quinn opina sans rien dire.

— Elle est venue, et même si nous sommes heureux et très amoureux, elle passe son temps à se bagarrer contre les e-mails et les coups de fil pernicieux de sa famille.

— Elle a sacrifié l'amour pour l'amour ?

— C'est ça. Et je lui en suis chaque jour reconnaissant. Je sais ce que ça lui a coûté de partir avec moi.

— Tasha aussi a sacrifié beaucoup...

Rob se pencha.

— Écoute, si tu l'aimes, si tu n'envisages pas la vie sans elle, décide-toi.

Quinn se posa la question : pouvait-il imaginer la vie sans Tasha ? Il s'imagina en route pour Madagascar, sachant qu'il ne la verrait plus de quelques mois. Lui faisant un signe d'au revoir du bateau tandis qu'elle restait sur le quai main dans la main... avec sa petite protégée.

Car elle n'abandonnerait jamais Abeje, il en était convaincu.

Mais pouvait-il s'investir auprès d'une mère et son enfant ? Risquer son cœur une fois de plus ?

Il haussa les épaules.

— Elle vit et travaille ici.

— C'est toi qui dois choisir, Quinn. Tu peux sauver des vies n'importe où, mais ton cœur n'appartient qu'à une seule femme.

Pour détendre l'atmosphère, Quinn éclata de rire.

— Tu veux te débarrasser de moi ?

— Pas du tout ! Si j'étais malade, je ne voudrais pas d'autre médecin que toi. Mais je vois bien comment tu la regardes, et comment elle te regarde à ton insu. Il y a quelque chose de fort entre vous, ne le gâche pas. Tu ne sais pas si tu le retrouveras un jour.

Quinn fixa le bois de la table, puis leva la tête et vit avec quelle intensité Tasha regardait Abeje. Elle craignait une nouvelle complication, une nouvelle bataille à mener pour ce corps si fragile...

Abeje eut une quinte de toux qui ne présageait rien de bon. Il était réellement inquiet.

Il soupira. C'était parfois difficile de décrocher, de cesser d'analyser les gens. De compter les respirations, d'étudier le blanc de l'œil, de chercher les symptômes de la jaunisse...

Mille détails pouvaient vous renseigner sur la santé d'une personne : une boule au bas du cou qui signalait peut-être un problème de thyroïde, une démangeaison qui pouvait indiquer un ennui du plus banal au plus alarmant... Les éternuements, la toux. Le bruit de la respiration. L'aspect des ongles, la démarche...

Abeje tenta de se redresser et Tasha se pencha pour arranger ses oreillers derrière son dos. Elle respirerait mieux assise... Mais elle n'avait pas bonne mine.

— Merci, Rob, je réfléchirai à tout ça. Je vais retourner ausculter Abeje.

Peut-être serait-il bon de la descendre en radiologie... Le plus tôt serait le mieux, quitte à attendre dans le couloir que les radiologues soient disponibles.

Il s'approcha du lit.

— Abeje ? Je voudrais réécouter ta respiration, maintenant que tu es assise.

Il mesura la saturation d'oxygène : 94. Plus bas que ce qu'il escomptait. Pour plus de précaution, il plaça une canule dans les narines pour envoyer de l'oxygène, passa le tube derrière ses oreilles et le ferma sous son menton avant de l'ausculter.

Tasha le regarda faire, le sourcil levé, puis se tourna vers la fillette.

— Ne t'inquiète pas pour le travail que tu as manqué, mon poussin. Je t'aiderai à rattraper quand tu iras mieux.

Elle sourit.

— J'ai pris des photos de la classe avec mon téléphone. Je vais te montrer ce que nous avons fait.

Elle se pencha et tourna l'écran vers Abeje.

— Ici, tout le monde montre l'acrostiche qu'il a composé avec les lettres de son nom. Celui de Habib était très drôle. Tu verras quand tu l'entendras. Je suis sûre qu'il deviendra comédien !

Tout en notant ses observations, Quinn l'écoutait, il lui était reconnaissant de distraire la fillette. Toutefois, le moniteur qu'il lui avait laissé en place au bout du doigt indiquait toujours une chute du taux d'oxygène, malgré la canule nasale.

— Tasha…

— Regarde ce que Claudette a peint. Oh ! elle était fière de ce dessin ! Tu comprends ce que c'est ?

Il n'osa pas insister. Elle n'avait pas perçu l'avertissement dans sa voix, l'inquiétude. Elle était si excitée de montrer ces photos à sa protégée…

La saturation chutait toujours. 91, 90, 88…

Il se pencha sur l'enfant.

— Abeje, je préférerais que tu te recouches. Je vais t'administrer davantage d'oxygène.

Il ôta la canule et lui plaqua le masque sur le visage.

Tasha pâlit, recula comme si elle avait reçu un choc électrique.

— Que se passe-t-il ?

— Le taux d'oxygène chute.

— Pourquoi ?

Il percevait la panique dans sa voix.

— Je l'ignore.

Il croisa son regard et y lut la question qu'elle ne voulait pas poser à haute voix.

« Risque-t-elle un arrêt respiratoire ? »

C'était bien ce qu'il craignait…

Il chercha Rob des yeux. Où était-il donc passé ?

Abeje ferma les paupières et son visage s'amollit. Tasha bondit sur ses pieds, laissant tomber son téléphone.

— Oh ! Mon Dieu !

Quinn appuya sur le bouton d'alarme qui prévenait les urgences. Il fallait mettre la fillette à plat, retirer les oreillers tout en lui soutenant la tête, mais il n'avait qu'une main valide...

— Tasha, ôte les oreillers, s'il te plaît !

— Quinn...

Elle avait l'air terrifié. Ses craintes se confirmaient, et cette idée la paralysait, la rendait incapable d'un geste simple.

Bon sang, il avait besoin d'elle !

— Tasha, regarde-moi. *Regarde-moi !*

Elle obéit, mais son regard était vide.

— Elle ne respire plus. Aide-moi pour les compressions thoraciques. Je t'en prie, *bouge* !

Elle jeta un coup d'œil à la fillette inerte et prit une expression torturée.

— Je ne peux pas !

— Si, justement ! Toi, tu peux. Moi pas, à cause de mon bras. Vite, s'il te plaît ! Sinon...

La suite ne sortait pas.

Sinon elle va mourir.

Il pourrait peut-être se charger de la réanimation, mais pas sans avoir d'abord allongé Abeje. Et chaque seconde comptait...

De sa main valide, il saisit les oreillers, tira, et la tête d'Abeje retomba sur le matelas. Comment lui ouvrir la bouche d'une main ? Tasha devait absolument se ressaisir !

Soudain, elle reprit ses esprits, croisa les mains au centre de la petite poitrine et appuya en rythme en comptant jusqu'à trente d'une voix tremblante. Son visage ruisselait de larmes.

— Je vais chercher la planche dorsale !

Il traversa la salle en courant pour la décrocher du mur, puis revint à la même allure.

— Aide-moi à la lui glisser sous la tête !

Qu'est-ce qui avait pu causer cette subite détresse respiratoire ? Il n'en avait aucune idée. C'était arrivé, voilà tout. Comme souvent, et il aurait dû se méfier. Il avait eu un pressentiment, soupçonné qu'elle n'était pas tirée d'affaire... Il était furieux de ne pas avoir pensé à ce risque. Il avait fallu si longtemps pour que son état s'améliore, et elle semblait si faible...

Si elle meurt...

Les arrêts respiratoires étaient plus fréquents que les arrêts cardiaques, mais ils pouvaient en provoquer un.

Il mesura le pouls. Absent.

— Je vais chercher le défibrillateur. Continue !

Tasha en était au bouche-à-bouche ; à son retour, elle avait repris les compressions.

— Quinze... Seize... Dix-sept...

— Parfait, tu te débrouilles bien !

Il lui tendit l'emballage contenant les électrodes, qu'il était incapable de défaire d'une main.

— Ouvre ça.

Utilisant le bas de sa main droite et son poignet, il poursuivit les compressions pendant qu'elle déchirait le paquet. Puis elle plaça les électrodes — une près de l'épaule droite, juste sous la clavicule, et l'autre sous le mamelon gauche.

ANALYSE...

La machine fit une pause pour lire le tracé d'Abeje, s'il en existait un.

CHOC REQUIS. ÉCARTEZ-VOUS.

Tasha vérifia qu'elle s'était assez éloignée et appuya sur le bouton.

— Attention ! cria-t-elle.

Au moment où la charge électrique était délivrée, la porte s'ouvrit d'un coup et Rob fit irruption dans la salle. Il jeta un coup d'œil à la scène et se précipita pour prendre le relais.

POURSUIVEZ LES COMPRESSIONS.

Quinn recula, épuisé ; son épaule le faisait souffrir, mais peu importait. Ce qui comptait, c'était Abeje.

ANALYSE...

PAS DE CHOC REQUIS.

Rob posa les doigts sur la carotide.

— Elle est revenue ! On a un pouls !

Ils refirent de l'oxygène et Rob tourna Abeje sur le flanc, en position de récupération, sans cesser de surveiller sa respiration.

La fillette se mit à gémir.

Quinn poussa un long soupir de soulagement et regarda Tasha. D'une pâleur mortelle, une expression d'horreur dans le regard, elle fixait ses mains. Visiblement horrifiée de ce qu'elles avaient dû faire.

— Tasha, tu vas bien ?

Elle le regarda tel un lapin ébloui par des phares, comme si elle venait d'avoir une révélation.

Puis, aussitôt, elle se détourna et sortit de la salle.

Impossible de la rattraper… Il devait rester pour aider Rob au cas où Abeje ferait un nouvel arrêt.

Le risque existait encore.

Qu'est-ce qui vient de se passer ?

Tasha ne parvenait pas à y croire. Elles étaient en train de regarder des photos, et tout d'un coup…

C'était devenu un cauchemar.

Ses pires craintes s'étaient réalisées.

Elle comptait sur Quinn pour qu'il guérisse Abeje. Elle lui faisait confiance pour le traitement, les médicaments, et soudain, elle avait dû intervenir. Alors qu'elle était pétrifiée.

Parce qu'elle s'était revue en train de tenter de sauver Maddie… Sans succès. Pourtant, elle avait fini par réagir et se charger des compressions, et Abeje avait recommencé à respirer. Ils l'avaient ramenée à la vie.

À ce moment-là, elle avait compris une chose : bien entendu, la mort d'Abeje lui aurait été insupportable de toute façon. Mais une idée nouvelle émergeait en Tasha : elle se sentait de nouveau capable d'aimer, d'avoir une famille. Son élan vital revenait.

En outre, elle était en train d'accepter qu'on l'aime.

Par conséquent, elle devait sauver ce qui lui était le plus précieux : non seulement Abeje, mais Quinn.

Pendant qu'ils œuvraient ensemble à la réanimation, elle avait vu sur son visage, dans ses yeux et les profondeurs de son âme, qu'il faisait tout pour sauver Abeje pour qu'elle puisse la garder.

Et elle s'était enfuie, parce qu'elle avait compris qu'elle lui avait donné son cœur, sa confiance et son amour.

Mais il n'en veut pas, si j'ai bien compris...

Quand il s'était levé, dans sa cabine, elle avait surpris le regret dans ses yeux. La culpabilité, peut-être même la honte. Dès qu'il était sorti du lit, il avait fait machine arrière : pendant qu'elle lui boutonnait sa chemise, il évitait de la regarder en face.

Elle en avait été peinée, mais n'avait guère eu le temps d'analyser ses propres sentiments...

C'était la réanimation d'Abeje qui lui avait ouvert les yeux : en fait, depuis ses treize ans, son cœur n'avait cessé de battre pour lui.

Et, une fois de plus, il la repoussait. À la différence que la première fois, elle n'avait pas couché avec lui. C'était encore plus douloureux maintenant.

Croiser son regard lui était impossible.

Elle était sortie de la salle pour mettre de la distance, réfléchir aux décisions à prendre.

Abeje a besoin de moi à son chevet.

Impossible d'y retourner, de se retrouver près de Quinn.

Je ne veux pas voir son adieu dans ses yeux.

Elle l'avait tant aimé, et à présent elle souffrait tant...

Elle suffoquait de douleur. Un gémissement sourd monta de ses lèvres et elle se prit la tête dans les mains.

Elle avait tout perdu.

Impossible de regarder Quinn en face.

Ni Rob ni Maria.

Ni Abeje.

Tout le monde savait qu'elle était une ratée, qu'elle était lâche.

Quinn va me quitter, comme tous les autres.

Quinn essuya la sueur de son front et s'affala sur un siège. Son épaule le brûlait telle une boule de feu. Jamais il n'avait souffert pareille douleur, pourtant ce n'était rien comparé au vide intérieur qu'il éprouvait.

Tasha lui avait fait peur en restant ainsi immobile, glacée d'effroi, alors qu'il lui réclamait son aide pour sauver Abeje. Il avait bien cru qu'il allait devoir tout faire seul ; et avec sa clavicule cassée, il n'en aurait pas été capable.

Et Abeje serait morte. Ce qu'il voulait à tout prix éviter.

Heureusement, Tasha s'était ressaisie et avait commencé les compressions, mais cette pause, cette hésitation, cette incapacité à réagir l'avaient terrifié. Il avait réellement craint de perdre la fillette, et compris qu'il ne pouvait pas se le permettre.

Il s'imaginait prenant Tasha dans ses bras pour la consoler...

Cette pensée le terrorisait.

Il s'était déjà donné tout entier à une femme et un enfant au point que plus rien d'autre n'existait pour lui. Quand ils étaient morts, il avait vraiment craint que cette perte détruise son âme. Pas question de repasser par cette épreuve.

Par chance, ils avaient pu réanimer Abeje...

Pour l'instant, elle était stable. Le scanner avait révélé qu'elle avait du liquide dans les poumons, et bien qu'il ne soit pas persuadé que le paludisme en soit la cause, l'essentiel était qu'elle soit sauvée. Le masque à oxygène toujours en place, mais bien éveillée. Et comme tous les enfants malades, en train de réclamer sa « maman ».

Et Tasha restait invisible.

Eh bien, puisqu'elle n'était pas là...

Il se glissa sur la chaise placée au chevet du lit et prit la main de la fillette avec douceur, comme s'il s'agissait d'un joyau précieux. Il la caressa, tâchant de lui communiquer son inquiétude, son amour.

— Mlle Tasha est allée prendre l'air. Tu sais que tu nous as fait peur ?

— Moi aussi, j'ai eu peur !

— Je m'en doute.

Son cœur saignait pour cette fillette si courageuse, si forte ! Si...

Soudain, la lumière se fit : s'il s'inquiétait autant pour elle, ce n'était pas seulement pour Tasha. S'il faisait tout pour éviter à Abeje de souffrir et refusait qu'elle se sente seule et effrayée, c'était parce qu'il s'était attaché à elle, lui aussi ! Sans s'en apercevoir, il avait franchi le pas, la limite que les médecins s'imposent : il s'était comporté en *père*.

Cette révélation lui causa un choc énorme. Et une peur en proportion.

Pourtant, malgré ses jambes tremblantes, il sut aussi qu'il allait assumer ce rôle. Qu'il souhaitait être le père d'Abeje si Tasha en était la mère. Tasha était son âme, sa vie. En ce moment, son absence lui était insupportable.

Après lui avoir fait l'amour, son sentiment de culpabilité envers sa femme disparue avait pris le dessus ; Tasha avait dû percevoir son recul, en être déçue...

Mais à présent, il savait ce qu'il voulait.

Il fallait qu'il lui parle, tout de suite.

Il regarda Rob qui s'approchait pour renouveler la poche à perfusion et se leva.

— Rob, je vais chercher Tasha et la ramener.

— D'accord. Ne crains rien, je surveille la petite.

Sur le pont, la chaleur frappa Quinn au visage comme s'il entrait dans un four. Les antalgiques qu'il avait pris commençaient à agir, mais pas sur son angoisse : réussirait-il à convaincre Tasha de revenir ?

Il pensait devoir aller jusque chez elle, mais en descendant la passerelle il la découvrit juste en bas, assise sur le capot de sa vieille guimbarde.

Quand elle le vit, elle se frotta les yeux avec frénésie et se leva pour s'éloigner.

— Va-t'en, s'il te plaît, je ne veux pas te parler !

— C'est pourtant nécessaire.

Elle se retourna, les yeux emplis de larmes.

— Comment va Abeje ?

— Elle est stable. Elle te réclame.

— Dis-lui que je la rejoindrai bientôt. Je ne peux pas y aller avec cette tête-là.

— Tu es splendide.

— Tais-toi ! Garde ta pitié. J'ai compris, inutile de remuer le couteau dans la plaie. J'ai l'habitude qu'on me repousse, et surtout que *tu* me repousses !

— Je t'aime, Tasha.

C'était bon de le dire à haute voix. Il en fut même fier. Pourquoi cacher ses sentiments ?

Elle lui jeta un regard incrédule.

— Tu pourrais répéter ?

— Je t'aime. Je veux rester avec toi.

Elle cligna des paupières, fit un signe de dénégation.

— Mais...

— Je sais que tu as perçu un recul de ma part. Je me sentais coupable vis-à-vis de Hannah. Depuis elle, je n'avais fait l'amour avec personne, et c'était si merveilleux que j'en ai été choqué. Mais après ce que nous venons de faire ensemble... Nous avons sauvé une vie, Tasha, et pas n'importe laquelle ! J'ai compris que je ne voulais pas vous perdre, ni Abeje ni toi.

Il lui prit les mains et elle ne se dégagea pas.

— Je m'étais juré de ne plus jamais fréquenter une femme qui soit attachée à un enfant. Mais tu es entrée dans ma vie comme un météore, tu m'as troublé, obligé à me remettre en cause. J'ai souvent dû te paraître incohérent... Avant de venir te chercher, j'ai tenu la main d'Abeje qui te réclamait, et je me suis senti à nouveau prêt à aimer. À être un mari et un père. À condition que tu sois la mère.

Elle se dégagea, s'entoura la taille de ses bras et se balança comme une enfant.

— Les gens que j'aime m'abandonnent toujours.

Il alla vers elle, lui écarta les bras et reprit ses mains dans les siennes.

— Pas moi, Tasha, je te le jure.

Elle lui jeta un regard hésitant.

— Ce n'est pas une plaisanterie ? Ce serait très cruel.

Il lui embrassa les doigts.

— Tasha, je suis sérieux.

— Et si je te décevais ? Si tu t'apercevais qu'après tout ce temps je suis toujours la Pouh-Nat que tu méprisais ?

— Je ne t'ai jamais méprisée. Il n'y avait rien de méprisable en toi. C'était moi qui étais stupide. Comme je l'ai été ces derniers jours en laissant à nouveau la peur et la culpabilité gouverner mes actes. C'est fini. Je sais désormais que tu me rends plus fort. Avec toi, je me sens prêt à franchir tous les obstacles, et je suis sûr que nous pouvons avoir un avenir merveilleux ensemble.

— Mais tu pars bientôt...

— Tu te trompes, j'ai décidé de rester. Et si nous ouvrions un cabinet médical, tous les deux ? Les habitants de Ntembe pourraient être soignés sans avoir à marcher deux jours ou attendre qu'un navire accoste. Nous pouvons bâtir notre rêve ici, Tasha. Ensemble. Qu'en dis-tu ?

Elle parut réfléchir, assez longtemps pour qu'il recommence à s'angoisser, puis un léger sourire éclaira son visage.

— Redis-moi que tu m'aimes.

Il lui adressa un sourire radieux.

— Je t'aime, Tasha. Maintenant, dis-moi que c'est réciproque.

— Tu as été la source de tous mes problèmes, Quinn.

Son visage s'éclaira.

— Mais je t'aime.

Il la souleva et la fit tournoyer dans ses bras, puis la reposa à terre pour l'embrasser.

— Bon. Nous fêterons l'événement plus tard, il y a une petite fille qui t'attend.

Il lui prit la main et l'entraîna vers la passerelle.

— Quinn… Merci. Pour tout.

Il répondit d'un sourire.

Épilogue

— Ne nous mettons pas en retard, Abeje. Tu es chaussée ?

Tasha passa la tête dans l'encadrement de la chambre de sa fille, qui finissait d'attacher les boucles de ses sandales.

Elle lui tendit la main.

— Viens.

Main dans la main, elles quittèrent la maison dans leurs plus belles robes, la tête protégée par un chapeau de soleil.

— Papa est déjà au cabinet médical ?

— Oui, il est parti tôt. Il voulait faire une inspection générale des locaux et du matériel avant d'ouvrir au public.

— Et c'est moi qui coupe le ruban ?

Tasha sourit.

— Oui, mon poussin, c'est toi.

Abeje était très excitée de participer à l'inauguration du centre de santé. Ils avaient pensé demander au maire de s'en charger, puisqu'ils s'installaient à Ntembe ; mais Abeje étant à présent officiellement leur fille, ils avaient jugé normal que ce soit elle qui baptise l'établissement. Après tout, c'était sa ville, elle y vivait depuis plus longtemps qu'eux...

Les longs jours sombres du paludisme étaient oubliés. Entourée d'une famille aimante, Abeje avait grandi et forci. Le jour où ils avaient signé les papiers d'adoption avait été le plus beau de leur vie. Et leur rêve suivant était en train de se réaliser !

Elles se frayèrent un passage dans la foule rassemblée à l'extérieur. Tasha connaissait tant de monde, à présent ! Elle dut s'arrêter pour saluer, serrer des mains ou même recevoir un baiser sur la joue.

Elle avait tellement hâte de rejoindre Quinn, d'être à ses côtés, qu'elle en avait l'estomac noué.

Soudain elle le vit, en chemise blanche et pantalon kaki, en train de vérifier que le ruban jaune était bien attaché.

— Quinn !

Il sourit en les voyant et tendit les bras à Abeje qui se précipita vers lui. Il la souleva et la plaça sur sa hanche.

— Tu commences à peser trop lourd pour ça !

— Non, jamais ! répondit leur fille en s'esclaffant.

— Bon, quand mon dos me fera mal, je te poserai, d'accord ?

— Oui, dit-elle en se serrant contre lui.

Aujourd'hui était un grand jour. Oh ! il y en avait eu d'autres ! Celui où Abeje était sortie de l'hôpital, celui où ils avaient dit au revoir au *Serenpidity* qui quittait le port en laissant Quinn derrière lui… Celui où ils avaient emménagé ensemble, celui de leur mariage, celui de l'adoption d'Abeje.

Et maintenant, l'ouverture du cabinet médical. Leur rêve.

C'était si important pour eux, de faire quelque chose pour les gens de Ntembe et de la région ! Ils avaient prévu quelques jeeps qu'ils utiliseraient comme hôpitaux mobiles.

La vie de nombre de gens serait améliorée, ainsi que la leur.

Tasha embrassa Quinn et sentit avec bonheur la force de son amour. Jamais elle n'avait rien éprouvé de tel. À présent, elle avait une famille, elle comprenait enfin ce que signifiaient les mots « bonheur » et « liens familiaux ».

— Je ferais mieux de commencer, maintenant.

— Bonne chance, mon amour !

Elle lui lâcha la main pour le laisser grimper sur le petit podium. L'assemblée se tut et une mer de visages heureux se leva vers son mari.

Tasha tendit une paire de ciseaux à Abeje.

— Attends que papa ait terminé son discours.

— Bonjour tout le monde, et bienvenue au centre de santé de Ntembe ! Je vois pas mal de visages connus…

Tasha avait remarqué Maria et Rob au premier rang, main dans la main, souriants. C'était bon de les voir ici. Ils avaient promis de les honorer de leur présence puisqu'ils étaient en congé pour leur lune de miel, et ils avaient tenu parole !

— Ma femme et moi rêvions depuis longtemps de créer ce cabinet médical ici. Nous espérons qu'il deviendra important, non seulement pour les soins mais aussi pour les formations.

Ils avaient l'intention de monter un lieu d'information sur les maladies vénériennes, la vaccination, les premiers secours, de fonder une banque du sang et une école de sages-femmes. De former des bénévoles et même des étudiants en médecine.

— N'ayant plus rien à ajouter, j'invite ma fille Abeje à ouvrir solennellement le centre de santé !

Il descendit de l'estrade et se recula pour que tout le monde la voie.

Une Abeje timide s'avança, souleva le ruban au milieu et regarda son père qui lui fit un signe d'encouragement. Tenant les ciseaux à deux mains, elle coupa le tissu avec un large sourire. Les deux morceaux tombèrent chacun d'un côté et les applaudissements éclatèrent.

— Merci, ma chérie !

Tasha prit la fillette par la main et elles entrèrent ensemble dans le cabinet médical tout neuf, luisant de propreté. La foule leur emboîta le pas.

Elle sentit la main de Quinn se glisser dans la sienne.

— Voilà, c'est le début de tout. Mon discours n'était pas trop bref ?

— Pas du tout. Il fait trop chaud dehors, tout le monde a hâte de rentrer pour voir les lieux de ses propres yeux.

— Tu as raison, comme toujours.

Il l'embrassa sur la joue.

Ils se laissèrent féliciter, serrèrent d'innombrables mains, remercièrent des centaines de personnes et passèrent des heures à présenter le centre. À chacun, ils précisèrent que tous les patients étaient les bienvenus, qu'ils puissent payer ou non.

Et quand ils furent enfin seuls tous les trois, Quinn regarda Tasha.

— Je n'y crois pas, nous avons réussi !

Il lui caressa la joue.

— Je n'aurais rien pu faire sans toi, docteur Shapiro.

— Eh bien, dans quelques mois, tu seras peut-être obligé de te débrouiller seul…

Elle se posa une main sur le ventre en rougissant, lui livrant le secret qu'elle avait découvert quelques jours plus tôt.

Il fronça les sourcils.

— Tu es enceinte ?

— Hum, d'environ dix semaines.

Il la prit dans ses bras et la serra à l'étouffer.

Elle était si heureuse de sa réaction ! Depuis qu'elle savait, elle mourait d'envie de lui annoncer la nouvelle, mais elle avait préféré se réserver pour aujourd'hui. Elle voulait d'abord avoir une certitude, et il lui avait fallu un peu de temps pour s'habituer à l'idée.

Son propre enfant, sa chair et son sang... C'était tellement incroyable !

Elle embrassa Quinn sans le quitter des yeux, puis s'agenouilla près d'Abeje et lui sourit.

— Bientôt tu seras grande sœur, ma chérie !

JOANNA NEIL

Une troublante révélation

Traduction française de
CÉCILE LOMBARD

BLANCHE

HARLEQUIN

Titre original :
DR RIGHT ALL ALONG

Ce roman a déjà été publié en 2018.

1

— Tu ne serais pas un peu en retard, par hasard ?

Les sourcils froncés, Matt Berenger regarda sa colocataire, Lucy Clements, s'engouffrer dans la cuisine de la maison qu'ils partageaient avec Jade et Ben.

— Il me semblait que tu commençais ton stage en pédiatrie ce matin ? Il te reste à peine une demi-heure !

— Ne m'en parle pas ! grogna-t-elle en jetant son sac sur une chaise.

Comme si elle espérait s'éclaircir les idées, elle passa les mains dans ses cheveux d'un blond lumineux.

— Je suis partie à 6 heures de chez mes parents, mais mon autocar est resté bloqué dans un bouchon provoqué par un accident. J'ai vu une ou deux ambulances sur les lieux. J'espère qu'il n'y a pas eu de blessés graves...

Elle ouvrit l'armoire à provisions.

— Je meurs de faim. Je n'ai pas eu le temps de prendre de petit déjeuner avant mon départ.

Un coup d'œil à l'intérieur la fit grimacer : le placard était presque vide.

— Tu as oublié de faire les courses avant le week-end, fit remarquer Matt d'un ton sec.

Il s'approcha de la cafetière électrique et appuya sur le bouton.

Lucy l'observa une seconde : avec ses longues jambes et son torse puissamment sculpté, en pantalon sombre et chemise de lin fraîchement repassée, il semblait prêt à avaler le monde, au contraire d'elle, épuisée par le manque de sommeil et son pénible voyage matinal. Par sa seule présence, il occupait tout l'espace de la petite cuisine, ce qui l'agaça un peu. Elle avait pensé — espéré même — qu'il serait déjà parti pour l'hôpital...

— Il ne nous reste plus rien, à part du lait, ajouta-t-il.

Elle revint sur terre avec un léger sursaut.

— Oh ! pardon. C'était mon tour de remplir les placards, n'est-ce pas ? Je me souviens maintenant que j'avais l'intention de le faire, mais j'ai dû avoir un contretemps...

Elle secoua la tête, et il vit ses mèches blondes se balancer et retomber en un nuage soyeux sur ses épaules, tandis qu'elle s'efforçait visiblement de rassembler ses souvenirs.

— Je crois que c'est à cause de Jade : elle m'a proposé de visiter la maison qu'elle vient d'acheter avec Ben. Je me suis dit que je pourrais faire les courses en revenant du Berkshire, mais...

— Je suppose que tu as eu un autre contretemps ?

Il versa du café dans une chope et la lui tendit.

— Tiens, bois ça. Peut-être que ça te remettra les idées en place.

Il l'observa un instant ; son regard glissa sur les lignes douces de la robe qui moulait ses courbes généreuses. Il déglutit et resta un moment songeur avant de se forcer à revenir à la réalité.

— Je pensais que tu avais prévu de rentrer hier soir.

— Oui, mais à la dernière minute, mes parents ont invité des amis de la famille que je n'avais pas vus depuis longtemps... Ils m'auraient trouvée grossière si j'étais partie avant de les saluer.

Son estomac criait famine et une sorte de brouillard avait envahi son cerveau, l'empêchant de réfléchir.

Elle fixa l'intérieur du placard d'un air désespéré.

— Tiens, il me reste une moitié de toast, prends-la, proposa-t-il. J'allais l'émietter pour les oiseaux, mais à mon avis, tu en as plus besoin qu'eux.

Avec un sourire en coin, il poussa une assiette vers elle.

— J'aurais pu faire les courses moi-même, mais j'étais de garde ce week-end et je suis rentré tard hier soir.

Etonnée de cette sollicitude inhabituelle, elle prit le pain grillé en lui lançant un bref regard.

— C'est gentil, merci, murmura-t-elle.

Elle beurra le toast froid et mordit dedans avec gratitude.

— Je t'en prie. Il est un peu blanc sur les bords parce que les tranches sont trop grandes pour le grille-pain que j'ai déniché au grenier. Le gril du four ne fonctionne plus.

— Ah ? Il va falloir que je demande à quelqu'un de venir réparer la cuisinière.

Elle prit une autre bouchée, puis leva la tête vers lui.

— Tu dois être vanné. Tu retournes travailler aujourd'hui ?

Question idiote, songea-t-elle ; il ne resterait pas à flâner à la maison dans cette tenue...

— Hmm. Oh ! ce n'est pas trop fatigant, et je fais partie d'une équipe qui me donne l'opportunité de pratiquer des procédures que j'ai étudiées à la fac ; durant les gardes, on me laisse plus de responsabilités, et je ne demande que ça.

Elle hocha la tête, termina son toast et avala sa dernière gorgée de café.

— C'est une bonne année pour toi, cet internat, n'est-ce pas ? Avec un peu de chance, je suppose que j'en serai au même point en août prochain... si je réussis mes examens.

Après un instant de réflexion, elle fit la grimace.

— Ça m'angoisse beaucoup. J'ai l'impression que je n'aurai jamais assez de temps pour réviser.

Et il lui en restait de moins en moins... Malgré toute l'affection qu'elle portait à ses parents, elle se serait bien passée de ce week-end chez eux !

Elle se leva et prit son sac à main.

— Je file.

Matt consulta sa montre.

— Moi aussi ; je vais faire la route avec toi.

— D'accord.

C'était étrange, songea-t-elle, de se retrouver seule avec lui... En principe, ils étaient quatre colocataires, mais Jade et Ben, sur le point de se marier, avaient couru les agences pour découvrir le logis de leurs rêves et ne s'étaient pas beaucoup montrés ces derniers temps.

C'était peut-être pour cela qu'il s'était radouci ? Au regard du plaisir qu'il prenait d'habitude à la contrarier, sa gentillesse de ce matin avait quelque chose de vraiment surprenant.

Laissant derrière eux la rangée bien nette de demeures géorgiennes, ils se dirigèrent vers l'hôpital.

— Donc, tu as vu la maison que Jade et Ben ont achetée ? Je suppose qu'ils vont emménager le plus vite possible ?

— Pas avant quelque temps, je pense. Vu les prix pratiqués en ce moment, ils se sont rabattus sur un bâtiment dont l'état exige pas mal de travaux. Tout est à refaire : électricité, plomberie, chauffage, et ensuite ils devront s'occuper de la décoration...

Il fit la grimace.

— Pfff ! En effet, ils ne sont pas au bout de leurs peines !

Elle sourit.

— A mon avis, ils sont enchantés. Du moment qu'ils sont ensemble, ils sont heureux, et ce sera magnifique une fois terminé. Ça doit être génial de transformer une maison pour la rendre conforme à ses désirs...

Il haussa un sourcil et la dévisagea longuement.

— Oui, je crois que c'est un truc qui me plairait. Imprimer sa touche personnelle pour se sentir vraiment chez soi... En revanche, ça m'étonnerait que toi, tu aies envie de mettre la main à la pâte. J'imagine que tu ferais appel à des maçons !

Avec un sourire ironique, il posa les yeux sur les ongles vernis et manucurés à la perfection.

— Ah, nous y voilà ! Pourquoi me juge-t-on sur mon apparence ? Toi le premier ! Ce n'est pas parce que nous vivons dans la même maison depuis quelques mois que tu me connais ! Je peux très bien bricoler et réparer ce qui doit l'être. Je te signale que j'ai toujours aidé mon père et que tout ce qui relève de la théorie n'a aucun secret pour moi.

— D'accord, ne te mets pas en colère, je retire ce que j'ai dit...

Il avait l'air sincèrement désolé. S'était-elle énervée un peu vite ? Son week-end n'avait pas été facile, et elle devait reconnaître qu'elle était fatiguée.

Elle réfléchit un instant. Selon toute vraisemblance, ils allaient occuper la maison ensemble encore un moment, et une fois Jade et Ben partis, il n'y aurait plus personne pour jouer les médiateurs dans leurs incessantes querelles. Tout les opposait : même si elle le savait consciencieux dans son travail à l'hôpital, il était plutôt artiste, insouciant, grattant sa guitare quand il en avait envie, alors qu'elle...

Elle se sentait crouler sous le poids des responsabilités, surtout maintenant que l'entreprise familiale prenait de l'ampleur.

Depuis qu'elle était en âge de tenir un mètre pliant, elle avait toujours participé au développement de l'affaire.

Déjà du temps de son grand-père, elle visitait des pro-priétés ; elle connaissait tout le jargon du métier — renforcer les solives, refaire l'isolation, sabler les planchers… Et à présent qu'elle étudiait à Londres, son père lui confiait encore des tâches par téléphone. …

« Essaie de dénicher un fournisseur bon marché pour des carreaux de cuisine anciens, lui avait-il demandé la semaine dernière. Et si tu trouves sur internet des propriétés à vendre dans les environs, relève les prix, s'il te plaît. Ta mère voudrait que tu viennes déjeuner dimanche avec nous ; j'en profiterai pour te montrer le cottage presque terminé, tu verras ce que j'ai réussi à en faire ! »

Autant de temps pris sur celui de ses révisions… Cependant, elle avait des compensations : par exemple, la maison de Londres appartenait à sa famille et elle ne payait pas de loyer. Matt devait penser que la vie était simple pour elle… D'autant que son père à lui, Sam Berenger, qui possédait des parts dans l'entreprise et réalisait la partie maçonnerie, était obligé de suivre le rythme du sien.

Oui, elle était riche et pas désagréable à regarder, mais c'était tellement injuste qu'on ne la juge que son physique !

A l'hôpital aussi elle rencontrait ce problème et elle devait travailler deux fois plus que les autres pour faire reconnaître ses aptitudes professionnelles, alors qu'elle comptait bien devenir un médecin compétent.

Si elle n'y parvenait pas, en tout cas, ce ne serait pas faute de s'y être efforcée.

— Tu es en pédiatrie pour deux semaines, n'est-ce pas ? demanda Matt tout en humant les senteurs exhalées par le snack-bar devant lequel ils passaient.

L'eau à la bouche, Lucy imagina des œufs accompagnés de bacon croustillant. Son estomac gronda. Mais de toute façon, elle avait horreur de tout ce qui était frit…

— Oui, c'est exact. Jade m'a dit que son expérience avec l'équipe du Pr Farnham avait été enrichissante. J'espère qu'elle le sera pour moi aussi, et que travailler avec des enfants malades ne me paraîtra pas trop éprouvant.

— A mon avis, tu en es tout à fait capable.

Ils étaient arrivés à l'hôpital. Une main légère posée dans son dos, il la guida vers les portes automatiques de l'entrée.

— Je t'abandonnerai au premier, j'ai rendez-vous avec mon chef de service. Peut-être nous rencontrerons-nous dans la journée ?

Tout le long du couloir conduisant aux ascenseurs, bien qu'il ait retiré sa main, elle garda l'empreinte de sa chaleur sur l'échine. C'était une sensation étrange, intime, et elle dut inspirer à fond pour évacuer l'émotion inconnue qui la submergeait.

— Oui, c'est possible...

Pas très spirituel comme repartie, songea-t-elle, mais quelle attitude adopter envers lui ? Ces derniers mois, ils s'étaient si souvent chamaillés qu'elle s'y était habituée, et à présent qu'il se montrait gentil, elle se sentait déconcertée.

Une fois entrée dans le service de pédiatrie, elle se présenta à l'équipe soignante et au chef de clinique.

Le Dr James Tyler, un grand et bel homme de trente-cinq ans environ, l'accueillit avec le sourire.

— Ravi de vous revoir, Lucy !

Elle le connaissait pour avoir passé quelques soirées à bavarder avec lui au bar du club des étudiants. Les dernières fois, il s'était fait un point d'honneur de la raccompagner... D'autres qu'elle l'auraient sans doute considéré comme une « bonne affaire », mais elle n'avait aucune intention de céder à ses avances.

Il lui rappelait trop les quelques hommes qui l'avaient déçue quand elle s'était aperçue qu'ils n'avaient qu'une chose en tête... la fourrer dans leur lit. En outre, pas question de s'engager pendant l'année la plus difficile de ses études.

— Moi de même, murmura-t-elle.

Elle écouta avec attention l'historique des petits patients.

— Le Pr Farnham aimerait que vous fassiez le tour de la salle pour vous familiariser avec l'état de chacun. Ensuite, il vous demande d'examiner ce bébé de dix mois, dit-il en désignant le box voisin, et de lui indiquer un diagnostic et un traitement.

— Puis-je lire son dossier ?

Le chef de clinique sourit.

— Plus tard. Je pense que le professeur veut d'abord voir ce qui vous vient à l'esprit spontanément.

Elle prit une profonde inspiration.

— D'accord. Je vais faire mon possible.

— Bien. Je vous laisse, je dois accueillir un nouvel admis. Le Pr Farnham sera là dans une heure. Il est aux urgences pour un petit patient blessé ce matin dans une collision sur l'autoroute. Il sera transféré chez nous ensuite. C'est un enfant de dix ans, touché par l'impact qui a enfoncé la carrosserie ; la rate est lésée, mais nous tentons d'éviter l'ablation en le gardant sous traitement supplétif une semaine.

Lucy fronça les sourcils.

— Oh... C'est sans doute l'accident qui m'a retardée tout à l'heure, quand je rentrais du Berkshire. Savez-vous s'il est la seule victime ?

— Ses parents souffrent de blessures légères, et le conducteur de l'autre véhicule s'en est tiré avec un bras cassé. Tout bien considéré, ils ont eu de la chance.

— Tant mieux. J'étais curieuse d'avoir des détails....

Lorsqu'il se fut éloigné, elle alla se présenter aux enfants. Certains étaient trop souffrants pour remarquer sa présence, mais les convalescents l'accueillirent avec chaleur. Quand elle eut fait la connaissance de tous les jeunes patients, elle retourna dans le box où l'attendait le bébé endormi, relié à une perfusion. Elle s'approcha du berceau : le petit paraissait très faible. Il avait des tuyaux dans les narines, et en observant les moniteurs, elle constata que le taux d'oxygène dans le sang était extrêmement bas. Sa respiration était saccadée, et il semblait avoir de la peine à inspirer.

— Pauvre bébé, murmura-t-elle. Je vais te déranger quelques minutes, mon chéri, le temps de t'ausculter.

Elle réchauffa le pavillon du stéthoscope entre ses mains avant de le promener sur le torse de l'enfant.

— Alors, Lucy ? Avez-vous découvert quelque chose d'intéressant ?

Elle sursauta : le Pr Farnham venait de surgir à côté d'elle, et plus surprenant encore, Matt l'accompagnait. Se rendant compte qu'elle les regardait avec des yeux ronds, elle se reprit et remit l'appareil autour de son cou.

— Euh...

Que faisait Matt ici ? Mais le spécialiste attendait une réponse, et elle se concentra.

— Murmures vésiculaires atténués des deux côtés, et des crépitations à l'inspiration qui suggèrent que les tissus pulmonaires profonds sont atteints. Température élevée, respiration rapide et superficielle. Je dirais qu'il souffre d'une grave infection pulmonaire, sans doute d'une pneumonie.

Le spécialiste hocha la tête.

— Et selon vous, quelle est la marche à suivre ?

Elle réfléchit un instant.

— Culture sanguine, analyse de crachats et radiographie des poumons.

— Parfait. Continuez comme ça, vous réussirez votre épreuve pratique haut la main !

Il lui fit un large sourire, et elle le trouva d'un abord sympathique : cinquante-cinq ans environ, grand et mince, cheveux noirs grisonnant sur les tempes... Ses yeux noisette reflétaient une vive intelligence.

— Les analyses ont déjà été effectuées. Venez, je vous montre ce qu'en dit le labo.

Il s'approcha de l'ordinateur installé à l'autre bout de la pièce et se pencha pour tapoter sur le clavier.

Lucy en profita pour jeter à Matt un regard interrogateur.

— Que fais-tu ici ? articula-t-elle en silence.

— Un stage, fit-il comprendre de la même façon.

Elle eut le sentiment qu'il lui avait tendu un piège. Non contents d'avoir à se supporter à la maison, ils allaient travailler ensemble, et il ne l'avait pas avertie ! Pourquoi cette cachotterie ?

— Je viens de l'apprendre, chuchota-t-il, comme s'il avait accès à ses pensées. J'avais postulé quand un collègue s'est désisté, mais...

— Nous y voici ! dit le chef de service. Les résultats sont à l'écran. A vous, Lucy !

Elle se sentit devenir écarlate. Elle avait horreur d'être mise sur la sellette, surtout devant Matt !

Se reprenant, elle s'approcha et lut le rapport du laboratoire.

— Une infection bactérienne, *Staphylococcus aureus*.

Puis elle agrandit l'image de la radiographie et l'examina un instant.

— C'est bien une pneumonie, mais il y a autre chose...

Elle eut une hésitation.

— On dirait que la plèvre est enflammée.

— Nous allons demander ce que cela inspire à mon nouvel interne, déclara-t-il en se tournant vers Matt. Approchez, donnez-nous votre avis !

— Je suis d'accord. Peut-être de l'empyème, une accumulation de pus dans la cavité pleurale, ce qui expliquerait pourquoi le patient a tant de mal à respirer.

Le spécialiste hocha la tête.

— En principe, ce genre d'ennui aurait dû se résoudre avec l'antibiotique qu'on lui administre déjà. Il peut s'agir d'une infection secondaire résistante au traitement... Première chose, drainer le pus pour réduire la pression et soulager la respiration. Voulez-vous vous en charger, Matt ? Nous enverrons un échantillon à l'analyse pour savoir quel antibiotique ajouter à la perfusion.

Matt se tourna vers le bébé, l'air grave.

— J'installe le matériel tout de suite.

— Parfait. Lucy vous assistera. En fait, ce serait une excellente idée qu'elle vous accompagne toute la semaine ; cela lui donnera un bon aperçu du travail en pédiatrie.

La jeune femme retint son souffle et vit Matt hésiter un instant avant de répondre.

— En ce qui me concerne, je suis d'accord.

Elle éprouva un coup au cœur : quoi, elle allait devoir le suivre partout ? Quelle ironie du sort !

Bien entendu, le Pr Farnham ne pouvait pas savoir qu'ils étaient colocataires et se chamaillaient sans cesse... Et maintenant, ils devraient passer toutes leurs journées ensemble ! Combien de temps pourraient-ils éviter l'une de leurs prises de bec habituelles ?

Matt se tourna vers elle et son regard dénué d'expression croisa le sien : comme elle, il gardait ses pensées cachées....

— Bien, dans ce cas, je vous laisse, dit le chef de service. Si vous avez un problème, James est là pour vous aider.

Quand ils furent seuls, Lucy regarda le bébé avec angoisse.

— Il est si petit, si fragile ! Je suis soulagée de ne pas avoir à réaliser cette procédure invasive. Et toi, ça ne te fait rien ?

Il haussa les épaules.

— Si on veut le guérir, quelqu'un doit s'en charger. Emmenons-le dans la salle de soins et allons nous laver les mains.

Elle l'accompagna et l'aida à installer sur un chariot tout le matériel nécessaire, puis nettoya la peau et posa le champ opératoire. Des actes routiniers pour elle.

Sous ses yeux attentifs, Matt administra un sédatif au bébé, puis procéda à l'anesthésie locale. Alors qu'il se préparait à inciser, elle fut saisie de vertige et la sueur perla à son front. Qu'est-ce qui lui prenait ? D'habitude, elle avait des nerfs à toute épreuve…

Elle se concentra sur les gestes de Matt : une fois qu'il eut repéré avec précision la zone située au-dessus de la côte, il commença à introduire le drain. Soudain, elle sentit sa tête tourner de plus belle, sa vue se brouilla et elle se mit à vaciller. Elle allait s'évanouir…

Pas question. Pas ici, pas maintenant ! Quelle opinion Matt aurait-il d'elle, si elle s'écroulait au milieu de la salle de procédures ?

— Tu as un problème ? demanda-t-il tout en vérifiant que le trocart était en place.

— Non, non, réussit-elle à articuler.

Elle lui tendit un récipient qu'il relia au cathéter pour recueillir le liquide destiné à l'analyse.

— On dirait pourtant… Tu es blanche comme un linge. Tu ne vas pas t'évanouir ?

Elle secoua la tête et prit une profonde inspiration. C'était hors de question. Ayant assisté des dizaines de fois à cette intervention, elle ne voyait pas pourquoi maintenant, surtout maintenant, elle n'en supporterait pas la vue !

— Bon, descendons-le en radiologie pour vérifier que l'aiguille est en place.

— Mmm, je… Excuse-moi une minute, veux-tu ?

La procédure étant pratiquement terminée, mieux valait s'échapper quelques instants pour prendre l'air plutôt que d'achever de se rendre ridicule, songea-t-elle.

C'était sans doute trop tard… Il avait remarqué qu'elle n'était pas bien, et il en viendrait vite à la seule conclusion possible : elle était trop fragile pour devenir médecin.

Sans attendre de réponse, elle se précipita dans le couloir et courut vers une sortie, située près de la salle de pédiatrie, qui donnait sur une petite cour — par chance déserte —, où elle s'affala sur un banc. Elle prit plusieurs inspirations profondes, espérant recouvrer ses esprits.

— Tu te sens mieux ?

Pour la seconde fois de la journée, Matt la fit sursauter en surgissant sans crier gare.

— Oh ! Je croyais… être seule ici.

Il hocha la tête.

— Tout va bien, il n'y a que moi. Tu as eu un malaise ?

— Non, pas vraiment… Excuse-moi d'être partie comme ça, j'ai eu besoin d'un peu d'air frais. Et le bébé ? Tu l'as emmené à la radio ?

— J'ai prié une infirmière de s'en charger.

Il lui jeta un regard scrutateur.

— Etant donné que je ne te considère pas comme une poule mouillée, la seule explication possible, c'est que tu n'as rien dans l'estomac. Viens, je t'accompagne à la cafétéria.

Elle fit un signe de dénégation.

— Impossible, le Pr Farnham veut me remettre des dossiers à consulter, il va me chercher partout !

Il secoua la tête.

— Ce serait étonnant qu'il n'ait que ça à faire. Tu as assez mangé ce week-end chez tes parents ?

Elle sursauta, outrée.

— Bien sûr ! Oh ! évidemment, j'ai sauté le dîner parce que j'ai accompagné papa, qui tenait à me montrer l'un de ses projets ; quand nous sommes revenus, les visiteurs étaient arrivés…

Elle réfléchit un instant.

— J'aurais dû me préparer un en-cas après leur départ, mais il était tard et j'étais tellement vannée que je ne pensais qu'à me mettre au lit.

Il leva un sourcil.

— Je croyais que tu rentrais chez toi pour te détendre ?

Elle lui adressa un faible sourire.

— Tu sais qu'avec mon père il n'y a pas de répit. Seul son travail compte. Et chaque fois que j'ai pu disposer d'une demi-heure, j'ai allumé mon portable pour réviser mes cours….

— Bon sang ! Comment veux-tu être médecin, si tu n'es même pas capable de t'occuper de ta propre santé ?

Elle rumina cette question quelques secondes. Il avait raison, bien entendu. Il devait avoir une piètre opinion d'elle, et elle le méritait. Cette pensée la déprima.

— Viens, je t'emmène à la cafétéria, réitéra-t-il.

Il plaça une main sous son coude pour l'aider à se lever.

— Et ne t'imagine pas que tu vas commander une salade ! Selon Jade, tu as tellement peur de grossir que tu te prives de tout. Je trouve ça totalement idiot. Si tu veux être en pleine forme, il faut te nourrir convenablement.

Ce discours la contraria pour deux raisons : d'une part, son amie n'aurait pas dû confier de tels détails à son sujet — surtout à lui —, et d'autre part, c'était archifaux !

— Je sais ! Mais je n'ai jamais pensé à faire un régime ! Je n'aime ni la friture, ni les pâtes, c'est tout.

Il manifesta son mécontentement par un bruit de gorge et l'entraîna à l'intérieur, puis vers la cafétéria où ils choisirent une table près de la fenêtre.

— Assieds-toi. Je vais passer la commande.

Il se dirigea vers le comptoir.

— Hé, attends une minute ! Tu ne m'as même pas demandé ce que je voulais !

Aussitôt, elle fronça les sourcils. Elle se comportait vraiment comme une mégère ! Peut-être un effet secondaire du manque de sommeil et de nourriture ?

Il se retourna et la regarda telle une enfant récalcitrante.

— Tes deux péchés mignons, pancakes au sirop de fraise et gaufres à la crème fraîche, pour te nourrir et te remonter le moral en même temps. Ça te va ?

Comment le savait-il ? se demanda-t-elle avec étonnement. Il devait la surveiller sans qu'elle s'en aperçoive depuis des mois. Elle réfléchit un instant.

— Euh... oui, d'accord !

Elle vit les coins de sa bouche se relever en une esquisse de sourire, puis il lui tourna le dos pour s'approcher du comptoir en secouant la tête, comme si la situation était aussi saugrenue pour lui que pour elle. L'idée qu'elle ait été réduite à avoir besoin de son aide lui faisait horreur. Il aurait été si simple qu'ils passent chacun leur chemin tels des navires dans la nuit... Ainsi, aucun d'eux n'aurait eu à s'efforcer de comprendre l'autre.

Lorsqu'il revint, il portait un plateau rempli de bonnes choses et de deux tasses de café fumantes.

— Voilà, ça devrait aller, murmura-t-il en posant les plats devant elle. Attaque !

Elle ne se fit pas prier. Ce ne fut qu'après avoir terminé ses pancakes qu'elle leva la tête et remarqua qu'il engloutissait un steak frites.

— Première règle en médecine : faire le plein d'énergie avant de commencer.

— Je m'en souviendrai.

Détendue pour la première fois ce matin, elle sourit, et il s'arrêta de manger pour la regarder d'un drôle d'air, comme s'il ne l'avait jamais vue.

— Je ne m'attendais pas à travailler avec toi, Lucy. Il va peut-être nous falloir un peu de temps pour nous habituer l'un à l'autre.

— Oui, je suppose...

Elle le fixa d'un air absent avant de reporter toute son attention sur les gaufres encore chaudes et la couche de crème fondante qui en remplissait les alvéoles.

— Puisque tu as obtenu ce stage à la dernière minute, comment as-tu pu te libérer de celui auquel tu étais inscrit ?

— Ce matin en te quittant, je suis allé expliquer à mon chef de service que je ne pouvais pas manquer cette occasion de travailler en pédiatrie, un domaine qui m'intéressait en priorité. Je n'y croyais pas, mais finalement il a paru content pour moi et... me voilà.

Elle acquiesça de la tête, termina son assiette et s'adossa à son siège, une expression satisfaite sur le visage.

— Tu as repris des couleurs. Tant mieux. Je...

Sans doute aurait-il ajouté quelque chose si la sonnerie de son téléphone, une mélodie à la guitare, ne l'avait interrompu. Il lui adressa un regard d'excuse.

— Pardon, je dois répondre.

Il regarda le numéro qui s'affichait et appuya sur le bouton.

— Allô, maman ? Qu'est-ce qui t'arrive ? Tu ne m'appelles jamais si tôt dans la journée !

Il écouta, puis elle le vit froncer les sourcils.

— Depuis quand souffre-t-il de ces douleurs à la poitrine ?

Après un instant de pause, il reprit la parole.

— Assure-toi qu'il va consulter son généraliste. Je passerai un de ces jours, si tu veux. Non ? Ah, d'accord, tu as sans doute raison, mais donne-moi des nouvelles, s'il te plaît !

Un nouveau silence, puis...

— Oui, je sais, mais ils sont associés et il était convenu qu'il suivrait le rythme quand l'affaire commencerait à prendre de l'ampleur.

Il raccrocha et elle lui lança un regard compatissant. Devait-elle vraiment s'en mêler ? Mais puisqu'elle avait assisté à la conversation malgré elle...

— Il s'agissait de ton père ? Il est malade ?

Il avait aussi été question d'« affaire », ce qui l'inquiétait un peu : il semblait y avoir un problème entre son père et le sien...

Il pinça les lèvres.

— Hmm, ma mère se fait du souci. Il est très surmené ces derniers temps...

Il croisa son regard.

— L'ennui, c'est qu'il refuse de se reposer. Nous lui avons conseillé de ralentir la cadence, mais selon lui, il n'a pas le choix.

— A cause de mon père ? C'est ce que tu penses, n'est-ce pas ?

Il eut un haussement d'épaules, mais son silence et son visage sans expression parlaient pour lui. Bien sûr qu'il lui en voulait... Martyn Clements débordait d'énergie, et son entreprise était toute sa vie. Il s'y dévouait corps et âme et incitait les autres à en faire autant. D'ailleurs, il n'avait jamais vraiment accepté que sa fille choisisse d'étudier la médecine au lieu de s'apprêter à prendre sa succession....

— Nous devrions retourner dans le service, dit-il, le visage toujours sombre et impénétrable.

— D'accord. Matt... que vas-tu faire ?

— Rien pour le moment. Je passerai le voir ce week-end.

Elle le suivit dans le couloir, sans qu'aucun d'eux ne prononcât un mot. Un rideau de plomb était tombé entre eux et l'atmosphère détendue de tout à l'heure s'était évanouie, laissant un étrange vide en elle.

2

— Ma parole ! Nous avons de quoi soutenir un siège ! dit Jade en riant. Tu as dû débourser une véritable fortune !

Lucy, qui était en train de déballer ses achats, se retourna.

— Eh bien, ça m'ennuyait d'avoir oublié de regarnir le placard et le réfrigérateur le week-end dernier, alors j'ai pris un peu plus de provisions que d'habitude, pour être sûre que nous ne tomberons pas en panne : du lait en poudre, du pain congelé, des pâtes et des sauces, du riz et des épices...

Jade sourit.

— Ah, je comprends ! Matt a dû te faire passer un mauvais quart d'heure !

— Non, détrompe-toi ! En fait, je le trouve très cool en ce moment. Il ne m'a pratiquement pas fait de reproches.

— Tu plaisantes ! Qu'est-ce qui lui prend ? Il n'est pas bien ?

Son amie s'esclaffa tout en l'aidant à débarrasser les emballages vides. Elle rayonnait de santé, et dans le soleil du matin, ses cheveux auburn luisaient aussi intensément que les plats de cuivre accrochés au mur du fond. Ses yeux verts étincelants reflétaient son bonheur d'être amoureuse et Lucy envia un instant son sort...

En soupirant, elle chassa ces pensées. Ce genre d'histoire n'était pas pour elle. Ben était un type merveilleux qui considérait Jade comme la prunelle de ses yeux, mais elle ne se faisait pas d'illusions, elle n'en trouverait pas de sitôt un semblable...

Elle avait bien eu quelques relations, mais chaque fois elle y avait rapidement mis fin en prenant conscience que son compagnon n'était attiré que par son physique. Alors qu'elle ne rêvait que d'amour, de sentiments profonds, d'un homme qui l'aimerait, elle n'avait rencontré que des séducteurs à la petite semaine... Et avec Alex, à qui elle avait accordé sa confiance plus longtemps, la déception n'en avait été que plus cruelle...

Elle se secoua pour répondre à son amie.

— Je le trouve très en forme, au contraire. A mon avis, il est enchanté de travailler en pédiatrie ; on dirait que tout le fascine : autant drainer la plèvre d'un bébé que jouer à des jeux vidéo avec les garçons... J'aimerais avoir sa décontraction.

Jade acquiesça de la tête.

— Et l'approche de notre examen pratique le mois prochain n'aide pas, n'est-ce pas ?

— C'est vrai que c'est angoissant. J'essaie de ne pas y penser, mais le moyen d'y échapper ? Il ne me reste plus qu'à espérer que je réussirai à tout assimiler et que je n'aurai pas de trou de mémoire le moment venu...

— Hmm, moi aussi.

— Qui a des trous de mémoire ?

Matt entrait dans la cuisine, vêtu d'un jean et d'un T-shirt qui moulait son large torse musclé et découvrait ses bras puissants et hâlés. Il devait sortir de la douche, et ses cheveux encore humides et hérissés lui donnaient l'air d'un voyou.

— Moi, répondit-elle.

Avant qu'elle puisse s'expliquer plus avant, il hocha la tête et afficha un rictus.

— Ouais, ça ne m'étonne pas !

Elle lui assena une bourrade sur l'épaule, et il se courba en deux, feignant la souffrance la plus vive.

— Ouille ! Je n'ai rien dit de mal ! Ce n'est pas parce que tu oublies de faire les courses et que le four n'est toujours pas réparé que le monde va s'écrouler ! De toute façon, avec une blonde, à quoi s'attendre d'autre ?

Elle lui jeta un regard noir.

— Ça suffit, d'accord ? J'entends cette mauvaise blague à longueur de journée, j'en ai vraiment assez ! Et pour la cuisinière, le réparateur doit passer ce matin.

— Parfait ! Nous n'aurons patienté qu'une semaine.

— Je te signale que j'ai appelé plusieurs entreprises, et que personne ne pouvait venir plus tôt.

— T'ai-je reproché quelque chose ?

— O.K., les enfants ! intervint Jade en souriant. Je vais vous laisser. J'ai encore un peu de temps pour le cours, mais avant je veux m'arrêter à la bibliothèque pour chercher sur quel genre de sujets nous pourrions tomber aux examens.

Elle jeta un coup d'œil à Lucy.

— Tu m'accompagnes ?

— J'aimerais bien, mais il faut que j'attende ce réparateur... S'il ne vient pas trop tard, je te rejoindrai.

— A tout à l'heure, alors.

Une fois son amie partie, Lucy se remit à débarrasser les paquets vides.

Matt, qui était en train de verser du café en poudre dans le filtre de la cafetière électrique, se tourna vers elle.

— Je peux rester, si tu veux, Lucy, proposa-t-il. Je ne commence pas avant 14 heures cet après-midi.

— Oh ! ce serait gentil ! s'exclama-t-elle, touchée par cette attention. J'ai vraiment tout intérêt à assister à ce cours. Par internet, c'est plus difficile, alors qu'en direct on peut poser des questions et demander des explications...

— Hmm, en effet.

Au moment où elle allait quitter la cuisine pour se préparer, il se mit à fixer un point par la fenêtre.

— Tiens, on dirait que nous avons de la visite ! Que fait cet enfant ici ?

Elle le rejoignit et jeta un coup d'œil dans le petit jardin qu'elle entretenait et arrosait avec soin.

— Ce doit être le fils des nouveaux voisins.

En se penchant pour mieux distinguer les traits du garçonnet, Matt la frôla, et un instant, avant qu'elle ne parvienne à recouvrer sa concentration, elle eut l'impression que le carré de pelouse bordé d'arbustes et de plates-bandes fleuries devenait flou.

— Il doit avoir tout juste trois ans, murmura-t-il. Je me demande comment il a pu entrer !

Elle ne répondit pas tout de suite. Il était si proche d'elle qu'il lui communiquait la chaleur de son grand corps, et lorsqu'il leva le bras pour désigner l'enfant qui piétinait un massif, elle sentit son biceps effleurer sa poitrine. Sa cuisse était appuyée sur la sienne, et des frissons la parcoururent, se répercutant dans chacune de ses terminaisons nerveuses…

— Euh… Il a dû passer par un trou dans la clôture, réussit-elle à prononcer d'une voix légèrement tremblante.

Il se retourna pour la regarder d'un air songeur.

— Mmm, je suppose.

Il s'écarta imperceptiblement, comme si lui aussi avait ressenti quelque chose de particulier…

— Je devrais aller lui parler, non ? Sa mère risque de s'inquiéter.

— Oui, tu as raison… Je t'accompagne.

Ils sortirent par la porte-fenêtre, en marchant avec précaution pour ne pas effrayer l'enfant, à présent assis près de l'abri de jardin, sur un tas de graviers ronds qui brillaient au soleil.

— Bonjour ! Je suis Lucy, et voici mon ami, Matt. Et toi, qui es-tu ?

— Moi c'est Jacob, répondit le petit garçon d'un ton assuré. J'habite là-bas.

Il désigna l'autre côté de la clôture avant de la regarder de nouveau.

— C'est chez toi, ici ? C'est joli !

Il enfonça la main dans les graviers et rit lorsque les plus fins passèrent entre ses doigts pour retomber sur le sol.

— J'aime bien ces cailloux. Si j'avais mon camion, je pourrais le remplir avec.

Matt s'agenouilla près de lui.

— Ce serait amusant, en effet. Mais peut-être qu'il vaudrait mieux d'abord aller voir si ta maman ne te cherche pas.

Jacob secoua la tête.

— Oh non ! Elle donne le bain à ma petite sœur.

Il prit un air grave.

— Elle est obligée, parce que Kitty est toujours sale. Tous les bébés sentent mauvais, et en plus, ils pleurent tout le temps.

— Oui, je suppose, dit Matt en riant. Mais ils sont intéressants aussi, quelquefois !

Jacob fronça le nez et pinça la bouche. Visiblement, il n'était pas de cet avis.

A cet instant, ils entendirent tinter la cloche du portail.

— Ce doit être le réparateur ! s'écria Lucy. Il faut que j'aille l'accueillir.

— Pas de problème, je m'occupe de rendre Jacob à sa maman.

— D'accord !

Elle adressa un sourire à l'enfant.

— Au revoir, Jacob. A bientôt, sans doute ?

Il eut un hochement de tête prudent.

— Oui, sans doute.

Quand elle ouvrit le portillon, elle avisa un charmant jeune homme d'environ vingt-cinq ans, aux cheveux noirs ondulés, qui regardait autour de lui avec nonchalance ; mais dès qu'il la vit, ses yeux s'arrondirent. Il la détailla de haut en bas, manifestement fasciné par le haut en coton moulant et la jupe droite qui épousait la courbe de ses hanches.

— Euh... Bonjour ! Vous avez un problème avec votre cuisinière ?

— Exact. Ravie que vous soyez venu.

Il continuait à la toiser et cligna des yeux comme s'il sortait d'un rêve.

— A votre service !

Lucy ne réagit pas. Elle avait une telle habitude de ces regards appuyés qu'elle n'y prêtait plus attention.

— Entrez !

Elle le guida jusque dans la cuisine.

— Voilà, c'est ici. Le gril du four ne s'allume plus.

— Je vais jeter un coup d'œil.

Il ouvrit sa caisse à outils et se mit à tester les différents boutons de la cuisinière.

— La résistance est fichue. Si vous voulez, je peux la remplacer tout de suite, j'en ai une neuve dans mon fourgon.

— Ah, volontiers ! Bonne nouvelle ! Si vous aviez dû la commander...

Elle haussa les épaules.

— Après tout, on se sert beaucoup de ces appareils, il faut bien que ça casse un jour ou l'autre...

Il hocha la tête, puis la regarda d'un air songeur.

— Vous avez raison. Le seul moyen d'économiser une cuisinière, c'est de prendre ses repas dehors. Je serais heureux de vous éviter la corvée de cuisine... si vous n'avez pas d'autre engagement, bien sûr.

Il posa les yeux sur l'annulaire de sa main gauche et sembla aussitôt plus assuré.

— On dit beaucoup de bien d'un nouveau restaurant qui vient de s'ouvrir dans la City. Aimeriez-vous l'essayer avec moi ce soir ?

— Merci, mais je n'ai pas du tout la tête à sortir, répondit-elle en souriant. Je révise mes cours pour mes examens...

— Dommage, bien dommage, dit-il avec une grimace. Vous ne savez pas ce que vous perdez. A mon avis, on devrait toujours prendre le temps de souffler un peu.

Il la regarda encore de façon insistante avant de se diriger à regret vers la porte. Lorsqu'il revint de son fourgon, il installa la nouvelle résistance, puis lui demanda s'il pouvait se laver les mains.

— Bien sûr, allez-y !

Elle lui tendit une serviette propre.

— Vous savez, murmura-t-il, vous auriez tort de ne pas accepter. Vous êtes très belle, c'est du gâchis de rester tous les soirs enfermée pour étudier. Laissez-moi une chance ! Vous verrez, vous en serez la première enchantée.

Elle secoua la tête en signe de dénégation.

— Vous êtes gentil, mais je ne plaisantais pas et je ne changerai pas d'avis. Pouvez-vous me donner la facture, pour que je vous règle ?

Visiblement dépité, il s'exécuta.

— Voilà, je vous remercie, dit-elle en lui tendant un chèque.

— Eh bien, si vous voulez vraiment me remercier, vous feriez mieux de m'accompagner ce soir au restaurant.

Il fit quelques pas vers elle et elle recula d'autant.

— Je vous ai déjà dit non ! Je suis navrée, mais c'est comme ça.

— Je suis sûr que vous faites une erreur. Nous nous amuserions bien, et une soirée en ville vous détendrait.

Il s'approcha de nouveau, et cette fois elle ne céda pas de terrain.

— Vous n'écoutez rien !

Intérieurement, elle se demandait comment elle allait se tirer de ce mauvais pas ; il était tenace. S'il insistait, elle devrait sans doute en venir aux mains, puisque les paroles semblaient n'avoir aucun effet sur lui.

— Je crois qu'elle vous a déjà répondu ! dit une voix qui venait du seuil. Ou alors, c'est que vous ne comprenez pas le sens du mot « non » ?

Lucy, qui n'avait pas entendu la porte s'ouvrir, sursauta. Matt était bien là, le dos droit, la carrure imposante, les mâchoires crispées. Ses yeux lançaient des éclairs.

Le réparateur le regarda, bouche bée.

— Qui... qui êtes-vous ?

— Son ange gardien. J'habite la maison, ça vous dérange ?

Elle ne l'avait jamais vu ainsi. Incroyable, ce qu'il pouvait prendre l'air menaçant quand il voulait !

Il s'avança vers eux à grands pas décidés et jeta un coup d'œil à la cuisinière.

— Si votre travail est terminé, vous n'avez plus rien à faire ici.

— Euh... Eh bien, oui..., dit le jeune homme en reculant comme si on l'avait mordu. Je ne faisais rien de mal, je l'invitais juste au restaurant...

— Et vous avez eu sa réponse. Sortez.

— O.K., je m'en vais !

Il ramassa sa caisse à outils à la hâte et se dirigea vers la porte. Matt le suivit jusqu'au portail pour s'assurer qu'il montait dans son fourgon et démarrait.

En revenant dans le couloir, il apostropha la jeune femme.

— Je ne peux pas te laisser seule une minute, on dirait ! Dès qu'ils te voient, les hommes perdent la tête.

Elle le regarda, confondue.

— Tu crois que c'est ma faute ? Tu penses que ça me fait plaisir ? J'ai horreur de ce genre de scène. J'ai horreur que les femmes me jettent des regards méchants à cause de mon physique. Qu'est-ce que j'y peux ? Me faire un chignon tous les matins, porter des lunettes à double foyer et des vêtements informes ?

Il eut un sourire narquois.

— Je ne crois pas que ça suffise. Bon, c'était juste pour te taquiner. C'est si facile, tu marches à tous les coups ! Tu ne devrais pas tout prendre tellement au sérieux.

Elle fronça les sourcils.

— Peut-être, mais en ce moment je n'y arrive pas. Je suis déjà sous pression, et tu as le chic pour appuyer là où ça fait mal. J'aimerais mieux pouvoir en rire.

Elle leva le menton pour le regarder crânement.

— Et si tu n'étais pas intervenu, je me serais débrouillée, tu sais !

— Je n'en doute pas.

Il lui passa un bras autour des épaules et l'entraîna vers la cuisine.

— Oublie ça. Tu as des choses plus importantes à penser, non ?

Soudain, elle eut l'air consternée.

— Oh ! le cours ! Oui, il faut que je me concentre.

Elle hésita un instant.

— Voyons… Préparer mon sac, et faire quelques recherches sur internet pour mon père avant de partir. Il va me rappeler dans l'après-midi pour me demander ce que j'ai trouvé…

Ses sourcils se rapprochèrent, comme si elle tentait de retrouver un souvenir.

— Et Jacob, au fait ? Il n'avait pas l'air de vouloir rentrer chez lui, n'est-ce pas ?

S'apercevant qu'elle devait donner l'impression de parler à tort et à travers, elle se tut et porta une main à son front.

— Je ne comprends pas pourquoi mon esprit est si confus… Je ne suis pas comme ça en principe. Je me demande ce qui m'arrive.

— Hmm, dit-il, songeur. Peut-être que tu devrais souffler une minute avant de faire quoi que ce soit. Je vais te préparer un café. Repose-toi un peu. Tu es toujours sur la brèche.

Il posa une main sur son épaule et la força à s'asseoir à la table. Elle commençait à apprécier ce moment de répit quand son portable sonna. Son père !

Elle prit une profonde inspiration.

— Allô, papa ? J'attendais ton appel plus tard. Vous allez bien, maman et toi ?

— Evidemment ! Mais le travail s'accumule… Pourrais-tu visiter cette maison dont tu m'as parlé dimanche ? Tu te souviens, celle qui est vendue aux enchères jeudi ? Il ne reste plus beaucoup de temps. J'aimerais savoir si la structure est saine, s'il y a une grosse remise en état à effectuer, et à combien ça me reviendrait. Et quel prix je peux en proposer sans me faire escroquer.

Elle déglutit. Son esprit devint de plus en plus confus.

— Impossible, papa ! Tu te souviens, je t'ai dit que j'avais commencé mon stage en pédiatrie ? Et avec l'approche des examens, je n'ai plus du tout de temps libre. D'accord pour tes recherches sur internet, mais pas plus.

— Il te reste les soirées, tu ne peux pas étudier sans arrêt ! Et tu en aurais pour une minute, c'est à deux pas de chez toi.

— La question n'est pas là, papa. Tu ne m'écoutes pas ! J'ai mon épreuve pratique à préparer, et je veux mettre toutes les chances de mon côté. Même avec la meilleure volonté du monde, je ne peux pas aller visiter des propriétés en ce moment. Je dois penser à ma carrière.

— Ah, oui, ta carrière ! Elle était pourtant toute tracée pour toi dans l'entreprise familiale ! Je ne te demande pas la lune, Lucy, juste un peu de ton temps. Je crois que je le mérite, non ? Tu sais que je ne peux pas m'absenter au moment de la visite des comptables.

Elle poussa un gros soupir. C'était toujours pareil. Peu importaient ses arguments, il ne considérait que son propre point de vue. Tout ce qui comptait à ses yeux, c'était l'affaire que son grand-père avait fondée et lui avait léguée. Elle était convaincue qu'il ne céderait pas.

— Bon, d'accord. Je vais voir ce que je peux faire… mais je ne te promets rien.

Il raccrocha et elle rangea le téléphone dans son sac, les yeux dans le vague.

Matt posa une tasse de café devant elle.

— Eh bien, je comprends pourquoi tu ne sais plus où tu en es ! C'est aussi ce qu'il fait avec mon père. Il abuse, et il ne se rend pas compte de ce qu'il exige des autres.

Elle eut un petit sursaut.

— Ce n'est pas un mauvais homme, mais il a tant d'énergie qu'il n'a pas conscience que tout le monde ne peut pas suivre. Je sais bien qu'il pousse Sam à travailler dur !

— Un peu trop. Bien qu'il ait recruté de nouveaux ouvriers, son équipe doit presque être à l'œuvre vingt-quatre heures sur vingt-quatre pour ne pas prendre de retard sur tous les chantiers de maçonnerie. Ma mère se fait beaucoup de souci. Elle dit qu'il ne dort pas et craint qu'il n'ait un début d'ulcère à l'estomac.

Le regard de Lucy se troubla.

— Cela doit être une terrible angoisse pour elle.

— Et pour moi aussi, figure-toi.

Un brusque découragement la saisit. Alors que les choses semblaient s'arranger entre eux, ce problème allait-il créer de nouvelles tensions ? Puisqu'elle ne pouvait faire autrement que de partager la maison avec lui, mieux valait que l'ambiance reste sereine…

En principe, leurs deux familles s'entendaient bien. C'était d'ailleurs la raison pour laquelle Matt était venu vivre ici. Martyn Clements, pourtant très exigeant sur les colocataires de sa fille, avait été trop heureux d'offrir un logement au fils de son associé lorsque celui-ci avait obtenu un poste d'interne à l'hôpital. Et maintenant, il semblait que l'association battait de l'aile et que ce conflit allait avoir d'indésirables répercussions.

Matt désigna du menton la tasse fumante.

— Avale ça ! Après, tu pourras assister à ce cours avec l'esprit clair et être à l'heure en pédiatrie cet après-midi. Et n'oublie pas de déjeuner, ajouta-t-il après une pause.

— Ne t'inquiète pas.

Elle but une gorgée de café et le regarda par-dessus le bord de la tasse.

— Au fait… Et Jacob, qu'est-il devenu ? Sa mère s'était aperçue qu'il était parti ?

Il sourit.

— Oui, elle est venue le chercher. Elle pense qu'il est passé sous la clôture en poursuivant le chat. Il a l'air assez indépendant, et il est sans doute un peu jaloux de sa petite sœur.

— Hmm, c'est aussi mon impression. Je me demandais à qui était ce gros chat blanc que je vois souvent dans le jardin.

Elle finit sa tasse et se leva.

— Merci pour le café, Matt. Je file.

Après être allée chercher son sac, elle revint dans la cuisine.

— Et au fait, merci pour tout à l'heure. C'était sympa de vouloir m'aider, mais tu sais je me débrouille assez bien toute seule en général. Si ce type s'était encore approché, je lui aurais donné un coup de pied bien placé.

Il feignit une grimace de douleur.

— Aïe !

Une fois sortie, elle longea la rue en ignorant le regard intéressé du voisin d'en face. Où qu'elle aille, il y avait toujours un homme pour la regarder, et elle s'y était habituée. Elle fronça les sourcils. Malgré tout, c'était peut-être ça qui la perturbait...

Même s'il vivait très proche d'elle, Matt n'avait jamais tenté de la séduire, et jusqu'à aujourd'hui il n'avait fait aucune allusion à son physique. Elle ne s'en plaignait pas, car cela lui facilitait la vie... mais s'était-elle jamais demandé pourquoi il la laissait tranquille ?

Peut-être voyait-il quelque chose de repoussant au-delà de son apparence ? A ses yeux, elle était la fille de son père, programmée pour satisfaire ses volontés, parfois avec un peu de réticence, mais tellement heureuse de profiter de la richesse familiale...

Une pensée désagréable.

3

— Tu as l'air soucieux, Matt ? Il se passe quelque chose ?

Lucy revenait de néonatologie pour rejoindre la salle de pédiatrie quand elle l'avisa, debout près de l'entrée principale. Le front barré par une ride profonde, il consultait sa montre de temps à autre et surveillait le parking à travers la vitre.

Il secoua la tête.

— Pas vraiment. Mon père ne devrait pas tarder. Il a rendez-vous chez le cardiologue cet après-midi et je lui ai dit que je l'attendrai ici pour l'accompagner dans le service.

Elle lui lança un regard compatissant s'approcha et lui posa une main sur le bras.

— Je suis navrée que les choses en soient arrivées là. Son état a-t-il empiré ?

— Oui, il semblerait. Il ressent des douleurs depuis quelque temps, mais leur fréquence a augmenté, et il fait de l'hypertension malgré les bêtabloquants que son généraliste lui a prescrits. J'ai insisté pour qu'il voie un spécialiste.

Il fit une grimace.

— Il a toujours été fier et ne s'est jamais plaint. Je suis sûr qu'il a accepté de venir juste pour tranquilliser ma mère.

Lucy ressentit un pincement de culpabilité. Etait-ce le stress occasionné par son surcroît de travail qui avait rendu Sam malade ?

— C'est bien que tu sois là pour t'en occuper. Ta mère l'accompagne, je suppose. Ça leur fait un assez long trajet, depuis le Berkshire, n'est-ce pas ?

— Hmm, une heure de train depuis chez eux. Ce n'est pas l'hôpital le plus proche, mais ils pensent que ça en vaut la peine. Le service de cardiologie est très réputé, et à mon avis, le fait que je travaille ici a été déterminant dans leur choix.

— Avec qui a-t-il rendez-vous ?

— Le Pr Sheldon. Tu as été en stage avec lui il y a quelque temps, non ?

— Oui. Un bourreau de travail, très exigeant mais brillant. Je suis convaincue que ton père peut lui faire confiance.

— Tant mieux...

L'anxiété de Matt était palpable. Elle aurait aimé trouver quelque chose pour le réconforter, mais seul le résultat de la consultation pourrait le soulager, à condition que le spécialiste ne découvre rien de grave.

En baissant les yeux, elle s'aperçut qu'elle avait gardé la main sur son bras musclé ; sa tension était perceptible. Elle avait de la peine pour lui. Elle laissa retomber sa main.

— Tu me donneras des nouvelles ? Je serai en salle de pédiatrie toute la matinée. Bonne chance, Matt.

Il la remercia d'un hochement de tête et elle le quitta pour rejoindre le service.

Elle commença sa visite par le bébé qu'elle avait examiné le premier jour.

— Il est beaucoup mieux, on dirait ! dit-elle en souriant à la jeune mère qui berçait son fils dans ses bras.

Visiblement, l'enfant la reconnut et manifesta sa joie par un gazouillis.

— Tu me permets de t'ausculter, bonhomme ?

Il se laissa débarrasser de sa chemise sans protester et Lucy promena la membrane du stéthoscope sur la petite poitrine. Puis elle remit l'appareil dans sa poche.

— Il est tiré d'affaire, à présent. Il ne devrait pas tarder à pouvoir rentrer à la maison.

La mère lui répondit par un sourire heureux et soulagé. Elle alla ensuite examiner le jeune garçon qui avait été blessé à la rate dans l'accident de voiture. Il était actuellement sous traitement supplétif dans l'espoir d'éviter une splenectomie.

Le trouvant pâle et beaucoup moins vif que d'habitude, elle fut aussitôt alertée.

— Comment te sens-tu, William ?

Il tenta de s'asseoir et retomba sur ses oreillers.

— Pas bien, marmonna-t-il.

— Respire à fond, et tâche de ne pas bouger. Je prends ta tension et j'essaie de découvrir ce qui t'ennuie.

Elle lui passa le brassard du tensiomètre.

— C'est venu d'un seul coup ?

— Hmm, quand je me suis recouché, en revenant des toilettes.

Elle fronça les sourcils.

— Tu es resté debout plus longtemps que d'habitude ?

Il eut un sourire penaud.

— Je suis allé jouer à l'autre bout de la salle...

Epuisé, il ferma les yeux.

— Oui, jusqu'à ce que l'infirmière le trouve et le renvoie au lit, termina sa mère à sa place. Juste au moment où j'étais partie me chercher un café... Il a toujours été turbulent.

Comme la plupart des petits garçons, pensa Lucy. Elle était très inquiète : la tension avait chuté, le rythme cardiaque était rapide et le pouls faible. Des signes de collapsus imminent...

— William, je vais te palper le ventre, je ne te ferai pas mal.

Il était évident qu'il souffrait, et elle trouva son abdomen distendu, ce qui l'alerta encore davantage. Tout près de l'hématome dû au choc du côté de la rate, elle avisa une tache rouge, plus récente.

— Tu as heurté quelque chose, quand tu t'es levé ?

L'enfant pinça les lèvres sans répondre.

— Je ne te gronderai pas, tu peux me le dire.

— En grimpant sur une chaise pour attraper un jouet, j'ai glissé et je me suis cogné contre le dossier.

Le souffle court d'avoir tant parlé, il se tut.

Lucy prit quelques notes à la hâte. Tout était clair, trop clair : un coup sur la rate, déjà en mauvais état, avait réactivé l'hémorragie interne due au premier choc, et le sang se répandait à présent dans la cavité abdominale. Si elle ne se trompait pas dans son diagnostic, il s'agissait d'une situation d'urgence.

— Bien, mon chéri, murmura-t-elle d'une voix calme. Je vais

demander au médecin de venir t'examiner pour que tu te sentes mieux.

Elle se tourna vers la mère.

— Veillez à ce qu'il reste au repos complet, de préférence avec deux oreillers sous les jambes. Je reviens tout de suite.

Elle s'éloigna du lit, hésitante. Et si elle avait fait une erreur de diagnostic ? Tant pis, il ne fallait courir aucun risque. Elle prit son bip et envoya deux messages à l'intention de Matt et du Pr Farnham. Ensuite, elle alla voir Mandy, l'infirmière de la salle, une jolie jeune femme blonde au teint clair dont elle avait eu l'occasion de constater la compétence.

Celle-ci se montra très surprise de l'aggravation de l'état de William.

— Il était très bien il y a une demi-heure ! Je l'ai trouvé en train de jouer au train électrique et je l'ai remis au lit. J'ai eu un peu de peine, mais le Pr Farnham a ordonné le repos complet. Il assiste à une réunion importante et il a demandé à ne pas être dérangé. Nous pourrions peut-être appeler le chef de clinique...

— James est en néonatologie, auprès d'un bébé victime d'un arrêt cardiaque. De toute façon, c'est trop tard, j'ai prévenu le professeur ainsi que Matt. Ne vous en faites pas, j'assume l'entière responsabilité en cas de problème.

Pendant qu'elles vérifiaient ensemble les signes vitaux de William, Matt entra dans la salle.

— Que se passe-t-il ? demanda-t-il à voix basse avant d'étudier les moniteurs.

Il regarda Lucy.

— Ce n'est pas bon du tout !

— En effet.

Il examina rapidement l'enfant, qui semblait de plus en plus mal.

— Le pouls est faible... on n'est pas loin du collapsus. Il faut le stabiliser.

Il administra aussitôt de l'oxygène et ajouta du fluide à la perfusion pour compenser la perte sanguine.

— Il va falloir l'opérer d'urgence, n'est-ce pas ? dit Lucy. J'ai failli prévenir le bloc, mais j'ai pensé que pour une étudiante, c'était une trop grosse responsabilité... Surtout en sachant que le Pr Farnham arrive.

— Je vais le faire. Et demander à un autre chirurgien de rester en attente au cas où le professeur serait retardé. On n'a pas le temps de faire un scanner ; Lucy, il faut prier la maman de signer l'autorisation.

Elle prit une profonde inspiration. Ainsi, c'était aussi grave que ce qu'elle avait craint, et à présent c'était à elle de l'annoncer à la mère pendant que Matt et Mandy préparaient William pour l'intervention.

— On va devoir lui ôter la rate ? Oh ! non ! s'exclama cette dernière, bouleversée.

— Tant qu'il n'est pas sur la table d'opération, on ne peut rien affirmer. Si c'est possible, nous tenterons de recoudre et de stopper l'hémorragie. C'est vrai que la rate est un organe, qui nous préserve des infections. Donc, si nous étions forcés de procéder à l'ablation, il faudrait vérifier sans faute que ses vaccinations sont à jour, et en certaines occasions il devrait même prendre des antibiotiques en prévention. Mais nous n'en sommes pas encore là.

Elle attendit que la jeune femme ait digéré l'information avant de poursuivre.

— Je sais que vous êtes affreusement inquiète, mais je vous tiendrai au courant du déroulement de l'intervention. Ne craignez pas de poser des questions, nous serons toujours disposés à y répondre.

Entre-temps, le professeur, qui venait d'arriver, avait eu tôt fait de comprendre la situation.

— Je vais me préparer tout de suite pour opérer.

Il eut un hochement de tête approbateur à l'adresse de Lucy.

— Bien vu !

Ce compliment lui alla droit au cœur, sans la réjouir outre mesure. Elle ne songeait qu'au petit garçon, à présent sous sédatif, qu'on roulait sur un chariot vers le bloc et qui luttait pour sa vie.

Laissant la mère en compagnie de Mandy, elle partit à la recherche de Matt, qu'elle trouva dans le bureau des médecins en train d'ajouter des notes au dossier de William. En la voyant, il cessa de taper et se retourna pour la regarder.

— Bravo, tu as réagi vite !

Il secoua la tête, l'air désolé.

— Difficile de croire que je jouais avec lui sur sa console encore hier. Je me demande comment les parents supportent ça. Ce doit être horrible, quand un truc pareil arrive à son enfant !

— Bien sûr, mais à mon avis, il n'y a rien d'autre à faire que de continuer à avancer en faisant confiance aux médecins… Il me semble que c'est ce qui m'a décidée à étudier la médecine. On peut avoir une influence sur le cours des choses.

— Je le vois aussi comme ça. J'avais envisagé de me spécialiser en médecine d'urgence, mais à présent la pédiatrie m'attire aussi…

Il eut un petit sourire et lui jeta un regard scrutateur.

— Mandy m'a dit que tu avais été d'un calme olympien… Elle t'a trouvée extraordinaire.

Cette fois, une onde de joie la submergea.

— C'est gentil de sa part. En réalité, j'étais dans mes petits souliers. Je me demandais si j'avais fait le bon diagnostic, si je n'étais pas en train d'outrepasser mon rôle, si j'avais bien fait d'appeler le Pr Farnham…

Elle s'assit sur le bord du bureau et, sans y penser, croisa une jambe par-dessus l'autre, jusqu'à ce qu'elle s'aperçoive que le regard de Matt remontait de ses escarpins *kitten heels* en daim fauve à sa cuisse, s'arrêtant à l'ourlet de sa jupe noire serrée.

Trop tard, le geste était fait… Elle se sentit rougir. L'étincelle qu'elle avait cru voir s'allumer dans les profondeurs de ses yeux bleu nuit était sans doute un tour que lui jouait la lumière. S'agissant de lui, ce ne pouvait être autre chose. Il était plutôt du genre à remarquer qu'elle avait oublié de vider le lave-linge ou qu'elle passait trop de temps dans la salle de bains. Non qu'il s'en soit déjà plaint… mais elle l'imaginait très bien.

Elle lui lança un regard de biais.

— Je t'ai bipé alors que je n'étais même pas sûre que tu viendrais travailler aujourd'hui. Je sais que tu as eu des cours ce matin et qu'ensuite tu accompagnais ton père. J'espère que je ne t'ai pas dérangé au mauvais moment.

Il haussa les épaules.

— Pas de problème. De toute façon, l'enfant était plus important que le reste, mais il se trouve que je regagnais le service quand j'ai eu ton message. Mes parents sont sur le chemin du retour, à présent.

— Comment ça s'est passé, pour ton père ?

— Assez bien, mais il devra faire des examens supplémentaires. Le Pr Sheldon pense qu'il souffre d'angine de poitrine, et en attendant les résultats, il lui a prescrit un spray de Trinitrine à utiliser en cas de douleurs.

Son expression se fit grave et ses lèvres se pincèrent. Visiblement, l'état de son père lui inspirait toujours de l'inquiétude et Lucy ne pouvait s'empêcher de se sentir responsable...

— Je suppose qu'il est malade depuis quelque temps déjà ? Ce genre d'ennui cardiaque ne se déclare pas d'un seul coup sans prévenir, non ?

Ce ne pouvait pas être entièrement la faute de son père...

— Sans doute... Pourtant, ma mère a une explication toute trouvée.

Les chariots métalliques qui apportaient le dîner des patients cliquetèrent dans les couloirs, et il consulta sa montre.

— J'ai terminé. Et toi ? Tu dois être à la fin de ton service aussi, n'est-ce pas ? Tu penses rentrer directement à la maison ?

Elle secoua la tête.

— Hélas, non. Je dois passer prendre une clé dans une agence immobilière et aller visiter une propriété pour mon père. Elle est vendue aux enchères jeudi, et il veut savoir si ça vaut la peine qu'il fasse une offre ; je n'ai plus beaucoup de temps... Il m'a demandé de vérifier l'état de la structure et d'évaluer le montant des travaux.

Elle fronça les sourcils.

— C'était mon tour de cuisiner aujourd'hui, et je serai sans doute un peu en retard. Il y a de la viande froide et de la salade dans le réfrigérateur, vous pouvez vous servir.

— Je ne pense pas que Jade et Ben rentreront ce soir. Selon Ben, ils vont commencer à poser de nouveaux planchers chez eux, et se contenteront d'un plat chinois tout prêt acheté au *take away*.

— Ce que tu préfères avec la pizza, n'est-ce pas ?

Elle lui adressa un sourire narquois.

— Oh ! tout bien considéré, je crois que tu avalerais n'importe quoi, non ?

Il eut un haussement d'épaule nonchalant et Lucy l'observa un instant. Malgré son appétit d'ogre, il était particulièrement svelte. Pas une once de graisse en trop. Peut-être parce qu'il bougeait sans cesse... Ses yeux s'attardèrent sur son visage. Il était vraiment très beau, avec sa mâchoire carrée et sa bouche bien dessinée. Elle avait un faible pour son sourire en coin. Et pour son regard, si pénétrant…

Une onde de chaleur l'envahit et elle se détourna, agacée contre elle-même. Elle devenait folle ! Elle était toujours sur son lieu de travail, que penseraient ses collègues en la voyant se comporter de cette façon avec un interne ?

D'un bond, elle se laissa glisser de la table et tira sur sa jupe en espérant qu'il n'ait rien remarqué.

— Où est cette maison ? Loin d'ici ?

— A une demi-heure de train. Une propriété au bord de l'eau sur une petite île au milieu de la Tamise, dans un cadre idyllique. Je crois que c'est ce qui m'a attirée quand j'ai vu les photos sur internet…

Elle resta un instant songeuse.

— A présent, je me dis que je me suis peut-être emballée en en parlant à mon père…

Elle poussa un soupir et haussa les épaules.

— De toute façon, maintenant, il faut que j'y aille. Je n'ai plus qu'à espérer que je ne me tromperai pas en l'évaluant ou en estimant le coût des travaux.

— Veux-tu que je t'accompagne ? Juste pour t'apporter un soutien moral, bien sûr.

Etonnée, elle le regarda les yeux écarquillés.

— Tu ferais ça pour moi ? Tu sais, ça va prendre du temps !

— Peu importe. En fait, ça m'intéresse de chercher à comprendre comment procède ton père, sur quoi il fonde ses choix. Bien entendu, je connais ses méthodes en gros, mais j'aurai un exemple pratique, pour une fois.

Il lui jeta un bref regard.

— Et puis, puisque tu n'es pas très enthousiaste, ça te donnera du courage d'avoir de la compagnie.

— Euh… question enthousiasme, en effet…

Décidément, ce nouveau Matt qu'elle découvrait était capable de l'émouvoir. En si peu de temps à l'hôpital, elle en avait plus appris sur lui que durant toute la période où ils avaient vécu sous le même toit.

— Merci, Matt, c'est vrai que ça me ferait plaisir de ne pas y aller seule.

Elle lui sourit.

— Je suppose que ton père te parle de son travail de temps en temps ? Tu dois déjà pouvoir te faire une idée.

Il se leva à son tour, et ils s'engagèrent dans le couloir.

— Bien entendu, mais sa partie, c'est uniquement la maçonnerie. Ce n'est pas lui qui choisit les propriétés à restaurer ni les sites en fonction de leur développement potentiel. Il doit bien avoir son opinion, mais ce n'est pas ce qu'on lui demande.

— Oui, tu as raison, c'est différent.

Ils étaient près de la sortie quand Lucy déclara :

— J'aurais aimé savoir comment va William. Si je n'avais pas été si pressée, j'aurais attendu qu'il sorte du bloc.

Matt fit un signe d'assentiment.

— Moi aussi, mais nous pourrons toujours téléphoner dans une heure, si tu veux. Nous ne ferons rien de plus en restant ici. Et il est quasi-certain que dès sa sortie de la salle de réveil, il sera transféré aux soins intensifs. De toute façon, avec le Pr Farnham, il est entre de bonnes mains.

Sous le soleil de la fin d'après-midi, ils parcoururent les rues de Londres jusqu'à l'agence immobilière, puis se dirigèrent vers la gare. La lumière mouchetait les feuilles des arbres qui bordaient la chaussée, et Lucy, étonnamment consciente de la présence de Matt à son côté, savourait la tiédeur du jour sur ses bras nus.

En entrant dans le hall de la gare, ils se heurtèrent à, un autre monde, plus frais, bruyant, résonnant d'échos et grouillant de gens qui se hâtaient de rentrer chez eux. Quelques minutes plus tard, lorsque leur train arriva, Matt lui enlaça la taille pour la protéger de la bousculade.

Un geste naturel, qu'elle apprécia plus qu'elle ne l'aurait cru. Venant de lui, elle n'était pas habituée à ce genre d'attentions... Elle se sentait à l'aise et avait l'impression qu'il la soulageait d'une partie de son stress.

Ils descendirent du train une demi-heure après et firent la fin du trajet à pied. Un petit pont réservé aux piétons, leur permit d'accéder à l'île.

— Tu vois, Matt, c'est une île, et pourtant il y a au moins cinquante maisons dessus. Les gens ont manifestement envie de venir vivre ici… Donc, on peut être à peu près certain que, lorsqu'une propriété est mise en vente, elle va intéresser pas mal d'acquéreurs.

— Tu penses que ça découragerait ton père ?

— Possible… Les enchères risquent de monter beaucoup.

— Et ça t'ennuierait qu'il ne l'achète pas ?

Elle réfléchit une minute.

— Hmm. Ce serait dommage de manquer cette occasion ; c'est si… tranquille, ici ! Je crois que ça me plairait de rentrer sur l'île à la fin de la journée, loin du bruit et de la foule, pour me détendre et respirer un peu d'air pur.

Il s'esclaffa.

— Tu es bien une fille de la campagne !

Elle rit avec lui.

— J'en ai autant à ton service, puisque nous sommes du même village ! Je l'avoue, j'ai la nostalgie du Berkshire, avec ses immenses prairies et ses collines boisées, et cette eau qui coule…

Elle désigna un petit ruisseau qui murmurait entre des berges verdoyantes, parsemées de saules dont les branches se balançaient à la brise légère.

— … me rappelle aussi mon enfance.

— Ne tiens pas compte de tes sentiments personnels. Ce n'est pas toi qui vivras là, et tu n'as même pas encore vu la propriété.

Ils cherchèrent ensemble sur le plan.

— Elle est peut-être en trop mauvais état pour être restaurée.

— C'est possible, Matt. Allons la visiter pour le savoir.

Cinq minutes plus tard, ils se tenaient devant une maison blanche, solitaire sur la berge, orientée vers le courant, au toit orné de lucarnes à pignons et flanquée d'une véranda pleine de charme bien qu'un peu délabrée. Lucy ouvrit de grands yeux.

— Oh ! c'est splendide ! Imagine-toi assis là-dessous un jour d'été, en train de contempler le fleuve. Regarde, il y a même un mouillage et une cale pour mettre un bateau à l'eau !

Elle étudia l'annonce que le gérant de l'agence lui avait remise.

— Certaines pièces sont à restaurer, paraît-il ; ça peut vouloir dire n'importe quoi, du simple coup de peinture à une réfection totale…

— C'est vrai. Viens, allons nous rendre compte.

Ils entrèrent et commencèrent l'inspection. Consciente qu'elle venait d'avoir un coup de foudre pour la maison, Lucy s'efforça de rester objective en prenant ses mesures et en faisant la liste des travaux à effectuer.

— La cheminée du salon est à refaire, fit remarquer Matt, et la cuisine mériterait d'être repeinte.

— C'est vrai, mais regarde cette vue ! Comment ne pas être charmé par ce paysage ? Une véranda donnant sur le fleuve, avec deux murs entièrement vitrés, où l'on peut s'asseoir pour passer les soirées... Je vivrais bien ici !

— Comme si tu avais le temps de rester assise ! Entre le travail et la formation continue, être médecin, c'est rester sur la brèche vingt-quatre heures sur vingt-quatre. Le soir, on n'a qu'une envie : se mettre au lit !

— Peu importe ! Je trouve cette maison adorable.

— Tu oublies que si ton père l'achète, ce sera pour la vendre à quelqu'un d'autre.

— Oh ! tu gâches tout ! Ton avis ne m'intéresse pas !

— Je n'en attendais pas moins, répliqua-t-il avec un sourire en coin.

Puis il lui jeta un regard songeur.

— Lucy... J'aimerais juste t'éviter d'être déçue et malheureuse, ajouta-t-il sur un ton radouci. Avec tous les travaux qu'il faut effectuer pour la rendre habitable, tu auras du mal à convaincre ton père que c'est une bonne affaire. Et tu ne peux pas l'acheter toi-même, n'est-ce pas ?

— J'ai le droit de rêver, non ?

Elle lui tourna le dos pour aller ouvrir la porte et pénétra dans la véranda qui donnait sur la berge. Elle contempla un instant le fleuve et l'autre rive, puis s'assit sur un banc pour noter ses observations. Matt, qui l'avait suivie, se pencha sur elle pour observer le croquis qu'elle esquissait.

— Une cuisine en chêne, avec un îlot central et un piano de cuisson dans le coin, un porte-casseroles pour les cuivres, peut-être, et un plan de travail carrelé. Au premier, il faudrait ajouter une salle de bains à la chambre principale et aménager des penderies.

— Et la cheminée du salon ? Je verrais bien un feu ouvert avec une grille ancienne et de vrais boulets de charbons, non ?

— Bonne idée ! A ton avis, le sol de la cuisine... Carrelage ou plancher ?

Il sourit.

— Plancher de chêne clair, pour donner une sensation de chaleur l'hiver.

Elle lui jeta un regard mi-figue, mi-raisin.

— Dis-moi, tu es doué pour la décoration ! Tu t'es intéressé à ce domaine en particulier, ou tu as l'intention d'acheter une maison ?

A son tour de le taquiner ! Il avait toujours paru satisfait d'habiter leur quartier géorgien, proche de l'hôpital où il travaillait. Et elle ne pensait pas qu'il ait des projets de mariage dans l'immédiat. S'il avait eu une femme dans sa vie en ce moment, elle l'aurait remarqué.

Il haussa les épaules.

— On ne sait jamais... Je ne peux pas vivre toute mon existence en location, tout de même !

Curieusement, cette réponse lui fit l'effet d'une douche froide.

— Non, bien entendu.

Pourvu que ses sentiments ne se lisent pas sur son visage ! Ce serait si bizarre qu'il ne soit plus là... Son air à moitié endormi le matin dans la cuisine et les riffs de sa guitare lui manqueraient. Bien sûr, elle se plaignait quelquefois de l'entendre répéter un morceau et reprendre dix fois le même accord alors qu'elle s'efforçait de se concentrer sur ses révisions, et l'avait même menacé à plusieurs reprises de débrancher son ampli... Mais privée de sa présence, la maison paraîtrait vide. Et pire, elle-même se sentirait abandonnée, tel un bateau sans gouvernail...

Elle se secoua pour chasser ces pensées moroses. Il la faisait marcher. Il ne partirait pas, il n'avait aucune raison de la laisser... Pas pour l'instant, du moins.

4

En entrant en néonatologie, comme chaque fois qu'elle venait effectuer quelques heures dans ce service, Lucy était oppressée : tous ces patients minuscules, dépendants au plus haut point des médecins et des infirmières ainsi que de l'équipement complexe qui les aidait à rester en vie, avaient quelque chose d'effrayant.

Elle fut un peu rassérénée en avisant Matt à l'autre bout de la salle. Sa présence lui redonnait confiance.

Occupé à poser une sonde gastrique à l'un des nouveau-nés, il prit quand même le temps de la saluer d'un signe de tête et d'un sourire.

Après avoir répondu à son salut, elle se dirigea vers le comptoir pour chercher parmi les dossiers celui qui l'intéressait.

— Lucy, bonjour !

Le chef de clinique, James Tyler, qui venait d'arriver derrière elle, la gratifia d'un sourire éblouissant.

— Comment allez-vous ? Je vous ai vue tout à l'heure avec Jade à la bibliothèque. Les examens approchent, on dirait !

— Oh ! ne m'en parlez pas !

Une bouffée d'angoisse la submergea à la pensée de tout ce qu'elle avait encore à retenir et du peu de jours dont elle disposait. En outre, elle n'avait toujours pas estimé précisément le coût des travaux de la maison de l'île pour son père...

— Je procède par étapes ; si je regarde l'ensemble, je m'affole.

James secoua la tête.

— Prenez aussi le temps de vous détendre et de recharger vos batteries. Vous êtes intelligente et consciencieuse, et je suis sûr que vous en savez déjà plus que vous ne le pensez.

Elle s'esclaffa.

— Si ça pouvait être vrai !

Sans crier gare, il lui posa une main sur la hanche, et elle en fut incommodée. Ce geste intime était déplacé...

— Je vous l'assure, et je suis sérieux quand je vous conseille de vous détendre. Vous n'imaginez pas le bien que ça vous ferait d'oublier vos révisions pour une soirée. Si je vous emmenais dans un café-concert au bord de la Tamise ?

Voilà qu'il recommençait... Comment s'en débarrasser sans le vexer ?

— C'est gentil à vous, James, mais vraiment, je n'ai pas du tout le cœur à m'amuser. De plus, je vous l'ai déjà dit, mes dernières expériences malheureuses m'ont ôté l'envie de sortir avec un homme avant longtemps.

Ne semblant pas s'offusquer outre mesure, il lui adressa son sourire le plus charmeur ; elle se rendit compte avec irritation qu'il allait insister.

— Hmm. Voyons, avec moi, ce serait différent ! Nous nous entendons à merveille, nous avons les mêmes centres d'intérêt, la campagne, la lecture...

— Je regrette, c'est impossible.

Elle désigna de la tête la jolie infirmière brune du service, une jeune femme compétente et dévouée.

— Pourquoi ne pas inviter Alice ? Elle aurait bien besoin de s'amuser un peu, et elle adore la musique *live*.

— Et Lucy a la chance de pouvoir en écouter à domicile, chaque fois qu'elle en a envie.

Surprise, elle se retourna : Matt s'avançait vers eux...

— Elle sait que je suis enchanté de lui jouer un morceau de guitare chaque fois qu'elle me le demande.

Il prit un dossier sur le comptoir.

— En ce moment, je travaille à une nouvelle chanson pour la prochaine fête des étudiants.

Se tournant vers elle, il la regarda droit dans les yeux.

— N'est-ce pas, Lucy, que tu adores m'entendre répéter ?

— Oh oui, c'est toujours un plaisir ! répondit-elle en s'efforçant de garder son sérieux.

Visiblement dépité, James ôta la main de sa hanche et s'écarta de quelques pas.

— Bon, euh… le Pr Farnham m'attend. Tu me remplaces, Matt ? Il faudrait que tu examines Sarah pendant que ses parents sont partis faire un tour dehors. J'ai réussi à les convaincre, profite de l'occasion pour faire le point sans les inquiéter.

— D'accord.

Quand il fut sorti, Matt lui lança un regard éloquent.

— J'espère que j'ai bien fait, Lucy ?

S'apercevant soudain qu'elle avait retenu son souffle depuis son arrivée, elle exhala lentement l'air contenu dans ses poumons,

— Je pensais qu'il n'insisterait pas… Je ne suis pas d'humeur à…

— Oui, ça, j'ai compris. C'est vrai que tu as eu des expériences malheureuses ?

Elle haussa les épaules.

— Les premières fois, j'ai rompu trop vite pour en souffrir, mais la dernière… J'ai vraiment eu de la peine à m'en remettre et je ne suis pas prête à recommencer de sitôt.

Il l'examina d'un air curieux.

— Ça m'étonne beaucoup qu'un homme ait envie de te faire du mal. Il devrait plutôt être heureux et fier que tu t'intéresses à lui.

Elle pinça les lèvres.

— Certains n'ont qu'une chose en tête, et si je ne cède pas, ils proposent aussitôt leurs services à une autre…

Il rit.

— Ils n'ont pas idée de ce qu'ils perdent ! Bien, si nous allions voir cette petite fille ?

C'était de ce bébé que James s'occupait hier matin quand Lucy avait diagnostiqué l'hémorragie interne de William, et jusqu'à maintenant, il l'avait surveillé sans relâche.

Ils se dirigèrent vers le box où Sarah, admise à la suite d'un arrêt cardiaque, était allongée dans sa couveuse.

Lucy passa un bras par l'ouverture pour lui caresser la main, appréciant le contact de la peau fine et douce.

— Comment va-t-elle ?

— Pas trop bien, j'en ai peur.

Après avoir vérifié la perfusion de fluide, il baissa les yeux pour observer la petite fille.

— Une prématurée, qui a déjà eu pas mal de problèmes durant ses trois semaines de vie... Son cœur s'est arrêté par manque d'oxygène dans le sang ; si le cerveau n'a pas été irrigué un moment, les conséquences pourraient être dramatiques... à supposer qu'elle survive.

— Mais elle se bat encore, n'est-ce pas ?

Lucy sentit le désespoir l'envahir. Le dernier scanner avait montré une hémorragie cérébrale, et elle songea aux parents, qui ne parvenaient pas à accepter l'évidence.

— Est-ce qu'on connaît la cause de ce collapsus ? Est-ce le fait qu'elle soit née avant terme ?

— C'est probable. Les vaisseaux sanguins sont encore très fragiles et se rompent facilement.

Un muscle de sa mâchoire tressauta, signe qu'il était ému malgré son air impassible.

— Puisque qu'il n'existe aucun traitement, il ne nous reste plus qu'à espérer que le problème se résorbe de lui-même. Tout ce que nous pouvons faire, c'est la laisser sous respirateur artificiel et lui fournir le fluide et des médicaments pour stabiliser sa tension. Après...

Elle passa un doigt sur la main du bébé.

— Ses parents sont effondrés. Le Pr Farnham a tenté de les préparer à l'inévitable, mais apparemment ils ne supportent pas cette idée.

— Tu ferais mieux de ne pas y penser. La pédiatrie et la néonatologie sont des spécialités difficiles.

— Je sais.

Elle retira le bras de la couveuse et se redressa.

— Tu as raison... mais j'ai beaucoup de mal à rester indifférente.

Il hocha la tête.

— Tu es trop émotive, ça te jouera des tours. J'ai vu la mine que tu faisais en revenant des soins intensifs ce matin. Tu es allée prendre des nouvelles de William, n'est-ce pas ?

Ah ? Elle ne s'était pas aperçue qu'il l'avait observée...

— Oui. Il avait l'air si faible au milieu de tous ces tuyaux et de ces moniteurs qui sonnaient... Je ne sais pas ce que j'espérais, mais sans doute quelque chose d'un peu plus encourageant...

Il lui passa un bras autour des épaules.

— Au moins, on a pu éviter l'ablation de la rate.

Il était gentil d'essayer de la réconforter. Elle avait été choquée par la terrible pâleur du petit garçon toujours inconscient. Il avait perdu tant de sang...

Après lui avoir légèrement pressé l'épaule, Matt s'éloigna pour remplir le dossier. Elle le suivit du regard. Pour autant qu'elle parvienne à l'admettre, ce bras compatissant lui manquait déjà. Elle s'était sentie aimée un instant, et tout à coup elle se retrouvait seule... La moindre contrariété prenait une importance démesurée. Pourquoi avait-elle tant de mal à maîtriser ses émotions ?

Sans doute était-elle épuisée et surmenée. A midi, elle s'était contentée d'un sandwich mangé en cachette du préposé à la bibliothèque, et à présent que son service était terminé, son unique perspective était de poursuivre ses révisions...

Elle rentra avec Jade, qui avait les mêmes horaires qu'elle.

— Je serai contente quand tout ça sera passé. L'écrit a été assez angoissant, mais la pratique l'est encore plus. Etre observée et questionnée par un examinateur... c'est éprouvant pour les nerfs.

— Je suis de ton avis, et pourtant, nous subissons des interrogatoires tous les jours dans les salles durant les stages. La différence, sans doute, c'est que nous ne sommes ni notées ni prévenues à l'avance.

En arrivant, Lucy passa l'aspirateur dans le salon pendant que Jade disparaissait dans sa chambre. Ensuite, elle arrosa les fleurs, rangea les arrosoirs dans l'abri de jardin et prépara la documentation pour son père avant de monter aussi s'isoler pour travailler.

Une heure après, elle entendit rentrer Matt et Ben, et bientôt des effluves appétissants émanèrent de la cuisine. C'était au tour de Matt de s'occuper du repas. En principe, il prévoyait des plats substantiels qui ne nécessitaient ni trop de vaisselle ni de complications, mais ce soir, le fumet était différent...

Malgré son estomac qui criait famine, elle tenta de se concentrer sur l'écran de l'ordinateur. Un peu plus tard, il lui sembla entendre la voix de Matt alors qu'elle était plongée dans le chapitre sur les déficiences du système rénal. Quand il finit par hurler son nom au bas de l'escalier, elle était en pleine transplantation du rein et eut du mal à s'en détacher. Dans un instant, elle aurait terminé.

Un coup sec à sa porte la fit sursauter.

— Tu es visible ?

— Euh... Oui, pourquoi ?

Il ouvrit et passa le seuil.

— Parce que je t'appelle depuis bientôt un quart d'heure, et qu'il est hors de question que tu sautes des repas. Si tu n'es pas en bas dans deux minutes, je donne ta part au chat des voisins.

Elle éclata de rire.

— Un plat que tu as cuisiné ? Ça te ferait trop mal au cœur !

— Tu paries ? Je suis sûr qu'il adore la paella. Tout ce riz au safran moelleux avec du poulet bien grillé et des coquillages...

Quand il fut à la moitié de l'escalier, il se mit à appeler.

— Minou ! Minou !

— Non ! hurla-t-elle en se précipitant. Tu ne peux pas faire ça !

Lorsqu'elle arriva dans la cuisine, il se dirigeait vers la porte-fenêtre, son assiette pleine à la main.

— Mmm, il va se régaler !

— Si tu oses, je... je...

Elle chercha la vengeance la plus affreuse possible.

— Je mets mon T-shirt rouge à la machine avec tes affaires !

Il se retourna, souriant.

— Oh oh, grave erreur ! Je connais les vertus de l'eau de Javel, et j'aimerais voir ta tête si je le transformais en batik blanc et rose...

— Les enfants ! coupa Jade en riant. Asseyez-vous tout de suite, sinon nous vous laissons la corvée de vaisselle.

Les yeux de Ben pétillèrent de malice.

— Voilà une vraie menace ! Toutes ces casseroles à gratter... Je vous les cède volontiers.

— Merci, sans façon ! dit Matt en posant l'assiette de Lucy devant elle avec un sourire triomphant. Sauvée *in extremis* ! Mange, et remercie-moi de te l'avoir gardée au chaud.

Il se glissa sur sa chaise et plongea sa petite cuiller dans une mousse de fraise surmontée d'un tas de crème chantilly.

Avec un regard glacial à son adresse, elle baissa la tête vers la part qu'il lui avait réservée et l'eau lui vint à la bouche. Elle se mit à dévorer en s'efforçant de dissimuler le plaisir qu'elle y prenait. Sans doute mal, car il riait en la regardant...

Leur vaisselle terminée, Jade et Ben les quittèrent pour aller s'occuper des travaux de leur maison. Matt ouvrit la porte-fenêtre pour faire entrer l'air tiède du soir, et Lucy jugea le moment idéal pour appeler ses parents. Il lui servit du chardonnay, qu'elle emporta près du téléphone à l'autre bout de la cuisine.

En s'asseyant, elle leva son verre.

— Merci, Matt !

Elle bavarda un peu avec sa mère, puis celle-ci lui passa son père.

— Alors, ma fille, cette maison ?

— Vraiment adorable, papa. Juste au bord du fleuve, mais sans aucun risque d'inondation, et avec suffisamment de terrain autour à aménager. La véranda tombe un peu en ruine, elle a besoin d'être reconstruite, et bien entendu, l'intérieur demande à être rénové du fait que la maison n'a pas été habitée depuis longtemps. Mais à part une cloison à abattre entre la cuisine et la réserve, rien d'autre en ce qui concerne le gros œuvre. Matt est d'accord avec moi : une fois terminée, cette propriété sera magnifique.

— Ah ? Il est allé avec toi ?

— Oui, il m'a proposé de m'accompagner, et il a été de bon conseil.

— Dis-moi, tu le vois souvent en dehors de la maison ?

Elle eut un petit rire.

— Euh, eh bien… toute la journée, puisque nous travaillons dans le même service à l'hôpital !

— Ça ne m'amuse pas, ma fille ! Je ne veux pas d'histoires. Je suis responsable de tes colocataires et je n'aimerais pas du tout qu'il te tourne la tête.

Elle soupira. Il enfourchait son cheval de bataille…

— Tu connais mon opinion là-dessus, continua-t-il. De nos jours, il y a trop d'enfants qui naissent de père inconnu et de couples qui vivent ensemble sans se marier.

Elle leva les yeux au ciel.

— Papa ! Je suis majeure, je peux me passer de ta permission.

— De toute façon, tu n'en as toujours fait qu'à ta tête !

— Bien, revenons à nos moutons, s'il te plaît. A mon avis, cette propriété est une bonne affaire.

— Hmm. D'accord, j'irai à la vente, et si je l'obtiens, je te chargerai de commander les matériaux nécessaires à la décoration, puisque c'est toi qui l'as visitée.

Elle prit une profonde inspiration.

— Ah, non ! C'est trop de travail ! Il faut mesurer toutes les pièces, chercher des fournisseurs et demander des devis…

— Je suis sûr que tu t'en sortiras très bien.

La panique la gagna. Où trouverait-elle le temps ? Pourtant, si elle ne protestait davantage, c'était parce que ce projet l'attirait. Elle avait eu le coup de foudre pour cette maison, et ce ne serait peut-être pas si difficile de la restaurer, après tout. Et comme il faudrait commencer par les travaux de maçonnerie, elle disposerait d'un délai…

— Bon, d'accord.

— Je vais demander à Sam de s'occuper de la réfection et des modifications de structure. Il n'y en aurait pas pour longtemps. Une ou deux semaines, tout au plus.

Elle fronça les sourcils.

— Le père de Matt est fatigué, papa, tu devrais le laisser souffler un peu. Ce n'est pas si pressé, n'est-ce pas ?

— Le temps, c'est de l'argent. Comment crois-tu que j'ai réussi dans les affaires ?

— Je comprends, mais tu as déjà pas mal de chantiers en cours, et Sam n'est peut-être pas en état d'en accepter de nouveaux en ce moment. Penses-y.

— Je ne m'en fais pas pour lui. S'il juge que c'est trop, il me le dira. Et s'il laissait tomber le vin et les fromages dont il est si friand, il aurait moins de cholestérol. C'est certainement la cause de ses ennuis de santé.

Après avoir raccroché, Lucy resta songeuse un instant. Allait-elle trouver le courage de retourner travailler dans sa chambre ? Matt, qui se tenait sur le seuil pour contempler le jardin, se tourna vers elle.

— Si nous sortions une minute nous aérer sur la terrasse ? Tu as été enfermée toute la journée, je pense que tu en as besoin.

Elle ne se fit pas prier. Dehors, le soleil se couchait, mais l'atmosphère était encore tiède et la lumière douce. Elle s'assit sur une chaise en métal blanche près de la table et le remercia d'un sourire quand il lui versa un second verre de vin.

— C'est parfait, murmura-t-elle. Juste ce dont j'avais besoin après ce délicieux repas.

L'air embaumait le parfum suave des pois de senteurs rose et mauve qui grimpaient sur la clôture. Elle admira avec une certaine fierté la pelouse bien verte et les massifs colorés débordants de phlox exubérants et de godetias. Il fallait de la patience et de la persévérance, mais le résultat en valait la peine…

Enchantée de ce moment de paix, elle but une gorgée de vin pendant que Matt prenait place à côté d'elle.

— Quelle journée ! Entre William et le bébé, nous n'avons pas eu une minute de pause.

Il lui jeta un regard de biais.

— Malgré moi, j'ai entendu une partie de la conversation. Ton père t'a encore confié du travail ?

— Il ne s'arrête jamais… C'est dur de le suivre, parfois.

— Tu ne peux pas le lui expliquer ?

— J'ai essayé, mais il ne se soucie pas de mes impératifs.

— Il va bien falloir que tu refuses une fois.

Elle haussa les épaules.

— Il me demande de me charger de la décoration de la maison de l'île, s'il parvient à l'avoir à un bon prix. Et je dois dire que c'est plutôt intéressant… Je préférerais que ce soit pour moi, mais bien que ce ne soit pas le cas, à condition qu'il n'exige pas que je commence avant la fin de mes examens, je compte en faire la demeure de mes rêves.

— Je comprends, mais il finit toujours par obtenir ce qu'il veut de toi, n'est-ce pas ? Tu expliques ça comment ?

— Je ne sais pas… Peut-être que j'ai besoin d'avoir son approbation, de ne pas le décevoir.

Elle eut un sourire piteux.

— Je crois que je le déçois tout de même, en fait.

Matt étudia son expression troublée.

— Comment ? Tu es la fille idéale, à mon avis. Tu veilles à ce que tout marche bien ici et que les factures soient payées, tu entretiens le jardin… Par-dessus le marché, tu as choisi une carrière gratifiante et tu travailles dur pour réussir. Que voudrait-il de plus ?

— Que je sois un garçon.

Elle posa son verre sur la table et poussa un soupir.

— Il rêvait d'un fils qui lui succède, qui prenne à cœur l'entreprise familiale. A défaut, il m'a tout de même formée pour ça en espérant que je prenne sa suite, et quand j'ai décidé d'étudier la médecine il s'est senti trahi. Je lui ai tourné le dos, ce sont ces propres mots.

— C'est pourquoi maintenant, tu lui obéis au doigt et à l'œil.

Il secoua la tête.

— Tu ne peux pas continuer comme ça, Lucy. Ou alors, tu seras obligée de laisser tomber tes études… C'est ce que tu veux ?

— Pas question ! Je vais plutôt essayer de réussir brillamment, pour qu'il soit fier de moi. Si j'échoue, il aura l'impression que je l'abandonne une seconde fois.

Inquiète à cette idée, elle se mordilla la lèvre, les sourcils froncés.

Il approcha sa chaise de la sienne et l'entoura de ses bras.

— Je ne supporte pas de te voir sans cesse sous pression Lucy. J'aimerais pouvoir te soulager d'une partie de ton fardeau…

Elle se sentit étrangement émue par ce geste et ces paroles amicales.

— Tu l'as déjà fait en venant visiter cette maison avec moi. J'ai vraiment apprécié ta compagnie.

Blottie contre lui, elle se sentait bien. C'était très confortable. Il lui communiquait la chaleur de son corps… Si elle bougeait un peu la tête, sa joue serait en contact avec sa gorge et la ligne carrée de sa mâchoire. Ce serait si facile d'explorer la texture de sa peau en la frôlant de sa bouche…

— C'est sans doute mieux de partager les tâches, quand on peut. Je suis heureux d'avoir pu t'aider.

Ces mots la touchèrent plus qu'elle ne l'aurait cru. Elle ferma les yeux, détendue et à l'aise, un état inhabituel pour elle. Pourquoi ce besoin soudain de se serrer contre lui et de poser de petits baisers dans son cou ? Le vin qui lui était monté à la tête ? L'effet romantique du coucher de soleil ?

Il se pencha et leurs bouches se frôlèrent en une douce caresse, si légère et délicate qu'elle se demanda si elle ne rêvait pas. Puis ses lèvres se mirent à frémir de désir, et soudain elle n'eut plus qu'une envie : l'embrasser pour de bon.

— Tu as un goût de fruit d'été, murmura-t-il en laissant glisser ses lèvres sur son cou.

Elle soupira, souhaitant que ce moment ne cesse jamais. Et pourtant, quelque chose la retenait de savourer l'instant sans se préoccuper de l'avenir… Le souvenir de ses déconvenues passées ?

Soudain, ils perçurent un craquement à la lisière du terrain.

— Qu'est-ce que vous faisez ?

— Hum...

Lucy tenta de rassembler ses esprits pendant que Matt se redressait, l'air un peu perdu.

— Vous pouvez me rendre mon ballon ?

La voix provenait d'un point indéfini. Elle aperçut enfin Jacob qui pointait son nez par un trou situé au bas de la clôture, non loin de l'abri de jardin.

Matt avait dû le voir aussi, car il se leva et traversa la pelouse en donnant de légers coups de pied dans un ballon blanc.

— C'est ça que tu cherches ?

Le petit garçon hocha la tête.

— C'est mon cadeau d'anniversaire. J'ai eu un gâteau, et de la crème et des biscuits au chocolat. Mon chat aussi il a eu de la crème, il a tout bu et il a été malade. Maman a dit que c'est bien fait pour lui, il avait qu'à pas voler les sandwichs au thon dans la cuisine.

— Oh ! le gros vilain !

Il lui tendit le ballon par-dessus la clôture.

Jacob le regarda d'un air dubitatif ; sans doute n'était-il pas d'accord avec l'opinion émise sur son chat...

— Merci, s'écria-t-il enfin. J'y vais !

Et il repartit en courant. Matt le suivit un instant du regard avant de se tourner vers Lucy en souriant.

— Une vraie boule de nerfs, cet enfant !

Elle hocha la tête, une main en visière pour se protéger des derniers rayons du soleil. En fin de compte, elle n'était pas mécontente de cet incident, qui lui avait donné le temps de se ressaisir. Quelle folie ! Mieux valait cesser tout de suite ce petit jeu.

— Je crois que je vais retourner réviser un peu.

Elle se tut un instant pour trouver ses mots.

— Matt, ce qui vient de se passer... euh...

Il la regarda dans les yeux, affichant un visage neutre.

— D'accord, nous n'aurions pas dû. Mettons ça sur le compte du vin et de la fatigue, tu veux ?

Elle acquiesça et se précipita à l'intérieur. Se sentait-il aussi gêné qu'elle ? Cette idée ne lui plaisait pas vraiment...

5

— Je ne sais pas sur quel site tu es, mais ça doit être passionnant ! Il y a un quart d'heure que je te parle et tu n'as rien entendu.

Avec un léger sursaut, Lucy détacha les yeux de l'écran et se retourna.

Matt était derrière elle…

— Pardon ?

Elle voulut tourner le dos au comptoir pour lui faire face, juste au moment où il faisait un pas en avant. Leurs corps se heurtèrent légèrement et en sentant ses muscles durs contre ses cuisses, elle fut parcourue de frissons. Elle prit une profonde inspiration pour se ressaisir avant de demander :

— Tu as besoin de moi ?

Comme pour l'empêcher de tomber, il lui posa une main sur la hanche.

— Oh oui, dit-il sur un ton où perçait l'humour. Tout le temps.

Plaisantait-il vraiment ? Sa voix était rauque, et il était anormalement tendu… Peut-être ce contact fortuit l'avait-il perturbé autant qu'elle…

Elle lui jeta un regard étonné. Pouvait-elle lui faire cet effet ?

— Euh… pardon, je… je cherchais quelque chose.

Voilà qu'elle ne pouvait même plus construire une phrase cohérente ! Dans ses veines coulait de la lave en fusion, et même quand elle eut fait deux pas en arrière, la chaleur continua de la consumer.

— Hmm, j'avais bien compris, murmura-t-il.

Il toussa, tentant visiblement de se ressaisir lui aussi.

— En fait, ce n'est pas urgent, je venais juste t'offrir un éclair au chocolat. Je les ai pris la pâtisserie ce matin en pensant à l'équipe.

Il lui tendit une boîte en carton sur laquelle elle se pencha.

— Oh ! ils ont l'air délicieux !

Elle fixa encore les gâteaux, hésitante.

— Merci, mais je crois que je ne peux rien avaler pour l'instant, j'ai la gorge serrée par le stress. Le Pr Farnham m'attend pour que j'examine une patiente en vue de poser un diagnostic. Ce ne devrait pas être trop difficile, mais j'ai tellement horreur d'être mise sur le gril ! J'ai toujours peur de me tromper…

— Ne t'en fais pas, tout se passera bien.

Il referma le carton en souriant.

— Dans ce cas, remettons à plus tard. Je vais prier Mandy de les garder au frais.

Il lui jeta un regard interrogateur.

— Qu'est-ce que tu cherchais ? Je peux peut-être t'aider ?

— Je dois examiner une fillette de douze ans qui se plaint depuis quelques jours d'un violent mal de gorge. Son généraliste avait prescrit des antibiotiques qui n'ont fait aucun effet, et après l'avoir revue aujourd'hui en consultation, il nous l'envoie ici en urgence.

Elle fronça les sourcils.

— J'ai d'abord pensé à une amygdalite, mais je soupçonne quelque chose de plus grave, sinon pourquoi son médecin l'aurait-il dirigée vers nous ? Apparemment, elle supporte à peine d'ouvrir la bouche et elle a du mal à avaler.

Il réfléchit un instant.

— Tu devrais peut-être chercher du côté des complications de cette maladie, comme l'infection de l'oreille moyenne ou l'infection à streptocoques, ou même la fièvre rhumatismale. Mais si la gorge est plus enflée d'un côté, il pourrait s'agir d'un abcès…

— Oui, je l'ai envisagé aussi. Bien, je vais l'examiner, si elle le supporte.

Elle fit la grimace.

— Pauvre petite ! Je n'ai aucune envie de la faire souffrir ; par chance, le Pr Farnham lui a prescrit des antalgiques. Merci pour ton avis. Pourvu que j'aie une certitude au moment de poser le diagnostic…

L'erreur ne lui était pas permise : toutes ses observations et les interventions qu'elle pratiquait étaient enregistrées dans un dossier qui la suivrait pour les examens.

— Cesse de douter de toi ! De toute façon, je t'accompagne. Un peu de soutien moral ne te fera pas de mal.

— Oh ! Matt, que c'est gentil !

La fillette attendait dans la salle de soins avec sa mère et le Pr Farnham.

Elle salua le spécialiste d'un sourire, puis se tourna vers la petite patiente.

— Melanie, je suis Lucy Clements, et voici le Dr Berenger. Si tu me le permets, j'aimerais examiner ta gorge.

La fillette hocha la tête et ouvrit la bouche docilement. Lucy poussa une exclamation.

— Je comprends que ce soit douloureux !

Elle regarda le professeur.

— C'est rouge et enflammé, et la gorge est très enflée, mais je ne vois pas de points blancs…

Elle tendit sa torche à Matt, qui jeta un bref coup d'œil aux amygdales.

Quand il eut terminé, elle se tourna vers Melanie.

— Merci, tu as été très sage. Détends-toi un peu. Je sais que tu as mal, mais je suis certaine que nous allons trouver très vite de quoi te soigner. Les antalgiques feront effet bientôt, assieds-toi et repose-toi ; je te laisse une minute pour parler avec le professeur.

La fillette acquiesça de la tête, visiblement incapable d'émettre un son, et dirigea son regard vers la télévision pour tenter de se distraire de sa douleur.

Lucy prit une profonde inspiration avant de se lancer.

— Elle n'est pas bien depuis quelque temps, les antibiotiques courants n'ont pas réduit l'infection et la douleur de sa gorge s'est accrue. Les amygdales sont très enflammées et plus enflées d'un côté que de l'autre. Bien que je ne voie pas de pus, il s'agit à mon avis d'un abcès péri-amygdalien, ou phlegmon.

Le Pr Farnham fit un signe d'assentiment.

— Et que feriez-vous pour y remédier ?

— Ponction et antibiotiques à large spectre en intraveineuse.

— Et ?

Une seconde, son esprit tourna à vide. Avait-elle oublié quelque chose ? Une vague de panique la submergea et la sueur perla à son front. Puis elle se reprit, sans être pour autant sûre d'elle.

— Nous devrions l'admettre pour la nuit ou peut-être davantage, jusqu'à ce que le médicament ait commencé à agir ?

— Parfait.

Un profond soulagement l'envahit, et ses épaules se relâchèrent un peu. Elle ne s'était pas aperçue qu'elle était si tendue...

Le professeur regarda Matt.

— Voulez-vous vous charger de Melanie avec Mlle Clements ?

— D'accord.

Une fois qu'il fut sorti, Matt sourit à Lucy.

— Tu vois, ça ne s'est pas si mal passé !

— Non, en effet. Je me demande pourquoi je m'angoisse toujours.

Elle l'aida à installer les instruments sur le chariot, puis se tourna vers Melanie.

— Le Dr Berenger va t'administrer un anesthésique. Tu ne sentiras rien quand il ponctionnera le liquide de ton abcès. C'est l'affaire de quelques minutes. Ensuite, nous poserons une perfusion dans ta veine pour te donner des antibiotiques plus forts que ceux que tu as pris jusqu'à présent.

Ils travaillèrent ensemble ; Matt bavardait avec Melanie et sa mère pour les mettre à l'aise, et Lucy fut émerveillée par sa gentillesse. Il avait dit qu'il hésitait entre les urgences et la pédiatrie, mais en le voyant à l'œuvre ces dernières semaines, elle avait acquis la conviction qu'il ferait un excellent pédiatre.

Une demi-heure plus tard, après avoir nettoyé la pièce et laissé Melanie au soin de Mandy, ils se rendirent dans la salle de détente.

— Maintenant que tout est terminé, tu auras peut-être envie de goûter à cet éclair ?

Il sortit la boîte du réfrigérateur et la lui tendit.

— Je t'avais dit que tu n'avais pas de souci à te faire. Le Pr Farnham est un type bien. A l'évidence, il t'apprécie et souhaite que tu réussisses.

— Je sais. Et le cas était simple... mais quand je me sens observée et jugée, j'ai tendance à perdre mes moyens.

— Hmm, nous sommes tous passés par là un jour ou l'autre. Tu t'habitueras.

Il lui tendit une assiette et servit deux tasses de café, auquel il ajouta du lait et du sucre.

Elle mordit dans son éclair au chocolat avec un soupir de satisfaction.

— Mmm ! C'est un délice ! murmura-t-elle en savourant l'instant.

Il sourit et lui lança un regard en coin.

— Sans doute que Jade s'est imaginé que tu suivais un régime draconien, mais ce n'est pas vrai, n'est-ce pas ? Je t'ai vue manger toute sorte de gourmandises. Tu n'as aucun effort à faire pour garder cette ligne splendide.

Ses yeux se posèrent sur le T-shirt qui épousait la courbe de ses seins, descendirent sur la jupe plissée qui caressait ses longues jambes bien galbées, puis remontèrent jusqu'à ses cheveux couleur de miel aux boucles fantasques retenues par deux barrettes.

Lucy ne bougeait pas. Elle ne savait plus que penser. Matt semblait sincèrement aimer ce qu'il voyait, et pourtant il n'avait jamais tenté la moindre avance. Ce qui se passait dans son esprit était une énigme.

Elle termina son éclair et lécha du bout de la langue une trace de crème au chocolat sur ses lèvres.

— Un régal. Merci d'avoir pensé à moi !

Il lui adressa un signe de tête. Soudain, la mélodie familière à la guitare retentit. Son portable sonnait…

Il regarda l'écran et fronça les sourcils.

— Ma mère. J'espère qu'il n'y a rien de grave.

Elle s'éloigna pour le laisser parler tranquillement, mais ne put éviter d'entendre.

— Inutile de te faire tant de souci. Papa est assez grand pour s'exprimer clairement et c'est à lui de refuser le chantier, s'il pense que c'est au-dessus de ses forces.

Après une pause, il poursuivit.

— En effet, maman. Il a toujours été comme ça ; il essaie de faire plaisir avant tout. Je suis d'accord avec toi, il arrive un moment où il faut savoir dire non.

Un autre silence…

Mal à l'aise, Lucy avala sa dernière gorgée de café. Elle ne se faisait hélas aucune illusion : il s'agissait de la maison de l'île, elle en aurait mis sa main à couper. Son père avait donc réussi à l'obtenir à la vente aux enchères...

Matt raccrocha et elle observa son expression amère.

— Je n'ose même pas te le demander... On dirait que mon père a acheté cette propriété ?

Il hocha la tête.

— Et maintenant, le mien se creuse la cervelle pour essayer de trouver un moyen de la caser dans ses prévisions, alors que ses ouvriers sont déjà en retard sur une construction neuve... Ma mère est aux cent coups parce qu'il a parlé de retarder ses vacances d'été en lui suggérant de partir sans lui. Tu imagines sa réaction ? Elle est furieuse.

Lucy soupira. Ainsi, ce qu'elle avait craint était arrivé... Que pourrait-elle faire pour arranger les choses ? Elle avait donné son avis à son père et il n'en avait tenu aucun compte...

— On peut la comprendre. Elle pense à la santé de son mari avant tout.

— Hmm.

Il alla remplir sa tasse à la machine à café.

— J'en ai parlé à mon frère, et, selon lui, il est impossible d'arrêter le premier chantier sans risquer de pénalités de retard. Kyle a tenté d'expliquer ça au grand patron, paraît-il, mais sans résultat. Ton père est un homme d'affaires qui ne pense qu'à son profit et croit que tout le reste s'arrangera de lui-même.

— Je suis désolée.

Il haussa les épaules.

— De quoi ? Ce n'est pas ta faute.

Il lui adressa un sourire piteux.

— Mais je parierais que le nom de « Clements » est imprononçable chez moi à l'heure actuelle.

Elle fit la grimace.

— Je connais cette réaction vis-à-vis de mon père. Mieux vaut que tes parents et les miens ne se voient pas trop en ce moment...

Elle se rappela le temps de leur adolescence, où ils vivaient dans le même village. Matt et elle ne se fréquentaient pas à cette époque, mais une fois par an, en alternance, les Clements ou les Berenger organisaient une fête où ils conviaient leurs associés et leurs employés.

— Tu te souviens de ce repas annuel, quand nous étions ados ? Je m'y ennuyais tellement ! Un jour, chez toi — je devais avoir seize ans —, je me suis retrouvée au milieu d'un groupe de gens qui parlaient affaires. J'ai vraiment essayé de comprendre de quoi il était question, mais au bout d'un moment je me suis levée et j'ai quitté la table.

— Oui, je revois encore la scène ! Tu es sortie, j'ai vu Kyle te courir après dans le parc, et vous avez disparu longtemps tous les deux...

Elle éclata de rire.

— Il m'a montré toutes les cachettes de votre terrain. A un moment nous avons aperçu mon père au bout du jardin, la main en visière, aussi raide qu'une figure de proue, qui me cherchait.

— Impossible qu'il vous ait découverts, mon frère était trop malin pour ça. Il était amoureux de toi à cette époque, et il aurait fait n'importe quoi pour profiter de ta compagnie.

— Mais nous n'étions que des gamins ! Et toi, où étais-tu ? Pourquoi n'es-tu pas venu nous rejoindre ?

Il eut un sourire amer.

— Kyle était l'aîné, il m'avait fait clairement comprendre qu'il ne voulait pas me trouver sur son chemin. Tous les garçons te couraient après, et ces fêtes étaient des occasions rêvées pour lui...

Il fronça les sourcils.

— Je lui avais dit de se comporter convenablement. J'étais inquiet pour toi. Maintenant, c'est un type correct, mais à cette époque il était un peu cavalier avec les filles.

Il eut un sourire malicieux.

— D'ailleurs, ce jour-là, j'avais caché toutes les clés de tous les bâtiments extérieurs de la propriété.

Elle le regarda, les yeux ronds, puis éclata de rire.

— Quoi ? C'est vrai qu'il a été très contrarié de ne pouvoir ouvrir aucune porte ! Tu m'as peut-être épargné des ennuis, en effet. Pourquoi cette précaution ? Tu étais un peu en rivalité avec ton frère ?

— Je ne sais pas, je n'y ai pas réfléchi. Je suppose que j'ai agi par instinct.

L'expression de Lucy devint grave.

— Je dois sans doute te remercier, après toutes ces années. Si jamais mon père nous avait vus… Il se méfiait de tous les garçons qui m'approchaient.

— A mon avis, il n'a pas beaucoup changé.

Elle le regarda, perplexe. Comment le savait-il ? Avait-il surpris des bribes de conversation au téléphone ?

— Hmm, c'est possible. Bref, passons aux affaires urgentes. Puisqu'il a acheté la maison, je m'attends à ce qu'il me réclame sans tarder un projet précis pour le gros œuvre. Je devrais aller la revoir pour répertorier les travaux de maçonnerie, au cas où ton père veuille commencer au plus vite.

Elle le vit réfléchir.

— Quand comptes-tu y retourner ?

— Cet après-midi, je pense, en sortant de l'hôpital. L'agent doit encore avoir la clé. Impossible de remettre à plus tard, l'épreuve pratique approche…

— Tu n'as pas besoin de ça, en ce moment. Tu ne peux pas attendre d'en avoir terminé avec tes examens ?

— Si, mais je n'ai donné que de vagues indications, pour l'instant, et les ouvriers risquent d'ajouter leur version personnelle à certaines modifications. Et comme ce projet m'appartient, je préférerais leur fournir des plans plus précis pour que le résultat soit conforme à ce que je souhaite.

— Et tes révisions ? Je pensais que c'était au moins aussi important pour toi ?

— Bien sûr que oui ! J'y ai pensé, je peux rattraper demain sur mon temps d'étude.

Il hocha la tête.

— Je vois que tu as tout prévu. Je t'accompagne, si tu veux. Pour tenir l'autre bout du mètre et l'échelle bancale qui conduit au grenier.

Il eut l'air de quelqu'un qui vient d'avoir une idée.

— D'ailleurs, ce serait sans doute utile de la remplacer au plus tôt par un escalier.

— Mais oui, tu as raison ! Merci, Matt. Je serais ravie que tu m'accompagnes.

Tout en rinçant sa tasse à l'évier, elle lui adressa un regard reconnaissant.

— Ton esprit pratique est plus développé que le mien !

La porte s'ouvrit soudain, et Mandy passa la tête par l'entrebâillement.

— Les urgences nous envoient un enfant de cinq ans, dans un état grave, heurté par une voiture. Blessé au crâne, au torse et à la jambe. Il devrait être admis aux soins intensifs, mais ils n'ont plus un seul lit de libre. Le Pr Farnham dit qu'on peut s'arranger ici, et que tu devras t'en occuper si le chef de clinique n'est pas disponible, Matt.

— O.K., on y va.

Matt se dirigeait déjà vers la sortie.

Lucy, qui tenait à faire partie de l'équipe, se précipita à sa suite. Une blessure à la tête était toujours grave, à cause du risque d'œdème au cerveau et du danger qui en résultait.

Quand elle arriva dans la salle, elle trouva la mère de l'enfant en larmes et le père pâle et secoué.

— Il m'a échappé en voulant courir après un chaton. J'ai essayé de le rattraper, mais ... Le chauffeur a freiné trop tard.

La jeune femme fit de son mieux pour les calmer, n'imaginant que trop comment elle se sentirait à leur place.

— Le Dr Berenger va s'occuper de lui. Tom est entre de bonnes mains. Venez, je vous emmène dans le bureau, nous y boirons une tasse de thé.

Une fois qu'ils furent assis, elle s'efforça de répondre à leurs questions. Au bout d'un moment, on frappa à la porte, et une infirmière entra.

— Les grands-parents de Tom sont là. Peut-être serez-vous mieux installés dans la salle d'attente. Elle est plus grande.

Elle paraissait désolée de devoir les obliger à se déplacer, mais Lucy se leva pour montrer le chemin.

Le père se raidit.

— Ils doivent se dire que c'est ma faute... se demander pourquoi je n'ai pas pu le retenir.

La jeune femme maugréa.

— Ils vont plutôt vouloir comprendre pourquoi on ne les a pas prévenus tout de suite. Je ne pensais plus qu'à Tom... Je croyais que tu t'en chargerais.

— Je ne savais plus ce que je faisais, moi non plus. J'ai appelé l'ambulance, et c'est tout !

Lucy pressentit des ennuis. En arrivant devant la salle d'attente, elle ne dépassa pas le seuil, consciente de l'atmosphère lourde et tendue qui régnait dans la pièce.

— Je vous laisse bavarder un moment. Si vous voulez boire quelque chose, il y a des distributeurs dans le couloir et une cafétéria au premier. On viendra vous tenir au courant de l'état de Tom dans peu de temps.

Personne ne l'écoutait. Les grands-parents arboraient des visages de juges, tandis que le père restait distant et gêné.

Elle se rendit à la salle de soins.

— Comment va-t-il ? demanda-t-elle en arrivant.

Matt rédigeait une prescription pendant que Mandy installait le goutte-à-goutte et vérifiait le débit de la perfusion.

— Il est stable pour le moment. La blessure au torse n'est pas grave, mais celles de la tête et de la jambe sont inquiétantes.

Il lui tendit une liasse de papiers.

— Lis ça, et examine le scanner et les radios. Le Pr Farnham va sans doute te demander ce que tu en penses.

— Merci.

Elle prit le dossier, mais au lieu de l'étudier aussitôt, elle regarda le petit garçon inconscient. Elle était bouleversée de voir un enfant dans cet état. Impossible de songer à faire de la pédiatrie sa spécialité... Elle n'était pas assez détachée.

— De toute façon, nous avons fait le maximum. Nous n'avons plus qu'à surveiller la tension dans le cerveau et à souhaiter qu'elle reste stable.

Il consulta sa montre.

— Nous aurions dû partir depuis plus d'une heure. Si tu veux retourner sur l'île, il faudrait filer maintenant. Je confie Tom à James et nous prenons le chemin de la gare, à moins que tu ne préfères passer manger quelque chose à la maison avant ? Je ne pense pas qu'un éclair au chocolat nous suffise pour la soirée.

— J'aimerais mieux y aller directement, si ça ne t'ennuie pas. Je voudrais me débarrasser des corvées d'abord et pouvoir me détendre après. C'est mon tour de cuisiner ce soir, mais Jade et Ben sont chez les parents de Jade pour discuter des préparatifs du mariage.

Elle secoua la tête.

— Je me demande comment elle se débrouille pour tout faire à la fois... Heureusement qu'elle a laissé tomber son travail à temps partiel au café, c'est toujours ça.

— Je ne pense pas qu'elle l'ait décidé elle-même, dit Matt avec un sourire en coin. C'est plutôt Ben qui a réussi à la convaincre qu'il voulait être plus souvent avec elle.

— Elle semble heureuse, et c'est ce qui compte. Je suppose que sa mère l'aide beaucoup pour préparer le mariage. C'est elle qui s'est occupée de l'essayage de ma robe de demoiselle d'honneur.

Il sourit.

— J'oublie toujours que la cérémonie a lieu dans quelques semaines. A mon avis, ce sera réussi. Il faut que nous cherchions une idée de cadeau... Et si nous allions ensemble prospecter dans la City ? J'aimerais autant que tu m'aides à choisir.

— Pourquoi pas ? Mieux vaut s'en occuper le plus tôt possible.

— Le week-end prochain, alors, s'il n'y a pas d'impondérables ?

— D'accord, mais je n'ai aucune idée...

Son front se creusa sous l'effort de la réflexion.

— Nous ferons du lèche-vitrines, et la lumière finira bien par jaillir...

— Je le crois aussi.

Elle le laissa pour aller faire une rapide tournée de tous ses jeunes patients pendant que Matt notait des instructions pour le passage de relais.

Il la rejoignit alors qu'elle regardait tristement le petit Tom en songeant combien la vie était injuste. Ce petit garçon avait toute la vie devant lui. Il fallait absolument qu'il se rétablisse !

— Prête ?

— Hmm.

Après une demi-heure de train, ils émergèrent dans le soleil de la fin d'après-midi. L'île aux arbres verdoyants et aux berges constellées de fleurs sauvages semblait plus accueillante que jamais ; Lucy sentit son moral remonter.

Durant environ deux heures, ils parcoururent la maison pour déterminer les modifications à apporter. Lucy prenait des notes sur un carnet.

— Il y a un travail énorme ! dit-elle en jetant un regard circulaire une fois l'inspection finie.

— Mais ça en vaut la peine. Quand ce sera terminé, l'endroit sera splendide et ton père devrait pouvoir en tirer un bon prix. C'est rare de trouver une occasion pareille ! Les acheteurs vont se bousculer.

Elle soupira.

— Je suppose, oui. Ce sera beaucoup trop cher pour moi.

— Pourquoi ? Tu veux acheter une maison ? Je pensais que celle que nous habitons te suffisait ?

— C'est vrai. J'ai de la chance, et je devrais être satisfaite de ne pas avoir dû chercher un logement comme tant d'autres. Pourtant, il m'arrive d'avoir envie de posséder un endroit qui serait vraiment à moi... Je sais que c'est idiot, mais ici, quelque chose m'attire, que je ne peux définir. Je m'y sens en paix, comme dans un sanctuaire où je peux oublier tous mes soucis.

Il lui jeta un regard perplexe.

— Je te comprends, mais tu as placé la barre un peu haut, non ? Dommage, parce que tu ne pourras t'empêcher d'être déçue.

— Tu as raison...

Il lui enlaça la taille, ce qui la réconforta.

— Et si nous allions voir à quoi ressemble le pub du bout de la rue ? En passant, j'ai remarqué qu'ils servaient des repas. Je t'invite à dîner, ça te détendra. Nous avons encore eu une dure journée aujourd'hui.

— Merci, dit-elle en souriant. C'est une bonne idée.

La vieille bâtisse blanche, située un peu en retrait de la berge, était accueillante avec ses multiples recoins. A l'arrière, une allée conduisait à une aire pavée qui permettait de manger à l'extérieur l'été.

Il faisait toujours chaud et seule une brise légère faisait s'incliner les roseaux du bord de l'eau. Ils regardèrent un moment passer les bateaux et observèrent les évolutions d'un couple de cols-verts suivis de leur couvée qui exploraient le feuillage.

— Veux-tu que nous nous asseyions dehors ? Il y a une place sous l'arbre, là-bas.

Matt désigna un endroit où les rayons du soleil mouchetaient de lumière les feuilles d'un saule imposant. A la table voisine étaient installés une jeune femme, son bébé sur les genoux, et son mari. Un chien roux était couché à leurs pieds, le nez au vent.

— Oui, c'est parfait.

Ils allèrent s'asseoir et étudièrent le menu.

— Mmm ! Je me demande si c'est aussi bon que ça en a l'air : « tomates séchées au soleil, légumes aromatiques rôtis et chutney d'oignon rouge caramélisé… » Je ne m'étais pas aperçue que j'étais si affamée ! dit Lucy.

— Moi non plus. On oublie quand on travaille à l'hôpital, surtout si la journée a été difficile ; il faut plusieurs heures pour ressentir de nouveau la faim.

Il se leva pour aller passer la commande tandis qu'elle laissait son regard errer sur le cours languide du fleuve Des libellules survolaient la surface, piquant vers l'eau de temps à autre. Sur la rive poussaient des touffes de reines-des-prés d'un blanc crémeux, et, çà et là, des épilobes pourpres ondulaient doucement dans l'air du soir.

— Goûte ça. Un vin nouveau et fruité, rafraîchi à la perfection, paraît-il.

Matt posa un verre embué devant elle en souriant. Pour sa part, il avait choisi une bière blonde servie dans une chope haute givrée ; de petites gouttes de buée ruisselaient sur les bords.

— A la tienne, dit-elle en levant son verre.

— Aux bons jours, murmura-t-il.

— Hmm, ce serait bien !

La serveuse apporta leur repas : un steak nappé de cheddar et de bacon grillé pour Matt, et du poulet accompagné de salade aux lardons pour Lucy.

— C'est très appétissant ! Je suis vraiment contente que nous soyons venus.

— Je pense que ça nous fera du bien. J'ai remarqué que tu étais perturbée aujourd'hui par le spectacle de tous ces enfants malades. Nous n'avons pas un métier facile. La plupart des gens ne rencontreront pas de toute leur vie un seul des problèmes que nous affrontons au quotidien, et c'est très bien ainsi.

— C'est vrai... ce n'est pas gai d'être confronté à des prématurés sous respirateur et à de jeunes blessés graves...

Il piqua un champignon de Paris sur le bout de sa fourchette et hésita, scrutant son expression.

— Tu as gardé ton calme face à la blessure et à l'opération de William, mais j'ai cru comprendre que ce petit Tom te perturbait davantage. Tu as peur qu'il ne s'en sorte pas ?

— Sans doute...

Elle prit une gorgée de vin.

— En le voyant, je me suis demandé si j'étais réellement décidée à devenir médecin.

— Tu commences à en douter ?

— Il me semble. Maintenant que je travaille vraiment à l'hôpital, je ne suis pas sûre d'être à la hauteur pour affronter ces cas particulièrement éprouvants ... Il faut des nerfs à toute épreuve et je suis peut-être trop sensible pour être toujours efficace.

Etait-il choqué par ces propos ? Non, puisqu'il l'observait d'un air songeur...

— Alors pourquoi as-tu choisi la médecine ? Tu avais juste une vague envie de soigner les gens ?

— Non, pas tout à fait.

Elle coupa une tranche de pomme de terre nouvelle et la trempa dans la mayonnaise servie sur le bord de son assiette.

— Quand j'avais douze ou treize ans, la fille de mes voisins a été renversée par une voiture, et j'ai assisté à la scène avec une amie. Nous sommes restées pétrifiées d'horreur.

Plongée dans ce souvenir, elle fit une pause.

— Puis les pompiers et un médecin urgentiste sont arrivés, l'ont allongée sur une planche dorsale, intubée pour qu'elle respire mieux et ont posé une perfusion. Bien sûr, à l'époque je ne connaissais pas tous ces termes ni ce qu'ils représentaient, mais j'ai su qu'ils venaient de lui sauver la vie. S'ils n'avaient pas été si rapides, elle se serait vidée de son sang.

Elle resta silencieuse un instant, se remémorant ce moment.

— Leur compétence m'a impressionnée. Ensuite, quand je suis

allée rendre visite à ma petite voisine à l'hôpital, j'ai été stupéfaite de la voir si bien remise. Je crois que c'est là que j'ai compris que la médecine était le plus beau des métiers et que je voulais moi aussi sauver des vies.

— Et maintenant que tu le fais pour de bon, ça te préoccupe ?

— Un peu. Il y a une différence entre savoir agir dans l'urgence pour secourir un blessé et soigner des enfants. J'ai refusé de travailler avec mon père et je ne changerai pas d'avis, mais j'ai des doutes sur ce qui me conviendrait le mieux. Tu comprends ?

— Il me semble, oui. Ce n'est pas si extraordinaire. Beaucoup de gens doutent de leur choix, surtout juste avant de débuter leur carrière.

Il termina son steak et but une gorgée de bière. Elle leva la tête et ses yeux se posèrent sur ses avant-bras musclés.

— Je crois que tu n'as pas assez confiance en toi. Depuis que je travaille avec toi, tu n'as pas fait un seul faux pas et je suis convaincu que tu seras un médecin fantastique.

Il lui adressa un sourire éblouissant.

— Peut-être pas à l'hôpital, si ça t'angoisse trop, mais au moins un excellent généraliste. Je sais que tu es à l'aise avec les enfants, à condition qu'ils ne soient pas trop gravement atteints. Je t'ai vue à l'œuvre avec Melanie ou William, tu es gentille et attentionnée... Et si tu te spécialisais dans une consultation maman/bébé ?

— Oh...

D'abord abasourdie, elle lui rendit son sourire.

— Quelle bonne idée ! Je craignais mes réactions devant des cas très lourds, mais tu as sans doute raison, je me sens capable de travailler dans un cabinet médical. Merci de m'y avoir fait penser !

Il lui fit un clin d'œil.

— A votre service, madame. Portons un toast.

Il leva son verre.

— A la réalisation de tes rêves, quels qu'ils soient.

Il plongea les yeux dans les siens, et lorsqu'ils trinquèrent une nouvelle fois, elle eut l'impression qu'un lien très fort venait de se créer entre eux.

Entre-temps, la serveuse avait apporté leur dessert : tarte aux pommes caramélisée pour Lucy et gâteau aux fraises pour Matt. Ils le dégustèrent en bavardant avant de terminer par un café à la liqueur.

— C'était vraiment délicieux, et le cadre est enchanteur, dit-elle avec un soupir d'aise alors qu'ils quittaient le pub. Merci, Matt !

Au moment où il allait répondre, son portable sonna. Il s'arrêta, lui fit un sourire d'excuse et appuya sur une touche. Elle attendit, un peu à l'écart, et vit soudain le sang se retirer de son visage.

— Que se passe-t-il, Matt ? Une mauvaise nouvelle ?

— Mon père vient d'avoir un infarctus. Je dois me rendre à son chevet.

— Oh ! je suis navrée !

Elle le prit dans ses bras.

— Je peux faire quelque chose ? Veux-tu que je t'accompagne ?

— Non, j'irai tout seul, merci, dit-il d'un ton distrait.

Il la serra contre lui, puis se dégagea doucement.

— Je te ramène à la maison d'abord. Si nous partons tout de suite, je serai à l'hôpital dans une heure.

— D'accord. Allons-y.

Elle comprenait parfaitement qu'il ait envie de rendre visite à son père le plus vite possible. Il était visiblement bouleversé et inquiet, et voulait aussi sans doute réconforter sa mère et lui offrir son soutien.

Et bien entendu, vu les circonstances, elle comprenait aussi très bien qu'il ne tienne pas à ce qu'elle l'accompagne…

Malgré tout, elle ne pouvait s'empêcher de se sentir rejetée.

6

— Tom, tu m'entends ?

Lucy caressa la main du petit garçon. Toute la matinée, elle était venue lui parler, tester ses réactions et tenter d'évaluer son degré de conscience.

— On dirait que ça s'aggrave, chuchota-t-elle à Mandy en s'éloignant du lit pour ne pas être entendue de la mère et de la grand-mère.

— Il a mieux réagi tout à l'heure. Nous devrions peut-être appeler Matt.

— D'accord. Je m'en occupe. Il m'a demandé de le prévenir au moindre changement.

— Merci, Mandy. Il est en néonatologie avec Sarah.

Plus tôt ce matin, elle avait travaillé avec lui et l'avait trouvé renfermé et distant, au contraire de son habitude ; bien sûr, il était préoccupé par l'état de son père... Hier soir, il était rentré très tard et n'avait adressé la parole à personne. Le voyant très angoissé et tendu, elle avait tenté de le réconforter, mais il ne lui avait guère porté attention, se limitant à lui répondre par monosyllabes.

Pendant que Mandy partait téléphoner, elle étudia les moniteurs installés près du lit de l'enfant, qui indiquaient une brusque hausse de sa tension et un ralentissement significatif de son rythme cardiaque. Soudain, les alarmes se déclenchèrent.

— Que se passe-t-il ? demanda la mère, affolée.

Tom s'agitait et ses membres tremblaient. Il se mit à vomir et elle tint le haricot devant sa bouche tout en essuyant la sueur de son front avec un linge humide. Elle vérifia que le tube endotrachéal était bien en place pour dégager les voies aériennes. Selon ce qu'on lui avait enseigné, en théorie il était rare qu'un malade vomisse une fois le tube placé, mais dans la pratique elle apprenait tous les jours...

— Apparemment, le cerveau a enflé, expliqua-t-elle. Nous devons réduire l'œdème pour le soulager.

Le regard de la grand-mère se durcit. Son dos était raidi par la tension. Elle tourna vers sa fille un visage méchant.

— Je ne pardonnerai jamais ça à Jack, dit-elle d'une voix sèche. Il n'aurait pas dû le laisser marcher tout seul sur la route. Cet accident était prévisible.

Lucy s'aperçut que la mère de Tom était au bord des larmes.

— Il le tenait par la main, maman, combien de fois faudra-t-il te le répéter ? Tom lui a échappé.

— Oui, c'est ce qu'il raconte. Et comme selon toi tu n'as rien vu parce que tu regardais ailleurs à ce moment-là..., tu n'as que sa parole.

Lucy jugea qu'il était temps d'intervenir.

— S'il vous plaît, mesdames, il est possible que Tom vous entende, et même s'il ne comprend pas les mots, rien que le ton de vos voix peut le perturber et aggraver son état. Je vous prierai de rester calmes.

— Bien sûr, je vous demande pardon, répondit Mme Granger en jetant à sa mère un coup d'œil inquiet.

Voyant Mme Cavendish pincer les lèvres sans répliquer, Lucy poussa un soupir de soulagement.

Pourtant, sa tranquillité fut de courte durée, car le petit garçon se mit à trembler tout entier, visiblement pris de convulsions, et son sentiment de frustration augmenta. Elle savait exactement quel médicament administrer pour faire cesser les convulsions, mais en tant qu'étudiante, elle n'était pas autorisée à établir une prescription. En regardant autour d'elle pour réclamer de l'aide, elle vit que Matt venait d'entrer dans la salle et se dirigeait vers elle.

— Il y a longtemps que ça a commencé ?

— Juste à l'instant. J'étais sur le point d'appeler...

— C'est bon, je m'en charge.

Il s'éloigna du lit et revint presque aussitôt, une seringue à la main.

— Je vais lui injecter un anti-convulsant, expliqua-t-il à l'intention de la mère.

Quand il eut terminé, il se tourna vers Lucy.

— Dès que nous aurons maîtrisé les convulsions, je lui administrerai un sédatif et un antalgique, et nous essaierons un diurétique pour réduire le gonflement du cerveau.

— Ce sera suffisant ?

Elle était si angoissée pour Tom ! Elle aurait souhaité pouvoir faire davantage...

Il nota les constantes et prépara les produits.

— Bien... On dirait que ça se calme. La crise est passée. Surélevons la tête du lit.

Lucy l'aida, et durant quelques minutes ils s'occupèrent de l'enfant en gardant un œil sur les moniteurs. Ce n'était pas une mince affaire de soigner une blessure au crâne, songea-t-elle. Il fallait que les dosages des produits soient très exacts pour éviter que l'un n'ait des effets secondaires indésirables empêchant les autres d'agir.

Matt vérifia les tubes et les perfusions, ajustant les doses tout en parlant à la mère et à la grand-mère, et Lucy s'émerveilla à la fois de sa compétence et de son flegme. Quand le neurologue arriva, ils discutèrent ensemble de ce qui convenait d'être fait.

— Gardez-le sous stricte surveillance, Mandy. Prenez des notes tous les quarts d'heure et prévenez-moi au moindre signe d'aggravation. Je termine mon tour de salle et ensuite, si vous avez besoin de moi, je serai en cardiologie auprès de mon père.

— D'accord, comptez sur moi, docteur. J'espère qu'il est un peu mieux aujourd'hui.

— Moi aussi.

Lucy le suivit jusqu'au box suivant.

— Es-tu déjà allé le voir ce matin ?

Il fit un signe de négation.

— Je prenais mon service très tôt, je n'en ai pas eu le loisir. En revanche, j'ai pu téléphoner pour avoir des nouvelles. Ce n'est pas brillant... mais je suppose qu'il faut attendre un peu. Les scanners montrent un énorme caillot qui bouche la coronaire. Ma mère est effondrée.

Elle lui posa une main sur le bras.

— Ce doit être dur pour toi de venir travailler en étant si inquiet. Je me demande comment tu y parviens. Si j'étais à place, je ne crois pas que je serais capable me concentrer.

Il poussa un soupir.

— Je n'ai pas vraiment le choix. Nous manquons de personnel, et en cette période de vacances, l'administration a du mal à trouver des remplaçants.

Il haussa les épaules.

— De toute façon, je ne vois pas ce que je ferais de plus si je m'arrêtais. Hier soir, je me suis contenté de le regarder en sachant que j'étais impuissant, que je devais laisser à d'autres le soin de s'occuper de lui. Bien entendu, ma simple présence a réconforté ma mère, mais même avec la meilleure volonté du monde, je ne peux pas rester à son chevet vingt-quatre heures sur vingt-quatre...

Elle lui lança un regard anxieux.

— Surtout, ne pense pas que j'aie voulu te critiquer, au contraire ! C'est juste que... je t'ai observé toute la matinée dans la salle, tu étais aussi efficace et compétent que d'habitude, et personne n'aurait pu se douter que tu étais si bouleversé. Je t'admire pour ça.

Il lui adressa un bref sourire triste.

— Tu m'y as beaucoup aidé. J'ai fait de mon mieux, mais j'avoue que j'avais l'esprit ailleurs.

Il la regarda d'un air perplexe.

— Et toi, au fait ? Je ne comprends pas que tu sois venue ce matin. Ton examen a lieu cet après-midi, non ? J'aurais cru que tu serais restée à la maison pour une dernière révision avec Jade. Il paraît qu'elle a un trac épouvantable.

Il eut un petit sourire.

— D'après Ben, elle ne parvient plus à se concentrer sur rien, pas même sur les préparatifs de son mariage.

— Je sais, oui. Ce matin, elle s'est enfermée dans sa chambre pour réviser, mais comme j'étais trop nerveuse pour l'imiter, j'ai pensé qu'il valait mieux que je m'occupe l'esprit. Je la retrouve pour le déjeuner et nous irons passer l'épreuve ensemble.

Il lui lança un regard compatissant.

— Je suis certain que tu n'auras pas de problèmes. Rappelle-toi que tu gagnes des points pour chaque stade de la procédure : tu peux augmenter ta note juste pour t'être lavé les mains avant et après avoir examiné le patient, par exemple. Et on te juge aussi sur la communication, qui est très importante. N'oublie pas de te présenter et d'expliquer ce que tu t'apprêtes à faire, et inspire à fond avant de parler pour que ton élocution soit claire. Tout ça compte autant que de poser un bon diagnostic.

— Je vais tâcher de m'en souvenir.

— Je te l'ai dit, je ne suis pas inquiet pour toi.

Il lui pressa légèrement l'épaule et ses longs doigts palpèrent ses muscles raidis, leur transmettant une chaleur réconfortante.

— Tu as pas mal de pratique avec les patients. Tu n'as qu'à imaginer que ceux que tu devras examiner viennent d'être admis dans cet hôpital et que tu es en train de les soigner pour de bon.

Elle sourit.

— J'essaierai. Merci du conseil, Matt, et de tes encouragements.

Soudain grave, elle scruta ses traits forts et anguleux.

— Ce devrait être le contraire en ce moment : ce serait à moi de t'offrir ma sympathie et mon soutien. Je sais à quel point tu es attaché à ton père. Le choc a dû être terrible pour toi.

Elle soupira en pensant à Sam Berenger.

— Je me souviens de lui avoir parlé à ces fêtes que nous évoquions l'autre jour. Il a toujours été gentil avec moi ; il montrait de l'intérêt pour mes activités et mes projets. Je souhaiterais pouvoir t'aider. Peut-être dans quelque temps, lorsqu'il ira mieux, pourrais-je t'accompagner quand tu lui rendras visite ?

— Merci de me proposer ton soutien. Je sais que mon père t'aime bien, mais… attendons de voir comment la situation évolue, d'accord ? Pour l'instant, il ne peut vraiment recevoir personne en dehors de sa famille.

Elle éprouva un petit pincement au cœur. Il s'était raidi en prononçant ces paroles… non qu'elles ne soient pas sensées, mais elles manquaient de chaleur, ce qui était inhabituel de sa part. Elle plongea les yeux dans les siens, espérant y déceler une lueur d'intérêt ou de complicité ; hélas, son expression demeura impénétrable.

— C'est à cause de ta mère, n'est-ce pas, Matt ? Elle ne souhaite voir aucun membre de ma famille, parce qu'elle juge mon père responsable… Et qu'elle nous met dans le même sac, ma mère et moi.

Il haussa les épaules sans protester.

— Elle s'apercevra tôt ou tard que c'était une erreur, mais en ce moment, mieux vaut ne pas remuer le couteau dans la plaie. Si tu m'accompagnais, tu aurais sans doute droit à des réflexions désobligeantes, et je n'ai pas du tout envie de te faire subir ça.

Elle hocha la tête.

— Je comprends. Je suis navrée de la tournure qu'ont pris les événements. Si mon père avait pu faire preuve d'un peu de bon sens et de compassion… Je suis sûre qu'il ne s'attendait pas à une chose pareille.

— Hmm. Il a téléphoné ce matin pour avoir des nouvelles, et ma mère a refusé tout net de lui parler. C'est moi qui ai répondu.

L'alarme d'un moniteur sonna au loin, et il leva un sourcil.

— Je vais voir ce qui se passe. Rentre te préparer pour ton examen, Lucy. A plus tard.

— A plus tard, Matt.

Une grande tristesse envahit la jeune femme, lui serrant le cœur. Il avait repris ses distances depuis l'infarctus de son père, et leur amitié toute neuve ne semblait plus qu'un souvenir. Si elle souffrait tant de constater qu'il s'éloignait, songea-t-elle, c'était qu'elle était plus attachée à lui qu'elle ne le pensait… Que faire pour regagner sa confiance et son affection ?

Elle se le demandait toujours en rejoignant Jade à la cafétéria. Cependant, l'heure de se rendre dans le bâtiment où avait lieu la dernière partie de leur examen arriva très vite et elle s'efforça de faire abstraction de ce qui la chagrinait.

— Bonne chance, dit-elle en embrassant son amie. A tout à l'heure.

— Bonne chance à toi aussi !

Sur une grimace dubitative, elle s'éloigna.

Durant les prochaines heures, elles iraient d'une salle à l'autre pour des sessions de cinq minutes, exception faite de quelques épreuves plus complètes d'un quart d'heure où elles devraient étudier l'historique d'un malade et faire une analyse détaillée du cas.

Elle respira profondément avant de se présenter dans la première salle.

— Cet homme a besoin de points de suture à la main, annonça l'examinatrice.

Lucy regarda autour d'elle. Bien entendu, le patient était imaginaire et elle devait se contenter d'utiliser le matériel spécifique. Sur une table, elle découvrit un kit de suture, des gants stériles et tout le nécessaire. Une procédure qui n'avait pas de secret pour elle, mais elle n'avait que cinq minutes… Après avoir pris une profonde inspiration, elle commença par expliquer ce qu'elle allait faire, puis ouvrit le kit et enfila les gants.

Elle en était au second point de suture quand une cloche sonna, la prévenant que le délai était terminé. Cela devrait suffire à montrer à l'examinatrice qu'elle était compétente… Sans oublier de jeter l'aiguille dans le conteneur prévu à cet effet, elle remercia et sortit pour se diriger vers la seconde salle. Pour l'instant, tout se passait bien.

— La patiente se plaint de palpitations, dit l'examinateur suivant.

Cette fois, une femme en chair et en os était allongée sur la table d'examen. L'esprit de Lucy cessa de fonctionner une seconde avant qu'elle ne recouvre ses moyens. Problème cardiaque ? Elle consulta le dossier de la malade, l'ausculta à l'aide de son stéthoscope… Rien au cœur.

— Diagnostic différentiel ?

Se souvenant des conseils de Matt, elle récita sans hâte, en articulant bien, la liste des possibilités : stress, attaque de panique, problème thyroïdien, etc., et conclut par l'arythmie.

— Il me faudrait des analyses de sang et une échographie pour confirmer ou infirmer chacun de ces diagnostics…

Mais son temps était écoulé et elle dut changer de salle.

Tout l'après-midi, elle courut d'une épreuve à l'autre ; quand ce fut terminé, elle espérait s'en être assez bien sortie, mais l'attente allait être longue jusqu'à la semaine prochaine et la publication des résultats…

Elle retrouva Jade à la cafétéria comme convenu.

— Comment ça s'est passé pour toi ?

— Pas trop mal dans l'ensemble, je pense. J'ai eu droit à un examinateur un peu énervé qui aboyait ses questions, mais j'ai réussi à garder mon calme. Et l'une des patientes n'a cessé de contester tout ce que je disais. J'ai supposé que c'était volontaire, pour tester mes réactions face aux malades difficiles.

— Tu as sans doute raison, moi aussi, j'ai trouvé certains plutôt grincheux.

Elle haussa les épaules.

— En tout cas, je suis contente que ce soit fini. Tu rentres avec moi ?

— Non, Ben m'attend dans un pub au bord de la Tamise. Comme nous sommes libres tous les deux ce week-end, nous avons prévu d'y dîner avant de partir chez ma mère à Amersham pour discuter de certains détails. Il y a eu un problème de dernière minute avec les traiteurs ; nous devons changer le menu et commander le gâteau ailleurs.

— Rien de bien grave, alors. Je t'accompagne jusque-là-bas.

— Super ! Ça te dirait de partager notre repas ? Tu as besoin d'un peu de détente, toi aussi !

— Oh ! c'est gentil de me le proposer... mais je n'aimerais pas tenir la chandelle.

— Ne fais pas l'idiote ! Si ça peut te rassurer, Matt y sera aussi. Ben l'a invité en pensant que ça lui changerait les idées.

Elle ressentit une petite bouffée de joie dans le cœur.

— Dans ce cas, c'est d'accord.

Quelle serait la réaction de Matt ? Elle n'était pas très sûre qu'il soit ravi de la voir, mais puisqu'il n'ignorait pas qu'elle devait retrouver Jade après les épreuves, il devait se douter qu'elle accompagnerait son amie...

Elles firent le trajet en bavardant jusqu'aux quais de la Tamise, où, dans un splendide décor, se dressait une grande bâtisse ancienne de pierres grises.

— Ce pub existe depuis au moins huit cents ans, fit remarquer Jade.

— Oui, je sais, j'ai lu pas mal de choses à son sujet. Un endroit étonnant, n'est-ce pas ?

Des corbeilles de fleurs multicolores, suspendues aux fenêtres peintes en blanc, égayaient le bâtiment un peu austère. L'intérieur était remarquable : sous un plafond aux poutres de chêne apparentes, la salle était éclairée par des lanternes de marins, et une collection impressionnante de bouteilles de cidre anciennes trônait sur les étagères du haut.

Quand elles entrèrent, Ben leur fit signe de la terrasse aménagée au bord du fleuve.

— Que diriez-vous de manger dehors ?

Tous ayant trouvé que c'était une bonne idée de profiter du soleil, ils étudièrent le menu pour choisir leur plat, puis Ben et Jade allèrent passer la commande.

L'auberge était fréquentée par des touristes, des employés de bureau et des étudiants ; Lucy salua de loin une condisciple de cinquième année assise à une table sous les arbres.

Il faisait encore chaud, et des nuages d'un blanc vaporeux flottaient dans le bleu du ciel ; la vue sur le fleuve était magnifique. On apercevait presque toute la City, le merveilleux dôme de la cathédrale St Paul et Tower Bridge. Elle regarda un instant le fil du courant.

Matt prit place à côté d'elle et suivit son regard tourné vers l'autre rive. Elle désigna l'horizon.

— D'ici, on avait une vue directe sur le grand incendie de Londres de 1666. J'ai lu un livre qui en parle. L'auteur, John Evelyn, décrit le spectacle qu'il a vu depuis l'endroit où nous nous trouvons. Et il paraît que Samuel Pepys était aussi un habitué. Il raconte dans son journal qu'il s'est rendu dans un pub pour assister à l'événement, mais on ignore s'il s'agissait de celui-ci précisément.

— Difficile à imaginer, n'est-ce pas ? Le ciel devait être embrasé sur des kilomètres à la ronde...

Elle se tourna vers lui, heureuse qu'il semble un peu plus détendu. Depuis qu'ils s'étaient retrouvés, il ne lui avait adressé la parole que pour lui demander comment s'était passé l'examen. Peut-être ce lieu historique opérait-il sa magie sur lui ? Bien qu'elle ne souhaitât pas gâcher ce répit en le questionnant sur l'état de son père, il aurait paru incorrect qu'elle ne le fît pas.

— Tu as des nouvelles ?

— Oui. Pour l'instant, il est sous traitement pour réduire le caillot, et le Pr Sheldon a prévu une angioplastie pour élargir l'artère. Ce sera beaucoup plus confortable pour lui qu'un pontage. Je ne sais pas trop quand il compte l'opérer. Je suppose qu'il attend qu'il ait recouvré un peu de forces...

— Et ta mère ?

— Même si les prochains jours restent critiques, elle est assez rassurée depuis qu'il peut parler un peu.

Elle posa une main sur la sienne.

— Le professeur est très compétent. Il ne laissera rien au hasard.

— Hmm... Je suis tout de même inquiet.

Elle eut envie de l'entourer de ses bras et de le serrer contre elle, mais l'endroit ne s'y prêtait pas.

Lorsque leurs amis revinrent, ils bavardèrent quelques minutes avant l'arrivée de la serveuse qui apportait leur dîner. Tout en piquant sa fourchette dans ses lasagnes, Lucy fut enchantée de s'apercevoir que Matt mangeait ses *fish and chips* à la bière avec un appétit certain.

— Alors, où en sont vos projets ? demanda-t-elle à Jade et Ben. En général, je veux dire. Vous emménagerez en revenant de votre lune de miel ?

Ben goûta une bouchée de son jambon fumé qui semblait succulent.

— Nous l'espérons, répondit-il. La maison devrait être prête. Il ne reste que quelques coups de peinture à passer et un peu de décoration à finir. Vous verrez le résultat quand vous viendrez à notre pendaison de crémaillère.

— J'ai hâte d'y être ! s'écria Lucy en buvant une gorgée de vin blanc. Vous avez tant travaillé tous les deux ! Vous devez être impatients de vous installer.

Ben hocha la tête.

— Dès que nous en aurons terminé avec la cérémonie.

Il regarda sa fiancée.

— Notre plus gros problème, c'est que nous n'arrivons pas à trouver le père de Jade.

— On dirait qu'il a disparu, murmura celle-ci. J'ai fait mon possible pour le contacter, mes frères ont essayé aussi, mais pour l'instant nous n'avons pas eu de chance.

— S'il ne réapparaît pas, son beau-père prendra sa place, mais je sais qu'elle aurait de loin préféré remonter l'allée centrale au bras de son père...

Il serra la main de sa fiancée et elle lui sourit, les yeux brillants d'amour.

— S'il venait à mon mariage, ça lui rappellerait peut-être trop de mauvais souvenirs... Il n'a jamais été très présent, mais je crois qu'il en a souffert. Ce qui m'inquiète, c'est qu'il ne réponde pas à mes appels ou à mes lettres. Pourvu qu'il ne lui soit rien arrivé...

Lucy lui posa une main sur le bras.

— J'espère que ça va s'arranger.

Le repas terminé, les fiancés partirent pour Amersham.

— A dimanche soir, Lucy, dit Jade en l'embrassant. Quel soulagement que ces examens soient terminés ! Je me sens plus légère.

— Amusez-vous bien ! dit Matt.

Ils les regardèrent sortir, puis elle se tourna vers lui.

— Au fait, et ce cadeau ? Il me semble que ça devient urgent. Comment faire ? J'ai promis à mes parents de passer le week-end avec eux...

— Et moi, je suis de garde. Nous pourrions nous y rendre lundi, si tu as un moment de libre. J'ai mon après-midi.

— Pourquoi pas ? Je n'ai plus de cours, maintenant.

Elle s'appuya au dossier de sa chaise, heureuse qu'il ne manifeste aucun désir de s'en aller.

— Tu veux boire autre chose ?

— Un second verre de vin blanc, s'il te plaît.

Tandis qu'il entrait dans l'établissement pour commander, elle regarda dans la direction de la collègue à qui elle avait fait signe en arrivant. La jeune femme semblait sur le point de quitter les lieux. Elles échangèrent un sourire, et en passant, son amie s'arrêta et se glissa sur le siège à côté d'elle.

— C'est plein comme un œuf, ici ! Ils doivent tous être comme nous, impatients de souffler après cette semaine de folie. Quoique... Nous, nous avons eu plus d'une semaine, n'est-ce pas ? Je suis contente que ce soit fini.

— Moi aussi ! Tu as eu l'examinatrice qui essayait de coller tout le monde ?

— Ne m'en parle pas ! Elle a failli avoir raison de mes nerfs.

Elle fit une grimace et se leva.

— Il faut que j'y aille, mes amis m'attendent.

— A bientôt !

Restée seule, Lucy regarda autour d'elle. Les touristes étaient en nombre, avides de se plonger dans le cœur historique de l'Angleterre victorienne, et elle vit un groupe de nouveaux arrivants se diriger vers une table libre dans le coin de la terrasse, faisant fi de la lumière qui baissait. Elle perçut des bribes de conversation, des rires, et soudain, elle entendit prononcer son nom.

— Lucy ?

Cette voix lui disait quelque chose... Elle réprima un frisson.

Un homme grand et brun, vêtu d'un costume sombre impeccable à la veste ouverte sur une chemise de lin blanc, s'avança vers elle.

— Ravi de te voir. Quelles nouvelles ? Il y a longtemps… trop longtemps.

— Bonsoir, Alex. Je vais bien, et toi ?

— Encore mieux depuis que je suis en face de toi !

Sans attendre d'y être invité, il s'assit à côté d'elle.

— J'espère que ton amie ne m'en voudra pas d'occuper sa place un moment. J'habite Londres depuis trois mois ; j'ai tenté de te joindre, mais tu as dû changer de numéro. J'avais bon espoir de te rencontrer par hasard un de ces jours.

— Je suppose que nous avons tous les deux des vies bien remplies.

Ne sachant pas qu'il avait quitté le Berkshire, elle était encore sous le choc de le savoir si proche…

Il se pencha vers elle et posa la main sur le dossier de sa chaise.

— On pourrait peut-être se donner rendez-vous un jour ? Je suis désolé de ce qui s'est passé entre nous. Je regrette amèrement cette grossière erreur, Lucy. J'ai toujours été sûr que tu étais la femme de ma vie.

Il hésita, la regarda d'un air grave.

— J'aimerais que nous reprenions notre relation.

Elle réprima un sursaut. Jamais de la vie ! se dit-elle. Elle secoua la tête et vit du coin de l'œil Matt qui revenait avec leurs verres.

— C'est trop tard, Alex. Nous avons changé tous les deux.

Il lui saisit la main et la garda dans la sienne.

— Pas moi ! Je ne peux pas continuer à vivre sans toi, Lucy.

Son cœur se serra d'appréhension. Depuis qu'elle avait rompu, il n'avait cessé de la poursuivre de ses assiduités. Elle n'avait réussi à lui échapper qu'en venant habiter Londres, et avait même dû demander un nouveau numéro de téléphone pour brouiller les dernières pistes.

— Navrée, Alex, je ne suis plus libre.

Elle tenta de dégager sa main et se tourna vers Matt qui arrivait. Pourvu qu'il joue le jeu ! songea-t-elle.

— J'ai un petit ami, énonça-t-elle d'une voix nette.

Matt posa les verres sur la table en lui jetant un regard perplexe.

— Je pense que tu pourrais me présenter, Lucy ?

— Matt, voici Alex Ryder, qui travaillait pour mon père comme architecte.

— Je vois, murmura-t-il en lui passant un bras autour des épaules.

Après avoir fixé la main d'Alex agrippée à celle de la jeune femme, il le toisa.

— Quelque chose m'échappe. Vous avez été intimes, tous les deux ?

— Euh, oui, c'est ça, répondit Alex en lâchant la main de Lucy en hâte. Nous sommes restés deux ans ensemble, au début de ses études.

— Ah ? Eh bien, il faut vous dire que c'est terminé, puisque Lucy sort avec moi, maintenant. Depuis quelque temps.

Elle poussa un soupir de soulagement. Bien qu'il n'ait pas bougé, Alex se tortillait sur sa chaise, visiblement mal à l'aise, et il finit par se lever.

— Bon... Je vais vous laisser. Content de t'avoir revue, Lucy.

— Au revoir, Alex.

Il s'éloigna vers la table où étaient assis ses amis, et elle se tourna vers Matt.

— Merci, tu m'as tirée d'un mauvais pas.

— J'ai cru le comprendre, oui.

Il ne retira pas son bras de ses épaules.

— Ce n'est pas la première fois, d'ailleurs, que j'arrive à point nommé pour ça... Nous pourrions raconter que nous sommes ensemble, pour que ça ne se produise plus.

Elle rit.

— Bonne idée !

Son regard s'attarda sur elle, et il sourit.

— Je le pense aussi.

Il la lâcha pour prendre place sur la chaise qu'Alex venait de quitter, et elle l'observa, intriguée. Elle ne savait jamais s'il parlait sérieusement ou s'il plaisantait...

Après tout, pourquoi pas ? Elle s'apercevait chaque jour davantage qu'elle ne pouvait se passer de sa présence.... Non, c'était de la folie ! Pourquoi serait-il différent de tous les autres hommes qui lui avaient fait du mal ? Il n'avait jamais manifesté l'intérêt qu'il lui portait, mais peut-être était-ce simple prudence de sa part ? Il connaissait la méfiance de son père, et logeait dans une maison qui lui appartenait...

— Parle-moi de cet Alex, qui a l'air de s'accrocher à toi comme un noyé. Tu lui as joué un tour ?

— Moi ? Non, c'est plutôt le contraire.

Il s'immobilisa, son verre à un centimètre de sa bouche.

— C'est lui qui a réussi à te dégoûter des hommes ?

— Pas tout à fait... Il m'a plutôt déçue, et j'ai décidé de ne plus sortir avec personne pendant un moment, c'est tout.

— Hmm. Qu'est-ce qu'il t'a fait ? Tu étais blanche comme un linge tout à l'heure. Tu es tout de même restée deux ans avec lui...

— Oui, c'est vrai. En tant qu'architecte, il a pas mal collaboré avec mon père à une époque, c'est comme ça que je l'ai connu. Au début de mes études à Londres, je le trouvais souvent à la maison quand j'arrivais pour le week-end.

Elle lui adressa un petit sourire.

— Je crois que papa avait tout arrangé. Il devait penser qu'Alex était un parti intéressant. Venant d'une famille respectable, bien éduqué... Il a été ravi que son protégé m'invite à sortir. Je n'ai pas vu de raisons de refuser, sur le moment.

— Mais les choses se sont gâtées ?

— Oui.

Elle s'agita sur sa chaise et finit son verre.

— Si nous allions ailleurs ? Je sens qu'il me regarde.

Aussitôt, il bondit sur ses pieds et lui saisit la main pour l'aider à se lever en s'inclinant devant elle.

— Vos désirs sont des ordres, princesse.

Elle lui jeta un bref regard. Comment devait-elle prendre ça ? Comme une boutade ? Pourtant, il semblait sérieux... Un peu plus tard, alors qu'ils longeaient la Tamise, elle commença à se détendre.

C'était la fin de la soirée, et la brise qui soufflait du fleuve faisait voleter ses cheveux. Matt la regarda arranger ses mèches folles derrière ses oreilles, en proie à une curieuse émotion.

— Tu te sens mieux ? Au moins, tu as repris des couleurs !

— Je vais bien, oui.

— Bon ! Alors dis-moi, que s'est-il passé avec ce type ?

Elle poussa un soupir.

— Rien de très original... En dépit de ma prudence, il est très vite devenu collant. Il m'offrait des fleurs, de petits cadeaux, tout ce qu'il pouvait pour m'acheter. Bref, il en faisait un peu trop pour mon goût. Il insistait pour se fiancer avec moi. Au début, je me suis demandé si ce qui l'intéressait en priorité, n'était pas d'épouser l'héritière d'une famille riche. Mais il pouvait être aussi amusant et charmant, et peu à peu, il a réussi à me persuader qu'il m'aimait sincèrement.

Elle hésita, se remémorant cette époque, et elle battit des paupières comme pour chasser une image importune.

— Il m'a fallu pas mal de temps pour ouvrir les yeux.

— Il a fait un faux pas ?

Elle haussa les épaules.

— Je suis en partie responsable… Comme je ne voulais pas que mes études souffrent de notre liaison, j'apportais des cours à revoir et je refusais souvent de sortir. Il ne le comprenait pas. Selon lui, je me donnais du mal pour rien, puisque je prendrais la succession de mon père plus tard.

— Ce genre de réflexions devait t'horripiler, je suppose ?

— Oui. J'ai eu beau lui expliquer, il ne voyait pas à quel point c'était vital pour moi d'échapper à l'ambiance familiale et de choisir ma vie. Alors, pendant que j'étudiais, il a commencé à aller s'amuser sans moi…

— Ah ? Tu veux dire qu'il est sorti avec une autre femme ?

— Plusieurs, même. Je l'ai découvert par hasard, un soir où je suis passée à son appartement sans l'avoir prévenu ; je l'ai surpris au lit avec la vendeuse d'une boutique du village. Ensuite, j'ai trouvé la facture d'un collier qu'il avait offert récemment à une ex, d'après sa sœur.

Elle poussa un soupir.

— Je me suis sentie humiliée, je m'en suis voulu de ma naïveté, et ça me gêne encore d'en parler maintenant.

— Il n'y a pas de quoi, tu es tombée sur un sale type, c'est tout.

Il lui passa un bras autour de la taille et l'attira plus près.

— Je suis navré pour toi.

Il regarda à la ronde et désigna le Clink Museum, installé dans l'ancienne prison.

— Si c'était moi le chef, il serait là-dedans. Avant sa transformation en musée, bien entendu…

Elle rit.

— Tu l'aurais jeté au cachot ? Un peu excessif, mais l'idée me plaît.

— Quelle ironie que l'homme choisi par ton père pour toi se soit comporté comme le dernier des malappris !

— L'erreur est humaine... et mon père est humain.

Il hocha la tête.

— Je me demande s'il a compris qu'il se trompait en voulant que tu prennes sa suite. Que pense-t-il de ton choix, à présent ?

— Il n'en parle jamais. Je suppose qu'il sait par ma mère que je viens de passer des examens... Mais j'ignore s'il s'inquiète, s'il se réjouit pour moi ou s'il s'en moque. Mon unique certitude, c'est qu'il persiste à croire que je dois aussi trouver le temps de m'occuper de ses projets. En fait, c'est peut-être la seule chose qui l'intéresse...

— Ouais... Donc, ta mère va être soulagée quand tu lui diras que tout s'est bien passé ?

— Certainement, à condition que je lui cache une ou eux mésaventures...

Ils avaient atteint une partie plus tranquille de l'allée ; ils s'appuyèrent à la balustrade pour admirer le fleuve. Le soir tombait, et les ramures d'un arbre proche se balançaient dans la brise. La lune se reflétait dans l'eau en une myriade de rayons argentés.

Matt lui lança un regard intrigué.

— De quoi parles-tu ? De questions auxquelles tu n'as pas su répondre ? De toute façon, ça n'est pas suffisant pour te faire échouer.

— J'espère que non... Mais tout n'a pas été parfait, loin de là.

— Explique-moi.

Elle soupira.

— Par exemple, j'ai dû analyser des échantillons de sang et d'urine, et comme l'examinatrice hurlait sans cesse, je tremblais tellement que j'ai failli tout renverser. Mais ce n'est pas le pire.

Il l'enlaça.

— Ça ne doit pas être catastrophique, tout de même. D'après ce que tu m'as dit, l'ensemble a été plutôt positif ?

— Hmm. Je ne t'ai pas parlé du test de réanimation... L'examinateur m'a montré un mannequin en demandant : « Cet homme est en arrêt cardiaque. Qu'allez-vous faire ? » J'ai vérifié les signes vitaux, appelé une équipe d'urgence, puis j'ai commencé les compressions thoraciques comme on me les avait enseignées, quinze compressions, deux ventilations, deux fois de suite ; je me suis arrêtée le temps de vérifier de nouveau les signes vitaux et j'ai recommencé de plus belle. L'examinateur s'est approché pour observer de plus près. Il s'est penché au-dessus du mannequin, et... je ne sais pas comment ça s'est fait, peut-être parce que j'étais trop énergique, toujours est-il que le bras s'est dressé d'un coup et l'a frappé en plein visage.

— Tu plaisantes !

— Je préférerais, je te jure ! Mais ce n'est pas fini. J'ai dit : « Oh ! pardon ! Je l'ai cassé ? » En se tenant le nez, il m'a répondu : « Non, je ne crois pas, je m'en tirerai probablement avec un bleu. » Et j'ai ajouté : « Euh... Je parlais du mannequin. »

Matt éclata de rire.

— Oh ! Lucy, tu es impayable ! J'espère qu'il a le sens de l'humour !

— Moi aussi... mais je n'en suis pas très sûre. Il a grommelé quelque chose, mais la cloche a sonné et j'ai dû quitter la salle.

Comme il riait toujours, elle lui donna une bourrade à l'épaule.

— Ce n'est pas drôle ! Enfin, peut-être un peu, mais sur le moment je t'assure que je cherchais un trou pour me cacher.

Il resserra son étreinte.

— Il me suffira de repérer un spécialiste qui se promène avec un nez bleu et noir pour savoir qui t'aura recalée, si jamais tu échoues !

Il la regarda en souriant. Son visage était dans l'ombre, mais elle distinguait des étincelles dans ses yeux et elle l'observait si intensément qu'elle le vit passer du rire à la contemplation, puis à la gravité...

Il pencha la tête, s'approcha si près que ses lèvres frôlèrent les siennes, et après ce qui lui parut une éternité, il l'embrassa, d'abord tendrement ; puis, comme saisi de fièvre, il approfondit son baiser et sa langue explora sa bouche, passionnément. Il adossa Lucy au tronc de l'arbre proche, son long corps épousant le sien, ses cuisses se mêlant aux siennes, faisant exploser en elle des sensations merveilleuses.

Matt continuait à l'embrasser, les mains plaquées sur ses hanches comme s'il ne pouvait se rassasier d'elle, et, le souffle coupé, elle sut qu'elle le désirait avec la même ardeur. Le corps en feu, elle s'accrocha à lui, lui rendant son baiser sauvagement. Les lèvres de Matt quittèrent alors sa bouche pour glisser sur sa gorge, sur la peau nue de ses épaules. Il leva une main pour écarter les fines bretelles de son haut en coton, et parsema de baisers brûlants la naissance de ses seins.

Dévorée de désir, elle leva les mains pour lui caresser la nuque. Il gémit doucement.

— Il y a si longtemps que j'ai envie de t'embrasser ! Tu ne peux pas savoir le mal que j'ai eu à me tenir loin de toi alors que je ne rêvais que de te prendre dans mes bras.

— Pourquoi, Matt ? murmura-t-elle.

Il soupira et posa sa joue contre la sienne.

— Pour toutes sortes de raisons... qui sont toujours aussi valables maintenant. Je n'aurais pas dû me laisser aller, j'en suis conscient, mais je n'ai pas pu m'en empêcher.

Des voix résonnèrent dans l'air de la nuit, et, au bruit de cette intrusion, Lucy reprit ses esprits. Elle se souvint qu'ils étaient dans un lieu public et elle ne voulait pas se donner en spectacle. Matt s'écarta d'elle, la tenant par les épaules comme s'il ne pouvait se résoudre à la laisser partir.

Un groupe de jeunes gens vint contempler le fleuve et Matt l'entraîna dans les rues calmes. Absorbés par leurs pensées, ils demeurèrent silencieux un long moment.

Il avait raison, bien entendu, songea-t-elle. Pour toutes sortes de motifs, ils ne devraient pas nouer de relation. La première raison tenait à la famille de Matt. Lorraine Berenger, qui traversait une mauvaise passe, rendait le père de Lucy responsable de l'accident cardiaque de son mari. Elle serait horrifiée si elle apprenait que son fils avait une relation intime avec elle.

Et Lucy n'y pouvait rien. Elle avait parlé à son père pour l'avertir de ce qui risquait de se produire, mais il avait ignoré sa prière.

Et à présent, les circonstances les dépassaient totalement. Sam Berenger était entre la vie et la mort, juste au moment où elle prenait enfin conscience que Matt était l'homme qu'elle voulait.

Elle le désirait, et plus grave encore, elle l'aimait.

7

— Alors, dites-moi quelle chanson je dois jouer !

La voix de Matt venait de l'aire centrale de la salle de pédiatrie.

Intriguée, Lucy se dirigea vers le comptoir des infirmières et le vit assis sur une chaise à dos droit, grattant sur sa guitare devant une assistance d'enfants captivés, qui criaient ou levaient une main pour réclamer son attention. La majorité des votes allait visiblement à une chanson populaire, et Matt s'exécuta. Il chanta en jouant, et Lucy sentit ses jambes trembler en percevant le rythme de la mélodie.

Il était parfait et sa voix était si sexy, si expressive qu'elle en eut la chair de poule. Il maîtrisait si bien son jeu que la musique semblait faire partie de lui ! Elle ferma les yeux pour mieux entendre, laissant le son l'envahir. C'était fabuleux. Elle aurait pu l'écouter pour l'éternité.

Mais le moment de grâce passa trop vite. Une aide-soignante apporta un chariot chargé de boissons lactées et se mit à les distribuer aux enfants, tandis qu'ayant posé sa guitare Matt faisait une seconde tournée de contrôle de tension artérielle et de température.

— Je jouerai encore après, répondit-il à ceux qui lui réclamaient de continuer son tour de chant impromptu. Mais il faut bien que j'examine ces pauvres petits, qui sont trop malades pour écouter de la musique !

— Dis, je peux essayer ta guitare ?

Il sourit en ébouriffant les cheveux du garçon de douze ans qui levait vers lui un visage suppliant.

— Deux minutes, alors, et ensuite, au lit ; sinon, Mandy va me gronder. Je te la prêterai encore tout à l'heure.

Il lui tendit l'instrument et l'enfant pinça joyeusement les cordes quelques secondes.

Soudain, il tourna la tête et aperçut la jeune femme. Le sourire qu'il lui adressa alors lui fit bondir le cœur dans la poitrine.

— Content de te voir, Lucy ! Quelles nouvelles ?

— Je dors debout. Je suis rentrée tard hier soir de chez mes parents. Je ne me suis pas réveillée à la première sonnerie du réveil, et quand la seconde s'est déclenchée, j'ai eu un mal de chien à ouvrir les yeux et à me lever. Je me sens lessivée ; je crois que j'ai épuisé toute mon adrénaline pour les examens.

— Tu dois avoir besoin de repos, murmura-t-il en poussant le petit garçon vers son lit.

Après avoir rangé sa guitare derrière le comptoir, il se retourna pour la regarder.

— Comment ça va, avec ton père ?

— Pas trop mal, mais je pense que je gagnerais à être moins dépendante de lui.

Elle le suivit dans la salle de soins.

— Que veux-tu dire ? Parce qu'il te loge dans une maison qui lui appartient ?

Elle acquiesça de la tête.

— Si j'ai réussi les examens, en tant que médecin qualifié, je pourrai payer un loyer. Peut-être perdra-t-il alors l'habitude de croire qu'il peut exiger que je travaille pour lui... ou qu'il a un droit de veto sur mes fréquentations.

— A mon avis, surtout en ce qui concerne le second point, il ne cessera jamais de te dicter ses volontés. Il t'aime, et quoi qu'il fasse, il est persuadé que c'est pour ton bien.

— Même si j'ai refusé de collaborer à son entreprise et de prendre sa succession plus tard ?

Une pointe de cynisme, que Matt perçut immédiatement, perçait dans sa voix.

— Je l'ai laissé tomber, ça m'étonnerait qu'il l'oublie.

— On ne sait jamais. Il est possible qu'un jour, il te respecte pour ne pas lui avoir cédé...

— C'est ça, quand les poules auront des dents !

Il rit.

— Bien, mettons-nous au travail. Si nous restons encore longtemps là, plantés à ne rien faire, les collègues vont penser que nous avons abandonné la médecine.

— Oui, tu as raison.

Elle regarda autour d'elle, s'efforçant de se concentrer.

— Nous commençons par la nouvelle admission ?

Il lisait déjà le dossier.

— Alice Jackson, deux ans et demi. Sa mère dit qu'elle est toujours patraque, léthargique, qu'elle souffre de crampes abdominales, de faiblesse musculaire et qu'elle pleure beaucoup. Viens, il faut l'examiner.

Peu après, Lucy se penchait sur l'enfant couchée dans son berceau, qui geignait, les joues ruisselant de larmes.

— Pauvre petite fille ! Nous allons nous dépêcher de trouver ce qui te perturbe.

Elle se tourna vers Matt.

— Elle me semble déshydratée. J'installe une perfusion saline ?

— D'accord, dès que j'aurai fini mon examen.

Il passa le pavillon du stéthoscope sur la petite poitrine, puis s'écarta pour permettre à Lucy de l'ausculter aussi.

— Son cœur bat vraiment lentement. Nous devrions faire un électrocardiogramme.

Il fit un signe d'assentiment.

— Oui, c'était aussi mon idée. Elle souffre également d'hypertension.

Il prit des notes sur le dossier.

— Nous allons demander des analyses de sang et d'urine.

Lucy installa l'électrocardiographe et attendit l'impression du graphique qui leur indiquerait si le rythme cardiaque de la fillette était normal.

Quelques minutes plus tard, elle saisit la feuille qui sortait de la machine pour la montrer à Matt.

— C'est irrégulier, et beaucoup trop lent. Un problème avec le muscle cardiaque, qui ne reçoit pas les signaux électriques en continu ?

— Possible. Nous ne pouvons rien dire dans l'immédiat. Pour décider de la marche à suivre, il nous faut les résultats du labo.

— D'accord. Où allons-nous à présent ?

Il consulta sa montre.

— Je vais voir Sarah. J'espère qu'il n'y a pas eu d'aggravation, ses parents sont déjà assez effondrés comme ça. Ils ont tellement peur que le cerveau soit endommagé...

Il réfléchit un instant, l'air sombre.

— Je pense que nous tenterons de débrancher le respirateur cette semaine. Elle n'a pas eu de nouveaux collapsus et elle a pris un peu de poids. Il ne nous reste plus qu'à vérifier qu'elle peut respirer toute seule.

— Je lui ai trouvé le teint un peu plus coloré, quand j'y suis passée ce matin.

Elle jeta un regard circulaire.

— Que veux-tu que je fasse, à présent ? J'ai commencé par Tom en arrivant, c'est désespérant. Mme Cavendish ne cesse de provoquer son gendre... J'en suis malade pour la mère.

Elle frissonna intérieurement. Elle ne supporterait pas de voir les gens qu'elle aimait le plus se déchirer entre eux. Une vision de Matt et de son père passa dans son esprit, aussitôt remplacée par une image d'une Lorraine Berenger furieuse que son fils sorte avec elle. Elle chassa ces pensées déprimantes et tâcha de se concentrer.

— Sinon, son état est stationnaire. Le neurochirurgien a drainé du fluide en excès dans le cerveau, et il attend une réaction au traitement.

— Hmm. Sans doute que ça prendra du temps.

Il jeta un coup d'œil aux dossiers posés sur le bureau.

— Tu pourrais ôter les points de suture de William. Il avait l'air beaucoup mieux hier ; avec un peu de chance, nous pourrons le laisser sortir bientôt. Dès que sa numération globulaire est bonne, il rentre chez lui.

— D'accord, volontiers !

Elle lui lança un bref regard.

— Au fait, tu es toujours partant pour le shopping dans la City ? J'ai pensé que Jade et Ben aimeraient peut-être qu'on leur offre quelque chose de spécial, comme un service en cristal ou un objet décoratif, étant donné qu'ils doivent avoir tout le nécessaire, les serviettes, les couettes et le four à micro-ondes...

— Pas mal ! Oui, je t'accompagne, mais il faudra que je repasse voir mon père après. Il attend les visites avec impatience, même si ça le fatigue. Il a horreur de l'hôpital, et s'il n'était pas si faible, je crois qu'il se serait déjà enfui !

Il sourit.

— Je passerai te chercher dès que je reviendrai de néonatologie ; je jetterai un coup d'œil à la cicatrice de William avant de partir.

Il s'éloigna de quelques pas, puis se retourna.

— Une excellente idée, le service en cristal !

Lorsqu'il fut sorti, elle se dirigea vers le lit du petit garçon, qu'elle trouva assis et concentré sur un jeu vidéo. Elle fut heureuse de constater qu'il avait l'air en bien meilleure forme.

— Alors, William ! Comment te sens-tu ?

— Mieux. Le médecin a dit qu'on m'enlevait mes points aujourd'hui. Tu crois que ça va me faire mal ?

— Non. Ne t'en fais pas, je suis justement venue m'en charger. Je te promets que je ferai très doucement et que tu t'en apercevras à peine.

Le visage de l'enfant s'éclaira. Il lui montra le jeu qui le passionnait avant son arrivée.

— Je suis au niveau dix ! annonça-t-il d'un ton fier.

— Ah ? Tu es très bon ! Moi, je n'arrive pas à dépasser le cinq. Et le Dr Berenger me traite de nulle, parce qu'il est au même niveau que toi.

William rit.

— Il est sympa, Matt. Il est très fort à la guitare, il m'apporte des bandes dessinées et on parle de foot, tous les deux.

— Oui, j'ai remarqué… Il a toujours quelques tours dans son sac, n'est-ce pas ? Je crois qu'il passera te rendre visite avant de sortir déjeuner. Il faut qu'il voie ta cicatrice.

Elle prit le matériel nécessaire sur le chariot.

— Je vais désinfecter avant, et tu sentiras juste que ta peau tire un peu. Allonge-toi, détends-toi et regarde la télévision si tu veux.

— Super ! *Des robots sur Mars* vient de commencer. J'adore ce feuilleton ! C'est génial !

Elle sourit, heureuse de cette joie de vivre retrouvée après ce que l'enfant avait subi.

Quand elle eut terminé, il observa le résultat.

— Déjà fini ? Maman sera étonnée quand elle reviendra. Elle

ne savait pas qu'on m'enlevait les points aujourd'hui. Je vais avoir une cicatrice ?

— Juste une petite ligne, sans doute, rien de repoussant. Je ne pense pas que les filles s'enfuiront à ta vue.

Il eut un large sourire.

A cet instant, Matt arriva et étudia la couture.

— Elle a bon aspect. Il faut encore tenir l'endroit propre quelque temps ; l'infirmière te mettra un pansement quand ta maman aura vu ; je crois qu'elle sera contente, le chirurgien a bien travaillé.

Peu après, ils laissèrent William à son jeu vidéo.

— Je pense que nous avons fait le nécessaire et j'ai déjà passé le relais au chef de clinique ; si tu es prête, nous pouvons y aller.

— D'accord.

Le temps de se changer et ils quittèrent l'hôpital.

— Nous pourrions prendre le métro pour Oxford Circus, et commencer par les grands magasins d'Oxford Street ?

— Pourquoi pas ?

Sous un soleil étincelant, ils parcoururent les rues commerçantes en regardant les vitrines, s'arrêtant de temps en temps pour entrer dans l'une des boutiques examiner la verrerie de plus près. Lucy en profita pour faire l'acquisition d'une jolie boîte à bijoux pour l'anniversaire de sa mère.

La journée était lumineuse, peut-être un peu plus fraîche aujourd'hui. Lucy était heureuse de se promener avec Matt. Il portait un pantalon de flanelle grise et une chemise blanche amidonnée qui rehaussait le bleu de ses yeux. Son col était ouvert, laissant apparaître sa peau hâlée. Soudain, elle eut envie de poser la bouche sur sa gorge et de sentir le battement de son pouls contre sa joue...

Il lui jeta un regard oblique, un léger sourire aux lèvres, et elle rougit. S'était-il aperçu qu'elle l'observait avec gourmandise ? Il ne lisait pas dans ses pensées, tout de même !

Devant chez Harrods, il s'arrêta.

— Si nous entrions ici ? Il devrait y avoir un grand choix de verrerie, et quand nous aurons tout passé en revue, nous pourrions monter au restaurant pour manger quelque chose. Je meurs de faim.

Une fois à l'intérieur, Lucy eut l'impression de se trouver dans un palais de conte de fées. Toutes les surfaces lisses et polies étincelaient sous la vive lumière artificielle et l'air était lourd des fragrances des parfums exposés à la vente. Ils prirent l'escalator et se promenèrent parmi les présentoirs, s'arrêtant devant les vases, les carafes et tous les articles en cristal scintillant.

Matt désigna un service de délicates flûtes à champagne ornées d'un motif incrusté.

— Tu as vu ça ?

Lucy les observa.

— Oh ! oui ! Elles sont magnifiques. Pile ce qu'il nous faut !

Ils se regardèrent en souriant et allèrent faire emballer et payer leur achat.

Le paquet sous le bras, Matt se tourna vers elle.

— Eh bien, ça n'a pas pris aussi longtemps que prévu ! Je craignais d'en avoir pour l'après-midi. Notre tâche est accomplie, et il n'est même pas 15 heures. Nous avons le temps de monter manger et de nous promener un peu après, si tu veux.

— Tu es sûr ? Ton père ne va pas t'attendre ?

— Non, pas si tôt. Le spécialiste vient l'examiner aujourd'hui, inutile que je m'impose. Où veux-tu aller ?

Elle réfléchit un instant.

— J'ai toujours rêvé de faire un tour de la Grande Roue, l'« Œil de Londres », mais je n'en ai jamais eu l'occasion. A mon avis, je ne dois pas être la seule, ajouta-t-elle avec une grimace.

— Il n'y aura peut-être pas trop de monde. Je vais téléphoner pour savoir si je peux réserver deux billets, pour que nous n'ayons pas à attendre trop longtemps.

— Bonne idée !

Après avoir appelé, ils montèrent au restaurant du grand magasin où ils se régalèrent de *tapas*, ailerons de poulet épicés accompagnés d'un succulent riz à l'espagnole aux crevettes et d'une salade.

— Mmm… j'adore cette cuisine, murmura-t-elle en repoussant son assiette presque vide pour boire un soda glacé. En fin de compte, nous passons une merveilleuse journée. Je ne m'attendais pas à ça.

Il plongea son regard dans le sien.

— Il me semble que je ne t'ai pas vue aussi détendue depuis des mois, et ça me fait plaisir.

Oui, elle se sentait bien pour la première fois depuis longtemps.

Matt devinait tout. Sous les apparences qu'elle offrait au monde, il percevait ses doutes et ses incertitudes et comprenait qu'elle soit prudente avec les hommes. Mais, pour sa part, en sa compagnie, elle se sentait en sécurité. Elle le connaissait assez pour s'imaginer aisément passer le restant de ses jours avec lui...

En sortant du restaurant, il lui prit la main et elle se sentit inondée de bonheur. Sans doute ne tarderait-elle pas à déchanter, mais pour l'instant, elle était aux anges, et elle allait tâcher d'en profiter.

Ils prirent la direction de la Grande Roue, et elle constata avec surprise que la file d'attente n'était pas aussi longue qu'elle l'avait cru. Matt l'aida à grimper dans la capsule, et ils choisirent de s'asseoir près de la vitre pour jouir de la vue panoramique sur la ville.

Il lui enlaça la taille, et ils admirèrent ensemble les monuments emblématiques de Londres : sur la droite Houses of Parliament et la tour de Big Ben, et vers l'est la cathédrale St Paul et le Gherkin, l'un des plus hauts gratte-ciel de Londres dont la forme si particulière lui valait le surnom de « cornichon ».

— J'adore ce reflet du soleil sur les vitres. Pour moi, c'est l'un des plus beaux édifices de la ville.

— Oui, en effet.

Elle se tourna vers lui.

— Mais tu ne regardes même pas !

Il l'observait, et ses yeux passèrent de ses cheveux dorés à ses lèvres pulpeuses.

— Je me réjouis l'œil d'un spectacle bien plus adorable, dit-il d'une voix rauque contre sa joue. J'aimerais que nous soyons seuls dans les airs pour te montrer à quel point je me sens bien avec toi.

Elle se blottit contre son épaule, le cœur gonflé de joie, et regarda le fleuve qui coulait au-dessous d'eux. Comme elle aurait voulu que ce moment ne se termine jamais ! Lorsqu'ils redescendirent, ils longèrent la berge un moment ; le carillon de Big Ben retentit, et Lucy se souvint tout à coup avec tristesse que Matt devait retourner à l'hôpital.

— Il doit être l'heure d'aller voir ton père, maintenant. Ne te gêne pas pour moi, je comprends.

— Viens avec moi, Lucy.

Son cœur fit un petit bond dans sa poitrine.

— Tu es sûr ?

Ainsi, il avait changé d'avis... Il semblait disposé à montrer à ses parents qu'elle faisait partie de sa vie.

— Oui, certain.

Pour gagner du temps, ils reprirent le métro. Matt semblait inquiet.

— Tu crois qu'il est assez bien pour être opéré, à présent ? demanda-t-elle quand ils débouchèrent dans la rue.

— Son état s'est beaucoup amélioré ; je pense que le professeur pourrait prévoir l'intervention pour dans quelques jours, mais le problème, c'est qu'il refuse de se reposer. Dès qu'il s'est senti mieux, il a téléphoné à son bureau pour demander si tout se passait bien. Il a même donné le feu vert à l'équipe d'ouvriers qui devait débuter le chantier de la maison de l'île aussitôt les matériaux arrivés. Ce qui veut dire qu'il se préoccupera de surveiller les travaux et de s'assurer que les délais soient respectés...

— Mais c'est impossible pour lui en ce moment, n'est-ce pas ? dit-elle, alarmée.

— C'est ce que tout le monde aurait cru... Que veux-tu, il déteste rester inactif, et il se faisait tant de souci que j'ai dû m'en mêler. Je lui ai promis que je me chargeais de superviser le projet et de le tenir au courant.

— Mais comment vas-tu faire ? Tu travailles tout le temps ! Tu dois te réserver un peu de loisirs !

Ils franchirent les portes du service et se dirigèrent vers les ascenseurs.

— Je passerai voir l'état des travaux chaque fois que j'en aurai l'opportunité, le week-end, le soir en sortant de l'hôpital... J'y suis déjà allé.

Il appuya sur le bouton d'appel.

— D'ailleurs, je trouve que ça prend bonne tournure, mais mon père n'est pas satisfait. Il ne supporte pas d'être tenu à l'écart.

— Je comprends pourquoi il s'entend bien avec le mien... du moins, s'entendait bien. Au fait, je me demande quels sont leurs rapports depuis ce qui est arrivé. Mais on peut dire qu'ils font la paire, non ? Mon père pousse, et le tien ne sait pas dire stop.

Il lui sourit.

— En tout cas, s'il ne veut pas avoir d'ennuis plus graves, il va devoir apprendre à se modérer.

Ils étaient arrivés dans la salle, et déjà avant d'approcher du box, ils comprirent que la cause n'était pas gagnée : Sam, assis dans son lit, tapotait sur le clavier de son ordinateur portable et s'arrêtait de temps en temps pour parler au téléphone. Il semblait épuisé, haletant, et l'alarme du moniteur placé près du lit se mit à sonner.

Matt se précipita, hors de lui.

— Qu'est-ce que tu fais, papa ? On ne t'a pas interdit de travailler ? Dès que j'ai le dos tourné...

Sam eut un sursaut coupable et chercha son souffle.

— Oh ! ce n'est rien, juste un petit détail à éclaircir...

— Ce n'est pas à toi de le faire. Je t'ai dit que je m'en chargeais. Tu ne me fais pas confiance ?

— Bien sûr que si, mais...

Sa voix s'étrangla, et le tracé affiché sur le moniteur cardiaque devint de plus en plus irrégulier.

— Le défibrillateur ! cria Lucy.

Elle appela l'équipe de réanimation au moment où Sam s'effondrait sur ses oreillers : le cœur avait cessé de pomper le sang et ses battements erratiques pouvaient conduire à un arrêt complet. En hâte, elle débarrassa le lit de l'ordinateur portable et du téléphone.

Aussitôt, Matt donna un coup dans la poitrine de Sam pour stimuler le muscle cardiaque ; le moniteur enregistra une correction quelques secondes, puis le cœur se remit en fibrillation ventriculaire.

Pendant que l'équipe préparait le défibrillateur, il commença le massage cardiaque, puis recula pour laisser le chef de clinique placer les électrodes et envoyer un choc au cœur. Rien ne se passa. L'interne renouvela l'opération, et ils attendirent tous dans un silence tendu. Au bout de quelques terribles secondes, le moniteur indiqua que le rythme normal était rétabli.

Lucy poussa un soupir de soulagement et regarda Matt. Son visage était exsangue et figé ; elle lui posa une main sur l'épaule pour le réconforter.

— C'est bon, Matt, c'est fini ! Détends-toi.

Il hocha la tête, mais ne bougea pas. Ce fut alors qu'elle s'aperçut que Lorraine Berenger, entrée dans le box sans bruit, était penchée sur son mari et le regardait avec angoisse.

Lorraine se tourna vers son fils.

— C'est encore à cause de cette maison ! Depuis qu'il va mieux, il passe tout son temps à diriger le chantier à distance, et voilà où ça l'a mené !

Ses épaules s'affaissèrent.

— Je ne peux plus en supporter davantage, Matt.

Il s'avança vers sa mère et la prit dans ses bras ; Lucy s'éloigna de quelques pas et Lorraine, sans mot dire, la suivit du regard ; un regard accusateur, lourd de condamnation. Lucy comprit parfaitement ce qu'il signifiait : cette maison, c'était son projet à elle...

— Je m'en vais, murmura-t-elle.

— Non, Lucy, intervint Matt. Reste, s'il te plaît.

Mais devant l'expression de Lorraine, elle secoua la tête.

— Mieux vaut que tu sois seul avec tes parents. A tout à l'heure.

— J'ignore quand je pourrai rentrer. Lucy, je te répète que tu n'es pas obligée de nous laisser.

— Tout va bien, Matt. Ne t'en fais pas pour moi.

Elle quitta le box et retourna vers les ascenseurs, se sentant aussi vide et esseulée que si on l'avait exilée au fond d'un désert aride.

8

— Comment va ton père, Matt ? demanda Ben en se servant d'œufs brouillés.

Lucy, qui étalait du beurre sur un toast, leva la tête, attendant la réponse. Une semaine s'était écoulée depuis la seconde crise cardiaque de Sam Berenger, et bien qu'elle lui ait demandé régulièrement des nouvelles, il était resté très vague et distant.

L'intimité qu'ils avaient partagée si peu de temps lui manquait. Elle n'avait pas eu l'occasion de le voir beaucoup ces derniers jours : il avait croulé sous le travail à l'hôpital, et il passait son temps libre en visites à son père, et sans doute au chantier... A la maison, Ben et Jade étaient plus présents, ce qui l'empêchait de lui parler en particulier.

Peut-être était-ce aussi bien comme ça, songea-t-elle, amèrement. La réaction de Lorraine lui avait fait comprendre qu'il existerait toujours un obstacle à sa relation avec lui, surtout si son père ne se remettait pas...

— Un peu mieux, je pense, répondit Matt.

Il tendit le pot de café vers Jade, puis vers Lucy.

— Le spécialiste pense réaliser l'angioplastie dans un jour ou deux. Avec un stent placé dans l'artère, ses conditions de vie seront sans doute meilleures. A condition qu'il cesse de travailler et reste au repos complet, son état devrait s'améliorer.

Lucy sourit.

— Tu as bien fait de lui confisquer son ordinateur portable.

— Hmm. Les infirmières contrôlent ses communications

téléphoniques, et de toute façon j'ai donné ordre à tous ses employés de ne plus lui répondre. Kyle veille à faire respecter cette interdiction.

— Si le Pr Sheldon a décidé d'opérer, c'est bon signe. Ta mère a dû être soulagée. Comment va-t-elle ?

— Je ne sais pas trop. Elle tente de le convaincre de se mettre à son compte. Son carnet de commandes est plein... Il s'en sortirait bien tout seul, je suppose. Mais il travaille avec ton père depuis si longtemps que ce serait dur de le laisser tomber maintenant...

Elle prit une profonde inspiration. La situation était pire qu'elle ne l'imaginait.

— Oui, je crois que ce serait dur pour tous les deux.

Jade finit son café et regarda Matt.

— Avec tout ça, j'espère que vous pourrez assister au mariage ! Tu sais que Ben tient à ce que tu sois son garçon d'honneur !

— Bien sûr, si tu avais un empêchement..., tempéra celui-ci.

Matt secoua la tête.

— Non, ne t'en fais pas. J'ai déjà répété mon discours, farci de toutes ces petites blagues que j'ai dans la manche...

Jade poussa un petit cri.

— Oh ! non ! Je refuse d'entendre ça !

— Tu es sûre ? demanda Matt, feignant la déception.

Elle rit.

— Oh ! pendant que j'y pense, mon frère James propose de vous ramener tous les deux d'Amersham le soir. Il habite Londres avec sa fiancée et ils doivent rentrer, de toute façon.

— Super, merci ! s'écria Lucy en jetant un coup d'œil à Matt pour voir sa réaction.

— Bonne idée, ça nous évitera de prendre le train de nuit, dit-il d'un ton neutre.

Le téléphone de Jade sonna, et elle décrocha avec un sourire d'excuse. Il y eut un moment de silence, puis son visage s'éclaira.

— Tu l'as vu ? De tes propres yeux ? Tu as vraiment vérifié ? Oh !

Elle raccrocha peu après et se tourna vers Lucy.

— Les résultats sont affichés. Nos deux noms sont sur la liste !

Les deux amies tombèrent dans les bras l'une de l'autre, s'embrassèrent, esquissèrent quelques pas d'une valse joyeuse, puis Jade posa un baiser retentissant sur la bouche de Ben.

— J'ai réussi !

— Je n'en ai jamais douté.

Il avait répondu d'une voix très calme, mais une étincelle brillait dans son œil.

Lucy souriait à Matt et il s'approcha d'elle, l'entoura de ses bras et la serra à l'étouffer.

— Bravo ! Je le savais.

Malgré le bonheur qu'elle éprouvait, elle se sentit déchirée : elle ne rêvait que de rester blottie contre son torse, mais c'était impossible. Elle avait commis une terrible erreur en tombant amoureuse de lui. Ils n'avaient pas d'avenir commun. Leurs familles ne s'entendaient pas, et elle s'en sentait en partie responsable.

Puis il se pencha pour l'embrasser et elle sentit son pessimisme s'envoler. De tendre son baiser se fit passionné. Un vertige la saisit… Mais soudain une salve d'applaudissements les fit sortir de la bulle qu'ils s'étaient créée.

— Eh bien, quelle nouvelle ! s'exclama Jade. Je me demandais ce qui se passait en notre absence. Je me figurais que vous divisiez la maison en deux territoires distincts séparés par des barrières… Je préfère ça, vraiment !

Elle souriait, et Lucy se sentit rougir. Le regard de Ben passa de l'un à l'autre.

— Je suis content pour vous deux. Et maintenant, trêve de frivolités, je prends mon service dans une demi-heure. Je file.

Jade se dirigea vers la porte en hâte.

— Attends-moi, Ben, je t'accompagne !

— Moi aussi je dois y aller, annonça Matt sans lâcher Lucy.

Enfin, comme à regret, il s'écarta d'elle et partit se préparer.

Lucy fut soulagée de se retrouver seule, car elle n'avait aucune envie de parler. Aussi merveilleux qu'avait été ce baiser, elle ne devait pas se bercer d'illusions. Il lui était impossible d'avoir une relation avec un homme dont la famille la haïssait. Ce serait un enfer pour Matt s'il devait sans cesse la défendre.

Et d'ailleurs, quels sentiments éprouvait-il pour elle ? Il ne lui en avait jamais rien dit. Peut-être fondait-elle trop d'espoirs sur lui, songea-t-elle tristement.

Elle émietta le reste des toasts pour les oiseaux, et en sortant pour garnir la mangeoire, elle avisa du coin de l'œil un chat blanc au ventre rond pelotonné sous des feuillages.

— Henry aime bien ton jardin, énonça une petite voix.

Elle leva la tête. Jacob la regardait par-dessus la clôture.

— Il s'appelle Henry ? Ah, oui, j'en ai l'impression. Dis-moi, il me semble que tu as grandi ! Tu as mangé beaucoup de soupe ?

Quand Matt vint la rejoindre sur la terrasse, elle désigna le petit garçon.

— Regarde, il a pris au moins un mètre en quinze jours !

— Bizarre... J'ai vu sa maman mettre de l'engrais aux plantes, peut-être qu'elle lui en a donné aussi ?

Jacob se mit à rire.

— Je suis monté sur une caisse !

— Ah, d'accord ! Tout s'explique !

Elle fit un pas vers la porte-fenêtre.

— Jacob, nous partons travailler maintenant. A plus tard !

Matt lui enlaça la taille.

— Il faut nous dépêcher, nous allons être en retard. Jade et Ben sont déjà en route.

En arrivant à l'hôpital, ils se rendirent tout de suite en néonatologie. Lucy se sentait très nerveuse, car Matt avait prévu de débrancher le respirateur de Sarah ce matin. La petite fille était si minuscule qu'il pouvait la tenir dans une main... Trouverait-elle la force de respirer seule ?

Comme s'il percevait son angoisse, il lui lança un regard rassurant.

— Tu es prête ?

— Oui.

Elle venait de compléter sa cinquième année d'études et savait à présent qu'elle allait effectuer trois ans de stages pour devenir généraliste. Il fallait donc qu'elle soit capable d'assister à ça...

— Tu veux le faire toi-même ? Tu t'es déjà entraînée sur des mannequins. Tout ira bien, elle est prête, elle aussi.

— D'accord.

Suivant la procédure qu'elle connaissait, Lucy éteignit l'appareil et retira avec précaution le tube de la trachée. Le bébé toussa et parut s'étouffer, mais dès qu'elle eut aspiré les mucosités, il inspira spontanément et se mit à hurler.

Elle poussa un soupir de délivrance, et Matt lui sourit.

— Tu vois, ça s'est bien passé !

— Oui, jusqu'à présent. Mais nous ne saurons pas tout de suite si le cerveau est endommagé, n'est-ce pas ?

— Nous ferons un scanner qui nous donnera une première idée. Difficile d'imaginer qu'il n'y ait aucun problème... En attendant, nous continuons le traitement en cours.

Ils retournèrent en salle de pédiatrie.

— Je te rejoins, je vais étudier des radios.

— D'accord. Je commence par Tom.

En approchant du box, elle entendit des voix fortes.

— Tu pourras dire à ta mère qu'elle garde ses opinions pour elle !

— Elle est inquiète, Jack, c'est tout...

— Oh ! évidemment, tu l'excuses, tu te ranges toujours de son côté !

Elle ferma un instant les yeux, choquée par ces parents qui se querellaient près du lit de leur enfant malade. Malgré elle, un parallèle se fit jour dans son esprit. Si Lorraine Berenger devenait sa belle-mère, leurs relations seraient-elles aussi mauvaises ?

Pour avertir de sa présence, elle se racla la gorge.

— Bonjour ! Je viens voir comment va Tom. Il peut se réveiller n'importe quand, maintenant, aussi je vous conseillerai de rester attentifs au moindre mouvement, même infime, et d'en avertir aussitôt une infirmière.

— C'est tout ce que nous souhaitons ! dit la mère. Un signe...

— Ce ne sera pas long, madame.

En sortant, elle se rendit au comptoir des infirmières où Matt la rejoignit bientôt.

— Les résultats d'Alice sont là, Matt. On dirait que la thyroïde ne fonctionne pas, elle a trop de calcium dans l'organisme. Elle a peut-être des calculs dans les reins ?

— Allons la voir. Nous ferons un scanner, et je demanderai une consultation avec un endocrinologue. Il faudra sans doute l'opérer.

— Pauvre petite...

A ce moment-là, son téléphone sonna et elle s'éloigna pour répondre.

— Papa ? Que se passe-t-il ? Maman va bien ?

— Mais oui, ce n'est pas le problème !

Il semblait très énervé…

— Sam a consulté un avocat pour rompre notre partenariat. J'ai eu une lettre ce matin. Je n'arrive pas à le joindre, et sa femme me raccroche au nez. Ce n'est pas sérieux ! Après toutes ces années…

— En effet, je comprends que ce soit un choc pour toi, répondit-elle conciliante.

Matt s'approcha et vint s'asseoir à côté d'elle.

— Vingt ans, tu te rends compte ! continua son père. Je suis sûr que nous pouvons encore en discuter.

Elle vit Matt soupirer. Il devait tout entendre…

— Tu voudrais lui parler de ma part, Lucy ? Essayer de le faire revenir sur sa décision ?

— C'est difficile, papa. Sa femme n'aime pas me voir dans le box, et c'est elle qui l'encourage à se séparer de toi.

— Allons, ma fille ! Ne me dis pas qu'elle te fait peur !

— Et de plus, je ne vois pas quels arguments avancer pour le convaincre de rester ton associé.

Elle sut aussitôt qu'elle venait de gaffer.

— Je comprends, en effet ! Toi-même, tu préfères soigner des rhumes et des indigestions…

Elle sentit monter la colère.

— Mon métier ne se limite pas à ça, papa, tu exagères !

Matt lui passa un bras autour des épaules.

— Reste calme, articula-t-il en silence.

— Tu vas parler à Sam, oui ou non ?

— Je t'ai déjà dit non.

— Alors tu veux m'obliger à me déranger moi-même, avec tout le travail que j'ai ?

Elle sentit la main de Matt glisser dans son dos. Il la soutenait…

— Tu ne peux pas te décharger sur moi d'une chose pareille ! Si c'est important, tu dois être capable de prendre un peu de ton temps pour t'en occuper en personne.

Il raccrocha sans répondre, et elle regarda Matt.

— On dirait que ton père a décidé de faire cavalier seul. Leur association fonctionnait depuis si longtemps…

— En effet. Je suis convaincu que c'est ma mère qui le pousse. Mais ne t'inquiète pas, tu as bien fait de refuser de t'en mêler.

— Peut-être…

Elle se mordit la lèvre, contrariée par ce que son père avait insinué sur sa carrière… Pensait-il vraiment que son travail était aussi insignifiant ?

— Si ça peut te tranquilliser, je parlerai à mon père, Lucy. Il est possible qu'il accepte de différer sa décision jusqu'à son rétablissement total.

— Merci, Matt, c'est gentil.

— Je t'en prie. Allons-y, à présent, nos patients nous attendent…

A la fin de son service, elle alla essayer sa tenue de demoiselle d'honneur et fut enchantée du reflet que le miroir lui renvoya. Elle ne doutait pas que Matt serait séduit par sa robe bustier en satin rose ancien, au décolleté en forme de cœur…

Le jour du mariage arriva enfin. Ils avaient pris le premier train du matin pour Amersham, et pendant que Matt allait retrouver Ben, Lucy avait rejoint Jade pour l'aider à se préparer. La cérémonie était prévue à midi, ce qui leur laissait du temps.

Au moment de partir pour l'église, Lucy prit son amie par les épaules en la détaillant du regard, émerveillée. Sa robe blanche à la coupe très simple mettait ses courbes en valeur, et sa coiffure très naturelle était rehaussée d'un bandeau de fleurs auquel était accroché un voile de dentelle.

— Tu es ravissante ! murmura-t-elle.

— Jade, le taxi est là ! intervint la mère de son amie.

Elle aida Lucy à y faire monter les deux cousines de Jade choisies comme demoiselles d'honneur, et un petit page de quatre ans.

— Elles sont adorables avec leurs fleurs dans les cheveux, n'est-ce pas ? Et toi, Ryan, tu es splendide dans ce costume !

Une fois devant l'église, Lucy rassembla les enfants pour l'arrivée de la mariée.

— La voici ! murmura-t-elle.

La marche triomphale de Wagner retentit dans l'église, et Jade remonta l'allée centrale au bras de son père.

Lucy sourit, heureuse qu'elle ait fini par le joindre et qu'il ait accepté de l'escorter, puis elle leur emboîta le pas avec les enfants.

Debout près de l'autel, Ben se tourna vers sa fiancée, le regard plein d'amour, et le petit cortège arriva à la hauteur de la première rangée de bancs. Lucy, les yeux plongés dans ceux de Matt, les vit s'arrondir à mesure qu'elle approchait. Elle se sentait très féminine dans sa robe bustier à la jupe longue évasée qui mettait en valeur la finesse de sa taille.

Lorsque l'office fut terminé, Matt la rejoignit dehors pour lancer des confettis aux jeunes époux.

— Tu m'as coupé le souffle, Lucy. Je n'ai rien pu suivre de la cérémonie.

— Tu n'es pas mal non plus !

Il était splendide, en fait, dans son costume noir sur mesure, égayé par sa cravate de soie et par une rose à la boutonnière, d'un ton un peu plus clair que son gilet lie-de-vin.

— Merci, dit-il en s'inclinant devant elle. Puis-je vous escorter au bal ?

— Excellente idée.

Elle baissa la tête vers les enfants.

— Ils doivent attendre le buffet avec impatience !

Ils se regardèrent en riant, et au moment où ils relevaient la tête, un flash les éblouit.

— Merveilleux ! dit le photographe. Merci !

Après la séance de photographie, ils se rendirent à l'auberge de campagne où se tenait la réception. Le repas se composait de côtes de bœuf à la sauce au poivre concassé accompagnées d'un gratin de pommes de terre et de navets glacés. Juste avant le dessert, Matt se leva pour faire son discours.

Lucy, qui l'écoutait avec attention, le trouva spirituel et charmant ; des éclats de rire retentissaient à la fin de chaque phrase. Il porta un toast aux mariés, puis tendit leurs cadeaux aux demoiselles d'honneur.

Elle ouvrit le sien pendant qu'il se rasseyait. Dans l'étui noir, elle trouva un bracelet en or serti de pierres étincelantes.

— Oh ! c'est adorable ! Merci ! dit-elle en se tournant vers Jade et Ben.

— Attends, je vais t'aider, dit Matt.

Elle lui tendit son poignet, et son cœur se mit à battre plus fort quand elle sentit ses doigts sur sa peau.

Puis, le sourire aux lèvres, il agrafa aussi ceux des petites demoiselles d'honneur.

Plus tard, quand les lumières furent tamisées et que la soirée disco débuta, ils rejoignirent Jade, Ben et leurs invités sur la piste de danse. Lucy se dit qu'elle avait peut-être un peu abusé du vin en sentant le rythme des basses se répercuter dans tout son corps. Puis la musique changea et Matt l'attira plus près. Lorsqu'il appuya sa joue contre sa tempe, posa la main sur ses reins et plaqua ses cuisses contre les siennes, elle sentit son corps s'enflammer.

Enfin, les jeunes mariés partirent, et ils se joignirent aux autres invités pour leur faire leurs adieux.

— Tu veux retourner danser ? chuchota Matt en la prenant par la main quand la voiture eut disparu.

— Euh, pas vraiment... Je crois qu'un peu d'air frais me ferait du bien.

— Que dirais-tu d'une promenade au clair de lune ?

— Volontiers !

Ils s'engagèrent sur un sentier qui serpentait dans les jardins de l'auberge. Un parfum de fleurs se répandait dans l'air tiède et la lumière des lampadaires judicieusement disposés rendait le lieu féerique. Ils passèrent sous une arche de pierre et atteignirent un endroit secret, dissimulé aux regards, où embaumait un jasmin.

Lorsque Matt l'attira à lui, le souffle de Lucy se précipita et elle leva le visage. La bouche de Matt s'empara de la sienne en un baiser sauvage et passionné. Il posa les mains sur ses hanches et la plaqua contre lui.

— Tu es la tentation incarnée, murmura-t-il contre ses lèvres J'essaie de te résister, mais impossible. Lucy, j'ai tellement envie de toi !

Son cœur cognait dans sa poitrine, aussi fort que les basses de la musique qu'elle entendait au loin. Elle était folle de désir. Elle sentit ses lèvres descendre de sa gorge à ses épaules, puis à la naissance de ses seins ; quand sa main se glissa sous sa robe et remonta en une lente caresse le long de sa cuisse, une coulée de lave se mit à courir dans ses veines. Soudain, elle perçut des bruits de pas sur le gravier et des voix d'enfants haut perchées.

— Lucy ! Où es-tu ? Lucy ? Notre tante te cherche !

Tentant de se maîtriser, elle déglutit.

— Je dois répondre, chuchota-t-elle.

— Je sais, répondit-il avec un grognement de frustration.

Elle s'écarta de lui et prit une profonde inspiration.

— Oui, je suis là, les enfants !

Elle repassa l'arche de pierre et regarda les fillettes.

— Votre cousin nous attend, Matt et moi, pour nous ramener à Londres, c'est ça ?

— Oui. Il a dit qu'il partait dans un quart d'heure.

— Super. Merci, les filles. Allez vite le prévenir que nous arrivons !

Sans un regard en arrière, les fillettes s'élancèrent sur le sentier qui menait à l'auberge. Matt la rejoignit, un sourire narquois aux lèvres.

— J'avais oublié… Peut-être que c'est aussi bien qu'elles soient venues. Nous étions en train de perdre la tête.

— Hmm, hm.

Lucy hésitait entre le soulagement et la déception. La seule pensée qui lui venait était qu'elle ferait sans doute mieux de réfléchir avant de sauter le pas… C'était si peu son genre, d'avoir des aventures.

Car Matt, jusque-là, n'avait pas prononcé le seul mot important : amour… Une petite voix insistante résonnait dans sa tête, l'avertissant de ce qu'elle risquait : si elle se donnait toute à cette relation et que Matt la laissait tomber par la suite, sa vie serait détruite.

— Ça va ? demanda-t-il pendant qu'ils revenaient vers l'auberge. Tu es bien silencieuse !

— Oui, peut-être un peu choquée de cette interruption… J'ai eu peur.

Il lui prit la main.

— Je ne pouvais plus me maîtriser, tu étais si belle… J'ai tant envie de toi, Lucy !

Il rit.

— J'imagine la tête de ton père s'il nous avait vus…

Ils retrouvèrent James et sa fiancée à la réception.

— Alors, vous deux, prêts à rentrer ? demanda James. C'était une belle journée pour Jade et Ben, n'est-ce pas ? Ils semblent vraiment heureux.

Ils firent leurs adieux à tout le monde et se mirent en route. Il était bien après minuit et la route était déserte. Dans l'ombre, à l'arrière de la voiture, avec Matt qui lui tenait la main et appuyait sa cuisse contre la sienne, Lucy ne songeait plus qu'à se retrouver seule avec lui… Ils arrivèrent sans encombre et James les déposa devant la maison.

Ils entrèrent et avancèrent dans le couloir à la lueur de la veilleuse ; dans la quasi-obscurité, leurs corps se frôlèrent… Elle l'entendit respirer bruyamment et lui posa la main sur le bras. Quand il la plaqua doucement contre le mur pour l'embrasser, elle lui passa les bras autour du cou et pressa son corps contre le sien.

— Tu sais l'effet que tu me fais ? demanda Matt.

Il parsema sa joue, sa gorge de petits baisers et poussa un soupir.

— Tu me rends fou de désir, Lucy… mais…

Il recula d'un pas.

— L'endroit ne s'y prête pas.

Tout à coup, la lumière jaillit du plafonnier ; ils sursautèrent et s'éloignèrent vivement l'un de l'autre. Martyn Clements, en robe de chambre, se tenait au bas de l'escalier, les fixant d'un air accusateur.

— Eh bien, Matt ! Je constate que tu ne te gênes pas pour profiter de ma fille sous mon toit !

— Je ne profite pas d'elle, répondit calmement Matt.

— Ça ne te suffit pas que ton père me trahisse ?

— Que fais-tu ici, papa ? intervint Lucy.

— J'y passe la nuit, c'est mon droit le plus strict. Demain matin à la première heure, je vais voir Sam à l'hôpital, puisque tu as refusé de t'en charger. Apparemment, tu es déjà très occupée avec les locataires !

Elle eut un rictus de mépris.

— Tu m'insultes, maintenant ? Inutile de me répondre, je vois que tu es incapable d'une discussion logique. Il est temps que tu comprennes que je suis assez grande pour décider de ma vie. Si j'ai envie d'être avec Matt, ça ne te regarde pas !

— Je suis encore ton père, tu me dois le respect ! Et même beaucoup plus, en fait. Bien, je retourne me coucher, nous en reparlerons.

Quand il eut disparu, Lucy regarda Matt, l'air confondu.

— Je suis désolée. Il a été choqué de nous voir ensemble, c'est tout… ça lui passera.

— Tu prends toujours sa défense, mais il y a des moments où il va trop loin. Il parle de mon père comme si celui-ci lui était redevable de quelque chose, alors qu'à mon avis, c'est plutôt le contraire !

— Je ne crois pas, Matt. Tu reconnais toi-même que ton père est assez grand pour poser des limites ; s'il n'a jamais rien refusé au mien, c'est qu'il ne souhaitait pas le faire.

— Navré de te contredire, mais je maintiens que son infarctus est dû à la pression qu'il a subie. Ton père se comporte en dictateur, avec toi comme avec les autres. Et je t'avertis que, s'il a l'intention d'aller faire du scandale à l'hôpital, je serai obligé de l'arrêter.

— Non, il n'est pas question de ça, j'en suis sûre ! L'un de ses plus gros défauts, c'est qu'il parle sans réfléchir. Demain matin, il aura compris qu'il a été injuste. Tout le monde peut faire des erreurs.

— Lui un peu plus que la moyenne, je trouve.

— Matt, tu n'essaies même pas de comprendre ! Quand il est en colère, il dit ce qui lui passe par la tête, mais il le regrette après.

— A mon avis, c'est à lui de comprendre. Tu passes ton temps à l'excuser. Eh bien, pour moi, c'est terminé ! Je refuse d'être plus longtemps son locataire. Je déménage !

Lucy sentit le sang refluer de son visage. Tout à coup l'air lui manquait.

— Mais où vas-tu aller ? Oh ! Matt ! Non, s'il te plaît, ne pars pas !

— Je regrette, c'est fini. Je ne resterai pas un jour de plus. Demain matin, j'emballe mes affaires et je m'en vais.

Aussitôt, il lui tourna le dos pour entrer dans la cuisine où il se mit à farfouiller dans l'un des placards.

Quoi ? Il avait l'intention de se mettre tout de suite à faire ses bagages ? Elle eut l'impression de suffoquer de nouveau. Ainsi, il avait vraiment l'intention de mettre sa menace à exécution... Qu'allait-elle devenir sans lui ? gémit-elle intérieurement.

9

« C'est fini ! », se répéta-t-elle en boucle les jours suivants.

Depuis qu'elle avait vu Matt partir sans un mot le matin qui avait suivi la scène avec son père, elle en était malade.

Elle errait comme une âme en peine dans la maison vide et désolée. Elle ne mangeait plus, ne dormait plus, exécutait les travaux domestiques tel un automate, et même le projet de décoration de la maison de l'île ne réussissait plus à la passionner.

— Tu vas travailler ? demanda Jacob à travers la clôture alors qu'elle émiettait du pain sec pour les oiseaux.

— Oui, je pars dans une minute.

Le petit garçon semblait aussi triste qu'elle, et les traces visibles sur ses joues indiquaient qu'il avait pleuré.

— Qu'y a-t-il, Jacob ?

— Henry a disparu, geignit-il.

— Henry ? Ton chat ?

— Oui, il est pas venu manger ce matin. D'habitude, quand je tape sur la boîte de biscuits, il arrive tout de suite. Je l'ai appelé, appelé...

Les larmes jaillirent de ses yeux.

Lucy jeta un regard circulaire, mais ne vit aucun signe du chat blanc.

— Il a dû aller se promener, je suis sûre qu'il reviendra. Sinon, ta maman mettra une affiche chez les commerçants, et on le lui ramènera...

Si elle-même pouvait mettre une affiche pour qu'on lui ramène Matt ! songea-t-elle avec amertume.

Au moment où elle entrait à l'hôpital, son portable sonna. Son père… Elle ne l'avait pas revu depuis la fameuse nuit. Quand elle s'était levée le matin, il avait disparu.

— Alors, papa ? Tu as réussi à arranger les choses avec Sam ?

— Nous y travaillons, en effet. Il paraît que Matt déménage ? C'est son père qui me l'a appris.

— Oui, il n'habite déjà plus à la maison. Après la façon dont tu l'as traité…

— Hmm… Je reconnais que j'y suis allé un peu fort, oui. Je le prierai d'accepter mes excuses.

— C'est un peu tard, papa.

— Ah ? Tu en es bien sûre ?

Curieux… Elle aurait juré qu'il se retenait de rire. Se moquait-il d'elle ? De toute façon, elle n'avait pas le temps d'éclaircir la chose. Elle appuya sur le bouton de l'ascenseur.

— Je prends mon service, maintenant. Tu as autre chose à me dire ?

— Euh… Non, ma fille.

— Alors à plus tard. Embrasse maman pour moi.

— D'accord.

Elle trouva Matt en salle de pédiatrie, en train de consulter les dossiers au comptoir des infirmières.

— Salut, Lucy ! Ça te dérangerait que je passe ce soir chercher quelques affaires que j'ai oubliées ?

— Pas du tout. Tu as vite trouvé à te loger !

— Je garde l'appartement d'un ami pendant son mois de vacances, ce qui me laisse de la marge pour prospecter.

— Je vois. Comment va ton père ?

— Beaucoup mieux depuis l'angioplastie. Tout s'est bien passé ; il sera suivi régulièrement. Et je fais confiance à ma mère pour surveiller son régime… Il a aussi promis de déléguer ses responsabilités : à partir de maintenant, c'est Kyle qui dirige l'affaire.

— Je suis contente que tout s'arrange pour le mieux.

— Et toi ? Tu as pu parler au tien ?

— Il a téléphoné pour s'excuser. Je savais qu'il le ferait. Tu as peut-être réagi un peu vite…

— Je ne crois pas. De toute façon, j'envisageais déjà depuis un moment de chercher à me loger ailleurs.

Mandy arriva, un papier à la main.

— Le rapport de l'endocrinologue sur Alice. Elle a été opérée hier. Tumeur bénigne.

— Tant mieux !

— Et je suis passée en néonatologie. Les derniers scanners de Sarah montrent que son cerveau est intact, et elle est en pleine forme.

— Super ! Merci, Mandy. Ses parents doivent être tellement soulagés !

A la fin de la matinée, Lucy alla prendre des nouvelles de Tom qui avait commencé à s'agiter hier, signe qu'il reprendrait bientôt conscience. Les parents et la grand-mère étaient assis près du lit, et l'ambiance était toujours tendue.

— Le café de ce distributeur est vraiment amer, dit Jack Granger avec une grimace.

— Pourquoi n'allez-vous pas le boire à la cafétéria, depuis le temps qu'on vous le dit ? rétorqua Mme Cavendish sur un ton acide.

Jack, hors de lui, se mit à hurler.

— Parce je ne veux pas quitter le chevet de mon fils !

— Pourquoi tu cries, papa ?

Ce n'était qu'un murmure, mais tous trois tournèrent la tête en même temps.

— Oh ! mon chéri ! Tu es réveillé ! s'écria Mme Granger.

Jack Granger s'approcha et Tom lui jeta un regard perplexe.

— Tu es fâché contre mammy ?

— Oh ! pas du tout ! Mais nous étions tous si inquiets à ton sujet...

— Bien entendu, mon chéri, intervint la grand-mère.

Elle regarda son gendre.

— Je regrette mon attitude, Jack, je suppose que j'étais si angoissée...

— Oublions tout ça maintenant. L'important, c'est que Tom se rétablisse vite !

Lucy fit son travail sans intervenir. En fin de compte, tout s'arrangeait...

Le soir, en faisant le trajet du retour avec Matt, elle eut l'impression que tout était comme avant. Comment faisait-il pour se comporter avec ce naturel étonnant ?

En arrivant, elle fit du café et il confectionna une pizza qu'ils mangèrent ensemble. Tout semblait si normal qu'elle avait envie de pleurer, mais elle se raidit pour ne pas manifester sa détresse et y réussit jusqu'à la fin du repas.

— Tu m'accompagnes dehors, Lucy ? Il faut que j'aille jusqu'à l'abri de jardin chercher quelques trucs que je veux emporter.

— D'accord.

Ils passèrent la porte-fenêtre.

— Tu as une idée de l'endroit où tu vas loger quand ton ami rentrera ? Les locations doivent être assez chères, non ?

— Je n'ai pas l'intention de payer un loyer. Je compte devenir propriétaire.

— Oh ! C'est sans doute une bonne idée... Tu as quelque chose en vue ?

Ils s'arrêtèrent sous le vieux pommier qui croulait sous les fruits presque mûrs.

Il eut un sourire malicieux.

— Eh bien... Tu sais, cette propriété au bord de la Tamise, que tu vas décorer pour en faire la maison de tes rêves...

Elle ouvrit de grands yeux.

— Mais enfin, Matt... A quoi veux-tu en venir ?

— J'ai pensé que nous pourrions faire une offre.

Elle le regarda, bouche bée.

— Nous ? Que veux-tu dire ? Que nous allons y vivre ensemble ?

Il s'esclaffa.

— Quelle idée ! J'imagine la réaction de ton père...

— Alors tu essaies de me faire marcher ? Je ne trouve pas ça drôle ! s'exclama-t-elle, les larmes aux yeux. Samedi soir, tu m'as annoncé que tout était fini entre nous...

— Moi ? Où as-tu entendu ça ?

— Tu l'as dit : « C'est terminé. Je ne resterai pas un jour de plus. »

Il s'approcha et la prit dans ses bras.

— Ce qui signifiait très exactement que je ne vivrais plus un seul jour dans la maison de ton père. Mais je ne veux pas que ce soit fini entre nous, je tiens trop à toi !

— C'est vrai ?

— Tu n'en es pas sûre ?

— Euh... Je ne sais plus que penser.

— C'était si difficile de vivre dans la même maison que toi et de me maîtriser ! Tu n'imagines pas.

— Comment le pourrais-je ? Tu ne me l'as jamais dit !

— Tu étais dégoûtée des hommes qui ne pensaient qu'à ton physique, et je ne voulais pas paraître comme eux. Je te désire, oui, mais je vois bien autre chose en toi.

Il eut un sourire narquois.

— De plus, tant que j'étais locataire, je ne me sentais pas le droit de te séduire. Ton père m'aurait botté les fesses.

— Tu exagères ! Tu es le fils de son associé...

Il s'esclaffa.

— Pour lui, je suis juste un homme qui risquait de te séduire. Il m'a prévenu.

— Ah ? Et quand ?

— Quand j'ai emménagé. Mais il n'avait pas à s'inquiéter, je ne l'aurais pas fait.

— Je croyais qu'il cesserait de me surveiller à ma majorité, et j'ai vingt-quatre ans !

— Tu as commencé à te rebeller, c'est déjà bien. En fait, c'était sans doute le déclic que j'attendais... Bref, j'ai compris que l'heure était venue pour moi de préparer le terrain pour nous deux.

— Je n'avais aucune idée de ce que tu ressentais...

— Je ne tenais pas à précipiter les choses, mais il m'a fallu des nerfs d'acier. J'aurais tant voulu te montrer ce que j'éprouvais, te prendre dans mes bras, et... oh, ces matins où tu te promenais dans la maison à moitié endormie, avec les cheveux emmêlés et ta robe de chambre qui glissait de tes épaules... J'avais de plus en plus de mal à me retenir de te l'arracher.

— Ah ? Alors pourquoi avoir attendu ce soir pour me le dire ? demanda-t-elle d'une voix qui tremblait un peu.

Il soupira.

— Difficile à expliquer. Connaissant ton opinion sur les hommes en général, je ne voulais pas t'effrayer. De plus, je te voyais si angoissée par tes examens que je craignais de te perturber.

— Et maintenant ?

Il s'approcha d'elle.

— Je ne suis pas de bois, Lucy. J'ai envie de toi… Je rêve de te prendre dans mes bras pour te montrer ce que tu représentes pour moi.

Elle leva vers lui des yeux brillants de désir, et il poussa un long soupir.

— Tu es tellement attirante… Comment trouver la force de te résister ?

Il lui caressa le bras et se pencha vers elle, posant son front contre le sien.

Elle se sentit vaciller. Il la désirait, et ce n'était pas une passade, puisque cela durait depuis longtemps ! Elle lui enlaça la taille et se blottit contre lui.

— Moi aussi, j'ai envie de toi.

Il l'embrassa si passionnément que tout son corps s'embrasa. Quand il s'écarta d'elle, elle laissa échapper un léger soupir et rejeta la tête en arrière pour le regarder dans les yeux.

— Je t'aime, Matt.

— Ah !… Enfin !

Il l'embrassa de nouveau.

— Donc, mon idée d'acheter la maison de l'île n'était pas si ridicule que ça ?

— Mais… J'ai cru que tu plaisantais ?

Il lui mit un doigt sous le menton.

— Je t'aime, Lucy. Je ne peux même pas dire depuis quand, peut-être que ça remonte à notre adolescence… J'étais déjà jaloux de mon frère à cette époque-là, parce qu'il te monopolisait. Bref, lorsque c'est devenu une évidence, je me suis mis à envisager d'habiter ailleurs. Puis les choses se sont précipitées, et le matin où je suis parti, je suis allé annoncer à ton père que je me portais acquéreur de la maison qui te plaît tant.

— Quoi ? Après ce qu'il t'avait dit ? Et comment a-t-il réagi ?

Il sourit en lui arrangeant derrière l'oreille une mèche folle qui lui tombait sur la joue.

— Eh bien, on peut appeler ça du chantage, je suppose. Mon père a accepté de rester son associé à condition que j'aie la priorité pour l'achat de la maison… à un prix raisonnable.

— Et il a accepté ?

— Aussi étrange que ça paraisse, oui.

Elle poussa un long soupir.

— Mais ta mère, que va-t-elle en penser ? Elle voulait à tout prix que ton père se mette à son compte, et elle n'a pas une très haute opinion de ma famille, ni de moi…

Soudain, une pensée la frappa.

— Elle est au courant, pour nous deux ?

Il sourit et lui posa un léger baiser sur le front.

— Oui. Elle s'est pas mal radoucie depuis l'opération. Nous en avons parlé, elle reconnaît qu'elle n'était plus elle-même, que c'était sa profonde angoisse qui lui faisait chercher un bouc émissaire à son malheur.

— Alors ça lui est égal que toi et moi…

— Exact. Et je crois qu'en fin de compte elle en est plutôt heureuse. En tout cas, je suis sûr que mon père est enchanté de la nouvelle.

— Quelle nouvelle ?

— Nous allons nous marier, Lucy… Si tu le veux, bien entendu. Acceptes-tu de m'épouser ? Ça m'ennuierait que tu refuses, parce que tu tiens une place majeure dans mes projets d'avenir.

Elle éclata de rire.

— Alors c'est ce que je devrai expliquer à nos enfants ? Que j'ai été forcée de t'épouser parce que j'étais incluse dans tes projets ?

— Eh bien… oui, en quelque sorte. Je n'ai pas encore réfléchi à la suite, je ne m'imagine pas vivre sans toi, c'est tout.

Il fronça les sourcils.

— Je me trompe, ou tu viens de parler d'enfants, à l'instant ?

Elle lui passa un bras autour du cou.

— Tu as bien entendu. Il leur faudra une belle maison où ils pourront grandir heureux… à condition de poser une clôture au bord du fleuve, évidemment. Mais comment pourrions-nous la payer ? Je ne vois pas…

Il eut un sourire espiègle.

— Je ne t'ai pas donné tous les détails. Mon père, qui reconnaît que je l'ai beaucoup aidé à superviser, me cède sa part du bénéfice sur les travaux, et quant au tien, il a jugé que tu avais suffisamment œuvré à la rénovation pour t'offrir la moitié du prix qu'il escomptait en tirer.

— Il ne m'en a rien dit !

— C'était convenu que je te l'annoncerais moi-même. C'est notre cadeau de mariage. Du coup, la maison nous reviendra à presque rien ; et il se trouve que ces dernières années, j'ai gagné un peu d'argent en vendant quelques chansons que j'avais composées. Bien investi, ce pécule a prospéré, et il nous assurera aussi une vie confortable en attendant que nous ayons terminé nos spécialisations. Donc, il ne me manque plus que ton accord.

— Oh ! dit-elle en lui tendant ses lèvres. Oui, oui, oui !

Il l'embrassa en la serrant à l'étouffer. Soudain, dans le silence environnant, ils perçurent un léger miaulement.

A regret, ils s'écartèrent l'un de l'autre et fouillèrent des yeux les alentours.

— On dirait que ça vient de l'abri de jardin. C'est sans doute Henry, le chat blanc. Ce matin, Jacob m'a dit qu'il avait disparu. Le pauvre, il était en larmes !

— Il a pu passer par une fenêtre ouverte, ou alors tu l'as enfermé hier soir, quand tu as rentré les arrosoirs…

— Oh ! quelle horreur !

Elle était affolée à l'idée d'avoir enfermé ce pauvre animal…

Matt ouvrit la porte et passa la tête à l'intérieur de l'abri.

— Oh oh ! Viens voir ça !

— Quoi ?

— Cet Henry doit être une Henrietta, à mon avis.

— Laisse-moi regarder !

Elle passa la tête par l'entrebâillement et poussa une exclamation de surprise : le chat, ou plutôt la chatte, était couchée dans un panier avec six chatons qu'elle léchait à tour de rôle.

— Oh ! qu'ils sont mignons ! Je vais le dire à Jacob. Il va être content !

— Hmm. Attends une minute. Je pense que nous sommes sur le point de sceller une affaire importante.

Lucy rit en le regardant, et ils s'embrassèrent de nouveau. Elle nageait dans un océan de bonheur.

— Je t'aime, murmura-t-elle.

— Moi aussi, je t'aime. Pour toujours.

Dans les minutes qui suivirent, seul le pépiement des oiseaux dérangea le silence du jardin, jusqu'à ce que…

— Qu'est-ce vous faisez ?

Ils éclatèrent de rire.